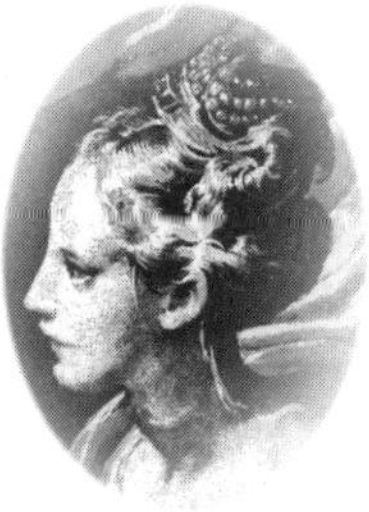

SEBASTIAN THIEL

Die Dirne vom Niederrhein

LIEBE IM KRIEG Nach dem Sieg der französisch-schwedischen Armee ist am Niederrhein niemand mehr seines Lebens sicher. Allerorts tyrannisieren marodierende Söldner die Gemeinden und machen aus dem idyllischen Fleck einen Hort der Angst. Nachdem Elisabeth und Maximilian ihre Angehörigen verloren haben, flüchten sie aus Kempen – das Gepäck voller Schuldgefühle. Während Maximilian sein Seelenheil in einer Abtei sucht, verschlägt es Elisabeth in den Hurentross der Armee. Innerlich abgestumpft, schließt sie sich den Frauen an und steigt im Geschäft der käuflichen Liebe schnell auf. Auf ihrer Reise begegnet sie nicht nur den Menschen, die für den Tod ihrer Schwester verantwortlich sind, sondern auch Maximilian, der Rachegefühle für Elisabeth hegt …

Sebastian Thiel, Jahrgang 1983, lebt in Tönisvorst am Niederrhein. Nach einer Ausbildung zum Fachinformatiker arbeitete er als IT-Manager in einem mittelständischen Dienstleistungsunternehmen, bevor er eine einjährige Auszeit nahm und sich ganz dem Schreiben widmete. Schon in frühester Kindheit begann er, vornehmlich Kurzgeschichten zu verfassen. «Die Dirne vom Niederrhein» ist die Fortsetzung seines erfolgreichen Debüts im Gmeiner-Verlag.

Bisherige Veröffentlichungen im Gmeiner-Verlag:
Wunderwaffe (2012)
Die Hexe vom Niederrhein (2010)

SEBASTIAN THIEL

Die Dirne vom Niederrhein

Historischer Kriminalroman

GMEINER *Original*

Besuchen Sie uns im Internet:
www.gmeiner-verlag.de

Im Ehnried 5, 88605 Meßkirch
Telefon 0 75 75/20 95-0
info@gmeiner-verlag.de

1. Auflage 2013

Lektorat: René Stein
Herstellung: Mirjam Hecht
Umschlaggestaltung: U.O.R.G. Lutz Eberle, Stuttgart
unter Verwendung des Bildes Mystische Hochzeit der Hl. Katharina von Alexandrien« von Parmigianino;
http://commons.wikimedia.org/wiki/File:Parmigianino,_matrimonio_mistico_di_santa_caterina,_national_gallery_di_londra.jpg
Druck: GGP Media GmbH, Pößneck
Printed in Germany
ISBN 978-3-8392-1352-0

»Das erste Opfer des Krieges ist die Wahrheit.«
Aischylos

Kapitel 1

- Unendlich schwere Lasten -

Neuß am Niederrhein, 02. April 1642

Ihre Schritte waren schwer, ihr Blick zu Boden gerichtet. Ihr Körper war umhüllt von dicken Leinentüchern, die Last der letzten Tage schien jeglichen Lebenswillen aus ihrem Leib getrieben zu haben. Blonde Strähnen wippten mit jedem ihrer Schritte mit. Die Kapuze hatte sie sich tief ins Gesicht gezogen. Niemand sollte die Schmach sehen, die sich in ihren blauen Augen offenbarte. Sie hatte nichts anderes verdient als den Tod, dessen war sie sich sicher.

Ihre einsame Gestalt verlor sich zwischen tiefen Wäldern und großen Wiesen. Der Himmel schien ihr Befinden widerspiegeln zu wollen. Tiefhängende Wolken zogen sich zu einer grauen Wand zusammen und donnerten ihr dunkles Lied in den Abend hinein.

Elisabeth blickte nach oben.

In düsteren Farben zeichnete sich das vergangene Unheil ab, als hätte der Teufel selbst das Bild gemalt. Unzählige Male hatte sie in den vergangenen Wochen gen Himmel gestarrt, stundenlang die Wolken beobachtet und gehofft, etwas zu finden. Ein Zeichen, eine

Geste, die ihr diese unendlich schwere Last von den Schultern nehmen würde. Wie immer entdeckte sie nichts. Wie sollte sie auch? Nicht einmal der Allmächtige konnte diese Sünde ungeschehen machen.

»Bitte, verzeih mir«, hauchte Elisabeth in die finsteren Abendstunden.

Tief im Inneren hoffte sie, dass ihre Schwester sie hörte. Sie würde Elisabeth ihre Antwort schuldig bleiben. Zumindest bis zu dem Tage, an dem sie sich wiedersehen würden. Für Elisabeth war die Hölle bestimmt, da gab es für sie keinen Zweifel. Qualen für alle Ewigkeiten. Vielleicht, wenn der Herrgott Erbarmen hatte, dürfte sie ihrer Schwester für einen Moment noch einmal begegnen. Lediglich für einen kurzen Augenblick, damit Antonella ihr eine Antwort geben konnte. Vielleicht war sie jetzt glücklich mit ihrem Lorenz vereint. In den letzten Lebenstagen hatte sie viel ertragen müssen, es wäre nur gerecht, wenn die Hölle auf Erden über Elisabeth hereinbrechen würde und Antonella die Ewigkeit in den Armen ihres Geliebten verbringen dürfte.

Erste Regentropfen benetzten ihre Haut und erinnerten sie daran, dass sie noch lebte. Zumindest ihr Körper. Das Licht ihres Geistes, vormals lebensfroh und voller Kraft, schien erloschen. Wie sollte es weiterbrennen, nach dem, was sie getan hatte?

Verrat – die schlimmste aller Sünden. Und das an dem einzigen Menschen auf Erden, der sie verstanden hatte. Elisabeth hatte alles verloren. Ihren Vater durch die plündernden Hessen und die Machenschaften seines Sekretärs, ihr bisheriges Leben durch den Krieg und ihre Schwester durch ihre eigenen Worte.

Sie schloss ihre Augenlider. Plötzlich nahm der Regen an Intensität zu und vermischte sich mit ihren Tränen.

Wie hatte sie ihre Schwester als Hexe bezeichnen können? Ihrer verblendeten Eitelkeit wegen hatte sie Antonella in den grausamen Flammentod geschickt.

Ein weiteres Mal donnerte es. Diesmal kamen die Geräusche nicht vom Himmel, sondern aus einem kleinen Dörfchen in ihrem Rücken. Die Geschosse der französischen Artillerie rückten immer näher. Dort musste Kempen liegen. Die Stadt, in der sie wie eine Prinzessin gelebt hatte. Mittlerweile lag ihre Heimat in Trümmern. Von überall her drangen Menschen in dieses kleine Fleckchen Erde und machten es zu einem Ort der Gewalt. Nach der Niederlage bei Crefeld hatten sich die kaiserlichen Truppen allerorts verstreut und nahmen sich, was sie kriegen konnten. Ihr Heerführer, General de Lamboy, befand sich in französischer Hand und seine Streitmacht wütete beinahe noch schlimmer als die siegreichen Hessen und Franzosen. Wie Hühner, denen man die Köpfe abgeschlagen hatte, irrten die Soldaten voller Panik durch die Länder.

Die Gefahr war jedoch noch lange nicht vorüber. Der Sieger bestimmt die Regeln, hatte Elisabeths Vater einmal gesagt. Damals war sie zu klein, um seine Worte zu verstehen, nun ergab alles einen Sinn. Die Hessen unter Eberstein und die Franzosen unter Marschall Guébriant machten ihre eigenen Gesetze. Die Männer mussten sich ernähren, viele Männer. Jedes Dorf, das nicht freiwillig alles gab, was es besaß, wurde mit Waffengewalt dazu gezwungen. Sie raubten Essen und Vieh und vergewaltigten die Frauen. Elisabeth hatte es aus der Ferne beobachtet. Die Brutalität hätte sie früher hochschrecken lassen, aber jetzt, da sie nicht mehr leben wollte, war es ihr egal.

Sollen sie mich töten, dachte sie. Es wäre mir recht. Sie würde sich nicht einmal wehren, sich nicht verstecken, nicht davonlaufen. Dann müsste sie nicht den Mut finden, durch ihre eigene Hand zu sterben.

Das Knurren ihres Bauches erinnerte sie daran, warum sie diesen Weg angetreten war. Sie wollte nach Neuß, dieser vormals wohlhabenden Stadt, deren Mauern vor langer Zeit ein Jahr der Belagerung standgehalten hatten. Zumindest hatte das Vater immer erzählt. Deshalb hatte man der Stadt erlaubt, den Reichsadler in ihrem Wappen zu führen und Münzen zu prägen. Dieser Ruhm war verblasst und die Schönheit dahin. Genau wie bei ihr. Waren wirklich nur ein paar Monate vergangen, seit junge Männer am ganzen Niederrhein sie umworben hatten? Jeden hätte sie sich aussuchen können. Ihre Familie war reich gewesen, angesehen, und mit einem Augenaufschlag hatte Elisabeth immer bekommen, was sie gewollt hatte.

Heute war ihre prachtvolle blonde Mähne lediglich noch gelbes Stroh, ihre glühenden Wangen waren matt und ihr Blick glich dem einer Kranken auf dem Sterbebett.

Elisabeth überlegte, ob das alles nicht ein Traum gewesen war, der es für einen kurzen Moment ins Hier und Jetzt geschafft hatte. Nichts war ihr mehr aus dieser Zeit geblieben. Vielleicht war dies der Grund, warum ihre Beine sie in die Stadt schleppten. Sie besaß keine Reichstaler mehr und nannte lediglich wenige Groschen ihr Eigen. Sollte sie sich nichts mehr zu essen kaufen können, würde sie sich in eine Scheune legen und sterben. Einfach so.

Die Schnitte in seinen Armen schmerzten, als würde die Glut, in der er früher Schwerter geschmiedet hatte, durch seine Adern laufen. Es waren einige Wochen vergangen, seit Maximilian die Stadt Kempen und damit seine Familie verlassen hatte. Dieser Moment, dieser eine Moment, in dem sein Säbel das Fleisch seines Bruders durchdrungen hatte und die Kraft aus Lorenz' Blick gewichen war, spielte sich wie ein immerwährendes Theaterstück vor seinem inneren Auge ab. Obwohl Kempen nicht allzu weit hinter ihm lag, kam ihm sein altes Leben wie eine Einbildung vor. Zu unwirklich waren die Erinnerungen an seine Eltern, seine Geschwister, ja sein ganzes Leben, zu schemenhaft formte sich das Antlitz von Lorenz in seinem Geist. Bald zweifelte er daran, dass Lorenz wirklich ausgesehen hatte, wie er ihn in Erinnerung hatte. Die Zeit spielte seinem Gedächtnis einen Streich.

Auf einem Feldweg bei Viersen verließ Maximilian die Kraft. Mitten auf dem aufgeweichten Boden ließ er sich fallen und wünschte sich nichts sehnlicher, als tot zu sein. Auf die Knie gestützt, nahm er die vom Blut rot gemalten Leinenverbände ab. Die Schnitte, die er sich zugefügt hatte, waren tief, bereits einige Wochen alt – er wollte sie nicht verheilen lassen. Der Versuch, sich selbst zu richten, war ihm misslungen. Wie eine stumme Erinnerung an seinen Bruder wollte er die Schnitte so präsent wie möglich halten.

Mit dem Fingernagel fuhr er sich durch die Wunden an seinen Handgelenken und Unterarmen. Maximilian wollte nicht mehr leben. Er wollte Lorenz wiedersehen, wollte seinem Bruder sagen, wie leid es ihm tat, dass er alles dafür geben würde, um die Tat im Wald bei Kempen ungeschehen zu machen. Sein Körper tat ihm diesen Gefallen nicht. Egal wie oft er sich abends auf den kalten Waldboden legte, er wachte jeden Morgen auf, und der Tag begrüßte ihn mit wärmenden Sonnenstrahlen.

Maximilian schüttelte den Kopf und sein langes Haar fiel ihm wie ein Schleier über die Augen. Lorenz war sein kleiner Bruder gewesen, er hatte die Verantwortung für ihn gehabt, er hätte auf ihn aufpassen müssen – stattdessen war Lorenz durch seine Hand gestorben. Und das nur, weil Lorenz seine geliebte Antonella hatte retten wollen. Die Erinnerung an vergangene Tage kroch in Maximilian hoch. Wie sein jüngerer Bruder versucht hatte, seine Geliebte vom Scheiterhaufen zu befreien, wie Maximilian ihn davon abhalten wollte und sich die Klinge wie von Seilen gezogen in den Körper des Bruders bohrte.

Maximilian hatte sie alle enttäuscht: seine Eltern, seine Geschwister und sich am meisten. Er hätte Lorenz helfen müssen, sich gegen die Übermacht zu stemmen, auch wenn die Lage aussichtslos schien. Stattdessen war sein Bruder in seinen Armen verblutet, während Antonella in den Flammen qualvoll verbrannt war. Er schloss die Augen. Es kam ihm wie ein nicht enden wollender Albtraum vor, aus dem er nicht aufwachen konnte.

Lautes Gebrüll riss ihn aus seinen Gedanken. Kurz blickte er sich um und entdeckte eine große Gruppe hessischer Soldaten. Er hatte an der Seite seines Bruders gegen die Hessen gekämpft, in der Schlacht bei Crefeld. Unzählige Soldaten hatte er auf dem Gewissen. Trotzdem waren Marschall Guébriant und der hessische Feldherr Eberstein siegreich gewesen und hatten seine Heimat zerstört. Kempen hatte lange durchgehalten. Mehrere Tage konnte die Stadt dem Ansturm der Männer standhalten. Als schließlich ein Geschoss die Stadtmauer an der Turmmühle traf und ein Loch in der Verteidigung klaffte, gaben die Bewohner auf. Mord und Plünderungen waren die Folge. Nicht nur in seiner Heimatstadt, allerorten benahmen sich die Soldaten wie Barbaren. Ganz gleich, ob Freund oder Feind. Die Grenzen verschwammen, Gesetze hatten keine Gültigkeit mehr. Ein Menschenleben war nicht mehr wert als der Dreck unter den Fingernägeln der Soldaten.

Maximilian blieb auf dem Weg sitzen. Sollten sie ihn töten, ihm die schmutzigen Kleider vom Leib reißen und Gottes Strafe auf Erden vollziehen. Damit hätte sein kümmerliches Dasein ein Ende und er könnte seinen Bruder um Verzeihung bitten. Inständig hoffte er, dass Lorenz im Tod mit seiner geliebten Antonella fand, wonach er immer gesucht hatte. Leichter Regen setzte ein, als Maximilian eine stumme Entschuldigung gen Himmel schickte.

»Guck dir den an«, grollte ein älterer Soldat, der die Spitze des Zuges anführte. »Ist der einer von uns?«

Der bärtige Mann packte Maximilian an seinen langen schwarzen Haaren und blickte in die tiefblauen Augen, die auch Lorenz besessen hatte.

»Sieht mir fast wie einer von Lamboys Männern aus.«

Innerlich seufzte Maximilian. Natürlich trug er nichts mehr, was ihn wie einen Soldat hätte aussehen lassen.

Der Hesse sah in ein eingefallenes Gesicht, mit Augenringen tief wie Wagenräder – eine schmutzige, bemitleidenswerte Gestalt, dem Tod näher als dem Leben.

Maximilian bewegte sich nicht. Der Soldat verpasste ihm einen Schlag auf den Hinterkopf und setzte seinen Weg fort. Maximilian überlegte, wohin die Soldaten wohl gehen würden. Etliche Dörfer waren ihnen angesichts der drohenden Übermacht kampflos übergeben worden. Und obwohl der kaiserliche Befehlshaber Hatzfeldt keine Anstalten machte, die Bedrohung zu stellen, wurden die Lagerstellungen der Hessen und Franzosen gesichert. Dafür benötigten sie Munition, Geld und Nahrung – alles Mangelware in dieser vom Krieg gebeutelten Region. Wenn dieser französische Bastard Guébriant und sein hessischer Bluthund Eberstein ihre Karten richtig ausspielten, könnten sie vielleicht sogar bis nach Köln vordringen. Wenn Kurköln fiel, wäre es aus mit des Kaisers geliebtem Reich. Dieser viel zu lange währende Krieg wäre damit entschieden. Weitere Gedanken verbat sich Maximilian. Warum noch über den Krieg grübeln? Alles war unwichtig geworden.

Die Wolken zogen sich zusammen, als wollten sie ihm den Weg in den Himmel versperren. Unzählige

Männer gingen an ihm vorbei, ihre Säbel rasselten und vermischten sich mit den rauschenden Blättern der Bäume zu einer ganz eigenen Melodie. Ihre Uniformen waren von Schlamm verschmiert. Jeder trug das am Leib, was ihm gerade so passte, wählerisch konnte man in diesen Zeiten nicht sein. Doch selbst sie gaben kein so jämmerliches Bild ab, wie Maximilian es tat. Ab und zu bekam er einen Tritt, einige spuckten ihn an. Aber das war unwichtig. Gerechtigkeit gab es auf dieser Welt nicht. Ansonsten würde sein Bruder noch leben und seine Geliebte im Arm halten. Stattdessen hatte Gott zugelassen, dass Maximilian zum Mörder geworden war.

Er starrte vor sich auf den aufgeweichten Boden. Erst die letzten beiden Männer des Trosses schenkten ihm mehr Beachtung. Ein schmächtiger Soldat packte ihn an den Haaren. Maximilian spürte eine kalte Klinge an seinem Hals, während der andere seine Kleidung durchsuchte.

»Ein paar Groschen«, sagte der Soldat und hielt dem Schmächtigeren, der ihn immer noch gepackt hielt, triumphierend die Münzen vors Gesicht. »Ich dachte, der Lump hat gar nichts dabei.«

Maximilian lächelte. Die hatte er beinahe vergessen. Genau wie seine Eltern, genau wie alles andere. Er hatte seine Familie verlassen müssen. Alles in Kempen erinnerte ihn an seinen Bruder. Das Leben ist einfach, wenn einem alles egal erscheint, und der Tod wird damit zur letzten, großen Herausforderung. Wenn er nur den Mut aufbringen würde, seine Adern von Neuem …

»Vielleicht hat er noch etwas«, sagte der Soldat und festigte seinen Griff. Maximilian spürte, wie die Klinge langsam in die Haut schnitt und warmes Blut sich mit dem Regen vermischte.

»Da ist sonst nichts. Gar nichts.«

»Soll ich ihn aufschlitzen?«

Innerlich betete Maximilian, dass er es tun würde. Lediglich ein kleiner Stich … ein kurzer Dolchstoß, schon würden die Augen trüb werden und die letzten Kräfte den Körper verlassen. In wenigen Lidschlägen könnte er seinen Bruder wieder in die Arme schließen, ihn um Verzeihung bitten und seine Tat auf ewig in den Qualen des Höllenfeuers büßen.

Anstatt ihm die Waffe in die Rippen zu stoßen, erhob sich der Soldat und ließ die Klinge in den Gürtel gleiten.

»Guck ihn dir an. Der Bauernlümmel hat den Verstand verloren, seine Augen sind tot. Lass ihn hier in Ruhe sterben. Die Tiere besorgen den Rest.«

Mit diesen Worten verließen sie ihn. Im zunehmenden Regen wurden die Geräusche der Soldaten schnell schwächer, und Maximilian blieb allein auf dem Feldweg zurück. Die Tropfen schlugen neben ihm ein, wie die Geschosse vor wenigen Wochen auf dem Schlachtfeld. Sollte er auf den Tod warten? In seinem Magen herrschte eine Leere, wie er sie noch nie erlebt hatte. Der Hunger war beinahe übermächtig, sein Geist schien zu schwirren, seine Gelenke wurden taub. Und doch war es nicht genug für den Tod.

Die nächste Stadt war Viersen. Vielleicht sollte er versuchen, dort an einen Halunken zu geraten, der ihn auf die letzte Reise schicken würde. Allein war er offensichtlich nicht dazu imstande.

Es dauerte noch einige Zeit, ehe er mühsam aufstand und sich auf wackligen Beinen in Richtung der Stadt aufmachte.

Kapitel 2

- Die gefallene Prinzessin -

Neuß war schnell erobert worden. Guébriant hatte in drei Tagen erreicht, was Karl der Kühne mit 20.000 Mann in elf Monaten nicht fertiggebracht hatte. Die Stadt war gefallen und diente ihm als Hauptquartier. Beinahe der gesamte Niederrhein war nun in seiner Hand.

Hier wimmelte es von Soldaten. Elisabeth zog ihre von Schlamm überzogene Kleidung an sich heran. Es war beinahe ungewohnt, über das vom Matsch verschmierte Kopfsteinpflaster zu gehen. In den Wäldern hatten Dornenbüsche und Gestrüpp gegen ihre Beine gepeitscht und kleine Schnittwunden hinterlassen. Sichelförmige rote Linien zogen sich über ihre blanken Waden. Einen Schuh hatte sie verloren, der andere bestand lediglich aus Nähten und Lederfetzen. Dort, wo keine Steine mehr lagen, gab der aufgeweichte Boden bei jedem Schritt einen schmatzenden Ton von sich. Dicke Wassertropfen fielen vom Himmel und durchnässten sie bis auf die Haut. In den eng verwinkelten Gassen suchte sie Schutz, doch nichts an diesem Ort vermittelte auch nur im Ansatz Sicherheit. Jede Schenke, jedes Gasthaus war voll von

Soldaten, die ihre Humpen in die Höhe streckten und Lieder auf den Sieg sangen. Während die französischen und hessischen Männer feierten, lag über den Bewohnern das stille Tuch der Angst. Die Holzvorschläge vor den Fenstern waren geschlossen, allein fahler Kerzenschein kündete davon, dass die Häuser bewohnt waren. Die einfachen Bürger litten am meisten unter der Besatzung. Jedes Brot, jeder Schlafplatz, ja sogar Decken und Kleidung mussten sie den Siegern überlassen. Andernfalls wäre ihnen der Tod sicher. Recht, Gesetz und Moral waren an diesem von Gott verlassenen Ort nicht mehr zugegen. Hier herrschte die Angst.

Elisabeth konnte es spüren: Die Häuser, die Straßen, die ganze Stadt zitterte förmlich unter der Bedrohung, die sich hier niedergelassen hatte.

Ohne aufzublicken und die Kapuze tief in das Gesicht gezogen, ging Elisabeth nah an den Häuserfassaden entlang. Bloß keine Aufmerksamkeit auf sich ziehen, dachte sie und überlegte es sich im selben Moment anders. Sollen sie ruhig kommen, mit mir machen, was ihnen beliebt. Dann wäre diese Tortur vorbei. Es war ein schmaler Grad zwischen Erlösung und Wahnsinn, den sie beschritt. Bald wollten ihre Beine das Gewicht ihres Körpers nicht mehr tragen. Am nördlichen Ende der Stadt fand sie, wonach sie gesucht hatte – einen Ort zum Sterben.

Das quietschende Tor der Scheune öffnete sich einen Spalt, schnell schlüpfte sie hindurch und streifte ihre

Kapuze ab. Ein paar alte Werkzeuge hingen an der Wand, dazu konnte sie einen Karren in der Ecke ausmachen und etliche Jutesäcke, die den Boden bedeckten. Die Gegenstände würden für ihr Vorhaben reichen. Ihre Finger waren blau und zitterten vor Kälte, als Elisabeth ein von Rost überzogenes Messer an sich nahm und sich auf die Säcke fallen ließ. Sie spürte die Feuchtigkeit an jeder Stelle ihres Körpers und ein Schauer lief ihr über den Rücken, während sie mehrmals tief durchatmete.

Nur noch einen Moment, Schwester. Noch wenige schwache Herzschläge und wir sind wieder vereint. Wenn auch nur kurz.

Durch fehlende Bretter im Scheunendach konnte sie in den dunklen Nachthimmel blicken. Die Wolken wirkten in diesem Augenblick so nah, als wäre sie imstande, nach ihnen zu greifen. Sie stellte sich das schüchterne Lächeln Antonellas vor, ihre weichen Gesichtszüge, die makellose, fast weiße Haut, das rabenschwarze Haar und die tiefdunklen Augen.

Bis gleich, Schwester. Ich bitte dich, vergib mir.

Sie erhob eine Hand, als wollte sie nach etwas greifen. Dann stach sie die Klinge in ihren Unterarm und warmes Blut tropfte auf ihre Kleidung. Bald war aus den wenigen roten Perlen ein ganzer Schwall geworden, der ihr entgegenströmte. Ein Lächeln umspielte Elisabeths Lippen. Der Schmerz war erträglich, beinahe erlösend. So fühlte es sich also an, glücklich zu sein. Ein lange nicht mehr gekanntes Gefühl.

Kraftlos sank ihr Arm nieder. Zu der Feuchtigkeit des Regens gesellte sich die Wärme ihres Blutes. Sie spürte, wie sich die Flüssigkeit auf ihrem Bauch verteile, und schloss langsam die Lider.

Das war es also. Das gerechte Ende. Leicht öffneten sich ihre Lippen und ihnen entwich ein langer Seufzer.

Das Gesicht Antonellas verschwamm vor ihren Augen und das Aufschlagen des Regens auf dem Scheunendach wurde leiser, bis Elisabeth das Gefühl hatte, von einer unsichtbaren Hand fortgetragen zu werden. Alles war leicht, ihr Körper war von sämtlicher Last befreit und die Schrecken der irdischen Welt schienen keine Rolle mehr zu spielen.

Gleich werde ich bei dir sein. Ich spüre deine Anwesenheit, höre dich rufen, Schwester. Verzeih mir alles, was ich dir angetan habe, das Feuer der Hölle ist nicht genug Strafe dafür. Noch wenige Sekunden und wir sind vereint …

»Kann man da am Preis nichts machen?«

»Nichts da. Der Preis steht!«

War das ein Traum? Elisabeth war sich nicht sicher. Die Worte schienen aus weiter Ferne zu kommen. Zwei Stimmen – die dunkle eines Mannes und die hohe einer Frau.

»Ist nicht gerade schön hier«, stellte der Mann gereizt fest.

»Du wolltest es schnell, also kriegst du es schnell. Wir sind hier ja nicht am Bonner Hof.«

Die beiden näherten sich. Elisabeth konnte das Geraschel von Kleidung ausmachen. Hastige, von Gier zerfressene Berührungen, wilde Küsse.

»Lieber Gott, du hast es aber nötig«, sagte die Frau resolut. »Immer langsam mit den jungen Pferden, du wirst schon gut bedient, mein Hübscher.«

Wieder kamen sie ein Stück näher.

»Du hast keine Ahnung, wie lange ich nicht mehr …«, dann stockte die Männerstimme. Elisabeth wollte die Augen öffnen, sich vergewissern, dass dies keine Einbildung war, doch der kalte Hauch der Schwäche hatte sie bereits in seiner finsteren Umarmung eingeschlossen. Jeder Ton war gedämpft, als ob sie unter der Wasseroberfläche wäre. Auch die Nässe auf ihrer Haut war nicht mehr so unangenehm.

»Da liegt wer«, polterte der Mann. »Ich glaube, die verreckt gleich. Ist bestimmt ne Kranke. Lass uns hier verschwinden.«

Die Frau dachte allerdings gar nicht daran, sondern stürzte auf Elisabeth zu. Diese spürte die warmen, fast heißen Berührungen an ihrem Arm.

»Jesses Maria im Himmel. Das arme Kind. Lauf los und hol Hilfe!«

Erst jetzt schaffte es Elisabeth, die Augen zu öffnen.

Vor ihr kniete eine beleibte Frau, deren Hände fest auf ihre Wunde gedrückt waren. Dabei berührte ihr riesiger Busen beinahe Elisabeths Wangen. Dunkle Strähnen fielen ihr in das puterrote, runde Gesicht, als sie sich erneut zu dem Soldaten umdrehte. »Lauf schnell und hol Hilfe!«

Der Mann zuckte lediglich mit den Schultern, rieb die Handflächen aneinander und blickte zum Tor. »Lass sie in Ruhe sterben und wir beide suchen uns einen anderen Ort. Ich habe Geld.«

»Ich spucke auf dein Geld«, entfuhr es der Frau und ihre Stimme wurden einige Nuancen tiefer. »Hier laufen Tausende von Soldaten herum, ich könnte an jedem Tag Dutzende Freier haben, wenn ich will.«

Die beherzten Worte ließen Elisabeth trotz ihrer Benommenheit hochschrecken. Mit ihrem Organ könnte die Frau ohne Probleme eine ganze Kompanie befehligen.

»Dann such ich mir ne andere Hure«, schrie der Mann voller Zorn und verschwand.

»Das sind alles meine Mädchen und ich werde dafür sorgen, dass du niemals mehr eine abbekommst. Da kannst du warten, bis du platzt.«

Eilig riss sie von ihrem Unterrock ein Stück Stoff ab und band es mehrmals um Elisabeths Wunde. Diese stöhnte unter dem Druck. Die Frau verband sie so fest, dass Elisabeth glaubte, es würden Tonnen auf ihrer Haut lasten. Ihr Unterarm schmerzte augenblicklich dermaßen stark, dass sich ihre Augen weiteten. Die Kraft verließ sie, es fiel ihr schwer, den Kopf zu bewegen. Durch die Löcher in der Decke tropfte Regen ungehindert in ihr Gesicht und ließ Elisabeth noch mehr frösteln.

»Ganz ruhig, Kleines«, flüsterte die Frau und kam mit ihrem Gesicht ganz nahe. Sie strahlte eine fast unheimliche Ruhe aus, wie es Menschen tun, die viel in ihrem Leben gesehen haben und noch mehr ertragen mussten. Dabei hatte sie einen gutmütigen Blick, sodass Elisabeth sich seit Wochen zum ersten Mal geborgen fühlte. Zärtlich streichelte die Frau ihre Wange und drückte weiterhin mit aller Kraft auf das Handgelenk. »Ich bringe dich weg von hier. Es wird alles gut, das verspreche ich …«

Das Letzte, was Elisabeth sah, war der gegerbte rote Rock der massigen Frau. Ihre Umrisse verschwammen zu einer Schattenfigur. Sie vermochte nicht mehr zu unterscheiden zwischen Worten und Gesten, alles war gleich, nichts hatte mehr Bedeutung. War dies das Ende und dieser Schatten der Tod, der sie ins Jenseits begleiten würde? Die Nacht wurde für einen Wimpernschlag zum Tag, zuckende Sterne tanzten vor ihren Augen – schließlich wurde alles schwarz und ihr Verstand verlor sich in der Finsternis.

Kapitel 3

- Die Sünden eines Bruders -

Maximilians Körper zitterte, tiefrot waren die Verbände, aus denen sein Blut auf den nassen Schlammboden tropfte. Als er sich vor die Tore der Stadt schleppte, begleiteten ihn die jagenden Wolken am Abendhimmel. Endlich hatte er Viersen erreicht.

Auch diese Gemeinde schien vom Krieg gebeutelt zu sein. Die Verteidigung der Stadt war praktisch nicht mehr existent. Ohne Probleme konnte er die wenigen Wachen umgehen und fand sich schnell im Ortskern wieder. Niemand sonst war auf dem Platz zugegen, die Fensterläden der Häuser waren geschlossen und kein Licht drang durch die Türspalten hervor. Viersen hatte ebenfalls Einquartierungen bekommen. Ein schöner Begriff dafür, dass die Bewohner ihre Betten, ihre Kleidung, ja ihr gesamtes Hab und Gut der Streitmacht zur Verfügung stellen mussten. Einige verwinkelte Gassen schlängelten sich vom Marktplatz ab und das Kopfsteinpflaster war vom nassen Dreck braun gezeichnet.

Nicht einmal die Hunde wollten bei diesem Wetter draußen sein, dachte Maximilian und ging einige Schritte weiter. Die mächtige Remigiuskirche ragte wie eine spitze Nadel, die in Wolken stechen wollte, in den Himmel. Das Dach des Bauwerks warf einen Schatten, der ihn zu verschlucken drohte. Die Dämmerung hatte die Stadt bereits in ihrer dunklen Umarmung eingeschlossen. Bald würde neben den feindlichen Soldaten die absolute Dunkelheit regieren. Blitze zuckten durch die Nacht, als ob Gottes Zorn über Maximilian hereinbrechen würde. Der Donner grollte, die Stimme der Gerechtigkeit wollte den Tribut für seine schreckliche Tat einfordern.

Obwohl die Nässe vollends seine Kleidung durchdrungen hatte, brannte seine Haut, als stünde sie in Flammen. Sein Atem beschleunigte sich, sein Herz schlug wie wild in seiner Brust. Erneut blitzte es, danach folgte der Donner.

Maximilian war gegen eine Wand aus Arkebusen angelaufen, hatte gegen etliche Männer gekämpft, die größer und kräftiger waren als er, mitten im französischen Artilleriehagel hatte er seinen Säbel gezogen und in die hasserfüllten Augen seiner Feinde geblickt, doch noch nie hatte er solche Angst verspürt wie in diesem Moment. Wie eine unheilbare Krankheit nistete sie sich in seinem Leib ein, griff und zerrte an ihm, bis nichts mehr übrig blieb außer der puren Verzweiflung.

Maximilian sank, ohne es zu wollen, auf die Knie. Er hatte das Gefühl, als würde das Gotteshaus auf ihn stürzen. Der Donner war ohrenbetäubend. Kalter Schweiß vermischte sich in Maximilians Nacken mit dem peitschenden Regen. Die Tropfen schmerzten auf seiner Haut. Sein gepresster Atem bildete kleine weiße Wölkchen, die sich sofort auflösten. Erschöpfung und Übermüdung ließen ihn nicht mehr klar denken. Und dann dieser Hunger, dieser unbeschreibliche Hunger, der ihm jegliche Kraft aus dem Körper zog. Erbarmungslos schien sich der Schlund des Teufels zu öffnen und der Allmächtige grollte dazu seine donnernde Symphonie.

Ja, dies musste der Eingang der Hölle sein. Jetzt würde der Sensenmann ihn holen. Dessen war er sich sicher.

»Es tut mir leid«, wisperte er in die Nacht hinein. »Lorenz, es tut mir unendlich leid.«

Tränen rannen über seine Wangen und die nassen Haare fielen ihm ins Gesicht, als er mit den Händen vor Scham seine Augen bedeckte. Die Mauern der Kirche wurden von den Blitzen weiß gezeichnet, als ein weiterer Paukenschlag ertönte. Es war zu viel, einfach zu viel.

Von Panik erfüllt sammelte er seine letzte Kraft. Weg von hier, nur weg von diesem Ort. Doch seine Beine versagten ihren Dienst. Maximilian torkelte, seine Füße versanken im Schlamm, bis er fiel. Benommen blickte er nach oben. Als weitere Blitze die Nacht durchschnitten, meinte er, in das Antlitz von Lorenz zu blicken. Das konnte nicht wahr sein. Es musste die

Täuschung seines ausgemergelten Geistes sein. Wann hatte er das letzte Mal gegessen? Wann geschlafen?

Angst trieb ihn auf die Beine. Mit reinem Entsetzen im Gesicht rannte er, so schnell er konnte. Irgendwann war seine letzte Kraft verbraucht. Die Lider halb geschlossen, lehnte er sich an eine Hauswand. Sein Atem rasselte, seine Knie gaben nach. Der totalen Erschöpfung nahe, legte er sich in den Hauseingang und rollte sich zusammen wie ein Hund. Noch immer tobte das Unwetter. »Verzeih mir, Lorenz«, murmelte er bereits im Halbschlaf. Wenige Atemzüge später wurde alles dunkel und die Gesetze der Welt verloren in seinen Albträumen ihre Gültigkeit.

Kapitel 4

- Zufällige Begegnungen -

»Wach auf, Schönheit.«

Elisabeth wähnte sich in einem Traum. *Schönheit?* So hatte sie lange Zeit niemand mehr genannt.

»Ah, blinzeln kannst du also noch.«

Ihr Körper schmerzte, ihre Arme konnte sie kaum bewegen und das Atmen fiel ihr schwer. Ihr Handgelenk war mit einem dicken Verband umwickelt. Es dauerte etliche Sekunden, bis sie verstand, dass sie noch am Leben war.

»Wer …?«, versuchte sie zu sagen. Ihr Mund fühlte sich trocken wie eine Wüste an. Sofort wurde sie von der Frau unterbrochen und ein Becher wurde an ihre Lippen gesetzt.

»Trink das, es wird dir guttun.«

Sie kannte den Geschmack des Getränks. Es war Wein.

»Ja, genau. Trink den ganzen Becher aus, damit du schnell zu Kräften kommst.«

Jeder Schluck schmerzte, als ob ihr Körper das Trinken erst wieder lernen musste. Nachdem sie ausgetrunken hatte, festigte sich Elisabeths Blick. Sie lag auf weichen Laken und ein süßlicher Duft drang ihr in die Nase. Die Fetzen, die sie am gestrigen Tag noch getragen hatte, waren verschwunden und eine dicke Wolldecke bedeckte ihren nackten Körper.

Die Frau bemerkte ihre Scheu. »Keine Angst«, sagte sie laut.

»Wo bin ich?«, versuchte Elisabeth es erneut. Ihre Worte waren schwach und durchzogen von Unsicherheit. Die Frau hievte ihren massigen Körper hoch, lächelte mild und tunkte ein Stück Stoff in eine dickflüssige Paste.

Elisabeth sah in verständnisvolle blaue Augen, dann blickte sie sich im Raum um. Sie lag in einem kleinen Wagen, nicht größer als die Rumpelkammer ihres Elternhauses. Bunte Stoffe hingen von der Decke herab, zwei kleine Fenster waren in den Wagen eingelassen, durch die zarte Sonnenstrahlen hereinfielen. Ruhigen Schrittes kam die Frau zurück und legte den alten Verband beiseite.

»Ich weiß nicht, was dir widerfahren ist, Kind«, sagte sie. »Aber für ein schönes Mädchen wie dich wird es eine Menge Gründe geben, um weiterzuleben, oder?«

Als ihre tiefe Wunde zum Vorschein kam, wand Elisabeth ihren Blick ab. »Nein«, hauchte sie und beobachtete die tanzenden Staubflocken im Sonnenlicht. Es brannte fürchterlich, als die Frau den nassen und widerlich stinkenden Stofffetzen auf ihre Haut drückte. Voller Schmerz verzog Elisabeth das Gesicht.

»Hoffentlich wird sich die Wunde nicht entzünden«, murmelte die Frau und zog den Verband eng um das verletzte Handgelenk.

Voller Zorn blickte Elisabeth sie an: »Wieso hast du mich nicht einfach in Ruhe sterben lassen?«

Die Frau gab ihr einen Klaps auf die Finger.

»Nicht in diesem Ton, junge Dame«, erwiderte sie scharf. »Du hast mir gar nichts zu befehlen. Ich habe schon Dinge erlebt, als deine Eltern noch nicht einmal imstande waren, dich zu zeugen.« Einige Sekunden herrschte Ruhe, nach wenigen Sekunden setzte sie erneut an. Dabei hatte sie eine so kraftvolle Ausstrahlung, dass sich Elisabeth eingeschüchtert auf die Lippen biss. »Zeig lieber Dankbarkeit.«

Noch nie hatte jemand auf diese Weise mit ihr geredet. Ihre Mutter war früh verstorben und ihr Vater hatte ihr jeden Wunsch von den Augen abgelesen. Erst versuchte Elisabeth, dem Blick der Frau standzuhalten, doch es dauerte nicht lange, bis sie ihr Haupt senkte: »Danke schön.«

»So ist es besser«, sagte die Frau und streichelte ihre Wangen.

An ihrem Blick erkannte Elisabeth, dass die Fremde ein gütiges Herz hatte. Genau wie Antonella. Bei diesem Gedanken wurde ihr Gemüt schwer.

»Sagst du mir deinen Namen?«

»Ich heiße Elisabeth. Elisabeth Dannen aus Kempen.«

Ruhig nickte die Frau. »Ich verstehe«, flüsterte sie.

»Die Bewohner haben tapfer gekämpft, konnten die Hessen mehrere Tage in Schach halten, schließlich fiel auch diese Gemeinde dem Krieg zum Opfer. Und du bist aus der Stadt geflohen, nur um dir das Leben zu nehmen?«

Auf einmal waren die Erinnerungen wieder da. Die brennenden Häuser, die schreienden Männer, die ihre Säbel in die Höhe reckten und schreckliche Schatten an die Wände malten. Sie konnte nicht sagen, warum, aber diese fremde Frau hatte etwas Mütterliches an sich, dessen sie sich nicht erwehren konnte. Erst kämpfte sie noch mit den Tränen, schließlich drang ein leichtes Schluchzen über ihre Lippen.

Die Frau streichelte über ihr Haar. »Wen hast du verloren, Kleines?«

In dem Augenblick brachen die Dämme. Elisabeth war sich sicher, dass sie alle Tränen vergossen hatte, doch nun rollten sie in dicken Tropfen über ihre Wangen. »Meinen Vater und meine Schwester.«

Ihre Blicke trafen sich, behutsam nahm die Frau Elisabeth in den Arm. Für einen Herzschlag erschrak sie. Die Frau war eine Fremde, jemand, den sie kaum kannte. Die Berührung tröstete.

»Wir haben alle jemanden verloren, Kindchen. Der Krieg holt aus uns Menschen das Schlimmste hervor«, flüsterte sie ihr ins Ohr. »Doch wir dürfen uns davon nicht unterkriegen lassen. Wir müssen weitermachen, hörst du?«

Elisabeth nickte und wollte sich aufrichten. Augenblicklich drehte sich alles um sie herum.

»Ruhe dich noch ein wenig aus«, sagte die Frau und drückte Elisabeth wieder auf das Bett. »Anscheinend bleiben wir noch ein paar Tage hier in Neuß. Umso mehr einsame Männer in der Stadt sind, desto mehr verdienen wir. Und derzeit verdienen wir viel.«

Obwohl sich bereits der düstere Schleier der Müdigkeit über Elisabeths Augen legte, arbeitete ihr Verstand noch immer. Ihre Stimme zitterte und war kaum mehr im Raum zu vernehmen. »Du bist also …«

»… eine Hure, ja. Obwohl ich unsere Mädchen nicht gerne so nenne. Jeder muss in diesen Zeiten schauen, wie er über die Runden kommt. Ich und meine Mädchen leben derzeit vorzüglich«, sie zuckte mit den Schultern. »Wenigstens eine gute Sache, die der Krieg mit sich bringt.«

Elisabeth wollte etwas erwidern, doch sofort spürte sie einen Finger auf ihren Lippen.

»Und jetzt ist Schluss. Schlaf noch ein wenig, heute Abend gibt es für dich eine richtige Mahlzeit und dann sehen wir weiter.«

Langsam erhob sich die Frau und ging die wenigen Schritte bis zur Tür. Unter ihrem Gewicht knarrten die Holzbalken des Wagens. »Ich bin übrigens Roswitha, aber nenn mich Rosi.«

Maximilians Träume waren dunkel. Im Schlaf meinte er, hundert Empfindungen gleichzeitig zu fühlen. Doch sie ließen ihn nicht hochschrecken, als wäre er in einem Labyrinth seiner eigenen Gedanken gefangen. Erst ein Schwall Wasser, der sich in sein Gesicht ergoss, riss ihn aus seinen Albträumen.

»Gut, du bist also am Leben.«

Von grauenvollen Bildern geplagt, hatte sein Herz eben noch schnell in seiner Brust geschlagen und drohte, vor Schreck zu zerspringen. Hastig atmend sah er sich um und blickte in die Augen einer groß gewachsenen Nonne. Die spitzen Gesichtszüge erinnerten ihn an eine Maus, passten jedoch gut in das schmale Gesicht mit den hohen Wangenknochen.

»Wie heißt du, Bursche?«, wollte die Frau wissen. Sie klang hochmütig und arrogant. Ihre Tunika bestand aus eingefärbter grauer Schafswolle. Dazu trug sie das Skapulier, ein schürzenartiges Arbeitskleid aus einem schwarzen Tuchstreifen mit Kopfloch. In ihrer Hand baumelte ein leerer Eimer.

Langsam kam Maximilian zu sich. Es war also kein Traum. Er hatte gestern wirklich Viersen erreicht. Die Sonne begrüßte die Stadt mit wärmenden Strahlen. Er musste blinzeln, um zu erkennen, dass er die Nacht vor einem Kloster verbracht hatte.

»Hast du einen Schlag auf den Kopf bekommen? Wie ist dein Name?«

»Mein Name ist Maximilian. Maximilian Cox aus Kempen«, antwortete er. »Und wer seid Ihr?«

»Kannst du arbeiten?«, wollte sie wissen, ohne ihm eine Antwort zu geben.

Für einen Moment waren seine Erinnerungen an die schrecklichen Ereignisse fortgespült, wie der Gestank einer Jauchegrube nach einem Regenguss. Der alte, stolze Maximilian versuchte, sich zu erheben. Er atmete die frische Luft des Morgens ein, wollte sich in die Höhe recken, doch seine Beine gaben augenblicklich nach.

»Sieh einer an«, stellte die Nonne fest. »Vielleicht wird es nach einer Mahlzeit besser. In dieser Verfassung kann ich dich nicht gebrauchen.« Sie machte einen Schritt zur Seite und warf ihm den Eimer zu.

Nur mit Mühe war er in der Lage, ihn zu fangen.

»Willst du hier Wurzeln schlagen? Es gibt viel zu tun. Der Sturm hat das Dach abgedeckt, eine Scheune ist eingestürzt und der Zaun ist umgefallen«, kritisch beäugte sie Maximilian. »Bist du imstande, das alles zu reparieren?«

Eigentlich sollte er nicht hier sein. Nicht in einem Kloster, nicht wenn Gott auf Rache sann und ihm gestern nach dem Leben getrachtet hatte. Er musste verrückt sein, wenn er sich in dieses Haus traute. Doch sein Geldbeutel war leer und mit ihm sein Magen. Zaghaft machte er den ersten Schritt an der Nonne vorbei.

»Mein Name ist Schwester Agathe und du befindest dich im Franziskanerinnenkloster Sancti Pauli Bekehrung.«

Gemeinsam gingen sie durch die flache Eingangshalle. Maximilian zuckte innerlich zusammen, als er die schlichte, hölzerne Ausstattung und die Kreuze sah, die an den Wänden angebracht waren. Er hatte Mühe, den langen Schritten der Nonne zu folgen, dazu sprach sie schnell, während sie durch die Gänge eilten.

»Wenn du arbeitest, kannst du bleiben. Der Vorsteher dieses Konvikts ist Vikar Nikolas Weisen. Ihn wirst du nach dem Essen kennenlernen«, erneut blickte sie an seiner zerlumpten Kleidung herab. »Wir sollten dich vorher neu einkleiden und zum Allmächtigen beten, dass der Vikar dich nicht des Hauses verweist.«

Unter den dicken Staubschichten der Erinnerungen begann Maximilians Verstand zu arbeiten. Vater hatte ihn und Lorenz mehrmals mit nach Viersen genommen. Sogar über das Nonnenkloster hatte er gesprochen, wenn sie hier ihre Waren auf dem Markt verkauft hatten. »Sollte das Kloster nicht von einer Oberin geführt werden?«

Unvermittelt wurde der Schritt der Schwester langsamer, ein kurzer Blick zum massigen Holzkreuz folgte, schließlich blieb sie stehen.

»Tatsächlich erhielten wir im Jahre des Herrn 1438 das Recht, Oberinnen zu wählen. Doch unser

Vorsteher führt nun diesen Konvent. Er hat viel Geld und Mühe für das Kloster aufgewandt, und das in einer Zeit, in der man ungern etwas entbehrt.«

Maximilians Blick blieb an den Kreuzen hängen. »Er hat sich also diesen Posten gekauft«, murmelte er. »Muss gute Verbindungen nach Kurköln haben.«

»Schweig!« Die durchdringende Stimme Schwester Agathes hallte im Gemäuer wider. Voller Zorn funkelte sie ihn an. »Wenn du dein Mundwerk nicht beherrschen kannst, ist dies der falsche Ort für dich, Bursche. So zu reden – das ist gefährlich in unseren Zeiten.«

Hunger und Schwäche rieten Maximilian, auf ihre Schelte nicht zu reagieren. Nach einigen Momenten setzte Schwester Agathe ihren Weg durch das Kloster fort.

»Der Vikar hatte bereits Männer angefordert, welche die Arbeiten in unseren Räumlichkeiten übernehmen. Leider sind die meisten, die dazu körperlich in der Lage wären, im Krieg gefallen oder geflohen, sodass wir niemanden fanden, der diese Aufgaben erledigen kann.« Sie deutete auf den Gang zu ihrer Rechten. »Dort ist die Krankenstube, Doktor Sylars Reich.«

Sie hielt kurz inne, als würde eine unheimliche Macht von diesem Teil des Gebäudes ausgehen. In ihren Augen entdeckte er, was er bei vielen Menschen gesehen hatte, bevor sie in den Krieg zogen. Es war eine Art Abscheu, durchsetzt von Angst. Hatte sich gerade wirklich ein Mundwinkel in dem eingemeißelten Gesicht der Nonne bewegt? Es musste nur ein kurzes Zucken gewesen sein, als wäre sie voller Melancholie in Gedanken versunken.

»Ich für meinen Teil rate dir, nicht krank zu werden«, flüsterte sie und zeigte auf eine große Treppe. »Dort oben sind die Schlafsäle der Schwestern, ich muss natürlich nicht erwähnen, dass die für dich absolut tabu sind. Die Mägde schlafen im hinteren Teil und weiter den Gang entlang befinden sich die Kapelle, die Gärten und unser Friedhof.« Schwester Agathe baute sich vor Maximilian auf. Sie war sogar eine Handbreit größer als er. Sie musterte Maximilian, als versuchte sie, in ihn hineinzusehen. »Etwas weiter hinten ist der Speisesaal. Wir beherbergen hier 50 Schwestern und haben einen strengen Plan, wie wir dem Herrn dienen sollen. Wenn du dich weigerst, die Regeln einzuhalten, eine der Mägde auf ungebührliche Weise ansiehst oder deine Arbeit nicht richtig verrichtest, musst du das Kloster verlassen.« Sie machte einen Schritt auf ihn zu. »Hast du das verstanden?«

Ihm behagte es nicht, sich von einer fremden, älteren Frau strenge Regeln auferlegen zu lassen. Der Herrgott hatte einen grausamen Humor. Jetzt, da klar war, dass es keine Gerechtigkeit gab, wollte er Maximilian auch noch verhöhnen. Erst nahm er ihm seinen Bruder, machte ihn zum Mörder und schließlich demütigte er ihn, indem Maximilian für ihn arbeiten musste. Innerlich kochte er vor Wut. »Ja, Schwester Agathe.«

»Gut, ich werde dich jetzt in den Speisesaal begleiten. Unsere Mägde werden dir ein Frühstück zubereiten und zusehen, ob wir nicht andere Kleidung für dich finden. Du bekommst ein Zimmer, wo du dich umziehen und ein paar Stunden ruhen kannst. In deiner derzeitigen Verfassung werde ich dich nicht unter die Augen des Vikars schicken. Nach einem Bad wirst du ihm vorgestellt, und wenn er sein Einverständnis gibt, kannst du mit der Arbeit beginnen.«

Das Sonnenlicht fiel durch die seitlichen Fenster in den Raum. Ein Nicken von Maximilian besiegelte die Vereinbarung. Dabei blickte er jedoch nicht zu Schwester Agathe, sondern zu dem Kreuz, welches über ihr hing. Erneut hatte er das Gefühl, es würde auf ihn stürzen und ihn unter sich begraben wollen. Drohend warf es seinen Schatten genau in sein Gesicht.

Er war froh, als er endlich in den Speisesaal treten konnte, wo es keine dunklen Begleiter gab, die ihn verfolgten.

Kapitel 5

- Im Bauch der Bestie -

Nur langsam erwachte Elisabeth. Noch immer schwirrte es in ihrem Kopf und jeder Muskel ihres Körpers schmerzte. Besonders die Wunde am Handgelenk schien zu brennen. Durch den Druck des Stoffes waren ihre Finger weiß angelaufen, doch sie widerstand dem Drang, die Leinenverbände zu lösen. Stattdessen versuchte sie, sich aufzurichten, und zog zugleich die Decke bis zu ihren Schultern.

Das orangefarbene Sonnenlicht, welches den Abend ankündigte, spiegelte sich in kleinen Fläschchen und Ampullen, die auf einer Theke neben einem Spiegel angeordnet waren. Die unterschiedlichsten bunten Gewänder und Röcke stapelten sich im hinteren Teil des Wagens. Elisabeths Blick blieb auf einem Leibchen mit Hängeärmel, das auf einem grünen Arbeitsrock auf ihrem Bett lag, hängen. Die Frau musste die Kleidung für sie herausgelegt haben, dachte Elisabeth und erinnerte sich im selben Moment an den Namen der Fremden: Rosi, die Hure.

Ihre Gedanken wurden unterbrochen, als sie das Holzbrett entdeckte, das auf dem Boden neben ihrem Bett stand. Wein, Brot, Käse, sogar ein wenig Fleisch hatte Rosi für sie bereitgestellt. Erst nahm sie einige Schlucke aus dem Krug und schlang das Essen gierig hinunter.

Nachdem sie das Gefäß vollends geleert hatte, erhob sie sich und lugte vorsichtig aus dem Fenster. Tiefe, flachsende Männerstimmen drangen an ihr Ohr, dazu sah sie mehrere Lagerfeuer weiter entfernt. Pferde wieherten und Hellebarden waren fein säuberlich nebeneinander aufgereiht. Ein ganzes Dorf voller Soldaten breitete sich vor ihren Augen aus. Dahinter lag Neuß. Rosi musste sie hierhin geschleppt haben. Doch wie, das war ihr ein Rätsel.

Elisabeth erkannte die Kirche und Verteidigungswälle der Stadt. Verschreckt von der Armee ging sie in Deckung und zog das Kleid dicht an ihren Körper.

Sie musste inmitten des hessischen Lagers sein. In einem Lager voller blutrünstiger Soldaten. Vermutlich dieselben Männer, die Kempen niedergebrannt hatten und der Ursprung für diesen Wahnsinn waren. Wie konnte Rosi inmitten dieser wilden Horde leben? War sie hier nicht ein leichtes Opfer für die widerliche Lust der hessischen Besatzer? Hastig streifte Elisabeth sich die Kleidung über und machte die ersten, unsicheren Schritte in Richtung Tür.

Plötzlich hielt sie jedoch inne und sah mit offenem Mund in den Spiegel.

»Herr im Himmel«, entfuhr es ihr, als sie ihr eigenes

Antlitz erblickte. Wenn sie früher ihr Gesicht gesehen hatte, hätte sie vor Stolz platzen können. Doch von ihrer wallenden blonden Mähne waren lediglich strohige Haare übrig, die vormals strahlend blauen Augen wirkten trüb, ihre Haut war matt. Sie war übersät von Dreck und Schürfwunden. Selbst ihre einstmals vollen Lippen waren dünne Striche – nichts war mehr übrig von dem vollen Rot.

Angewidert von sich wandte sie ihren Blick zur Tür. Es war gerecht. Sie sah aus wie eine Aussätzige, wie eine Kranke, die man wegsperren sollte. Das konnte nur eine Strafe des Allmächtigen sein. Warum sonst hätte er ihr das Aussehen rauben und sie in das Lager des Feindes schicken sollen? Sie sollte leiden, bevor er sie holte.

Elisabeth nickte. Dann soll es halt so sein. Nichts anderes hatte sie verdient. Sollten die Soldaten sie holen und es endlich beenden.

Ohne weiter zu zögern, stieß Elisabeth die Tür auf. Ein warmer Windhauch umspielte ihren Körper und ließ sie für einen Moment die Augen schließen. Anschließend stieg sie die kleine Treppe hinab und stand mitten im Lager.

Vater hatte sie früher vor feindlichen Truppen gewarnt. Die Brutalität der Hessen war allerorts bekannt, sie nahmen sich, was sie wollten, wie ein Rudel ausgehungerter Wölfe. Und hier, im Inneren des Wahnsinns, würden Elisabeths schrecklichste

Fantasien noch übertroffen werden, dessen war sie sich sicher.

Einige Augenblicke verharrte sie und war auf das Schlimmste gefasst. Doch abgesehen von wenigen erschöpften Blicken und einem dünnen Pfeifen gab es keinerlei Reaktion auf ihr Erscheinen. Die Männer gingen an ihr vorbei, schauten kurz hoch, musterten ihre Gestalt und seufzten auf, als wäre zwischen ihnen eine unsichtbare Barriere, die Elisabeth nicht wahrnehmen konnte.

Das Lager erstreckte sich, so weit Elisabeth sehen konnte. Der Duft von gebratenem Fleisch lag in der Luft und vermischte sich mit dem Gestank von Fäkalien zu einer ganz eigenen Komposition. Während die Soldaten in Zelten hausten, waren hier acht Kutschen zu einer Wagenburg zusammengestellt. Daneben graste friedlich dieselbe Anzahl an Gäulen, die sich vom Tumult um sie herum nicht anstecken ließen.

»Schön, du bist auf den Beinen.«

Erschrocken fuhr sie herum. Mit einem dicken Bündel gewaschener Kleider kam Rosi auf sie zu, verstaute die Kleidung im Wagen und trat neben sie.

»Du scheinst ihnen zu gefallen«, sagte sie mit Blick auf die vorbeigehenden Männer.

Die Stirn in Falten gezogen, sah sich Elisabeth in der Wagenburg um. Erst jetzt war sie imstande, zwischen den rauen Männerstimmen ein paar höhere Töne auszumachen. An einer Feuerstelle etwas abseits erblickte sie ein Dutzend Frauen, die ungeniert Kleider anprobierten, ohne dass ein Mann in ihre Nähe kam.

»Keine Angst«, sagte Rosi. »Die Männer werden dich nicht belästigen, geschweige denn anfassen. Die meisten von ihnen haben sowieso wenig Geld.«

In der Tat konnte Elisabeth große Unterschiede zwischen den Soldaten erkennen. Bei einigen trennte nur der Säbel sie von dem Aussehen eines Bettlers, andere hingegen waren in den schönsten Farben gekleidet. Das waren auch genau die Männer, die hinter vorgehaltener Hand miteinander flüsterten und verstohlen auf eine der Frauen zeigten, während die zerlumpten keine Anstalten dazu machten.

»Ich habe mit dem Major der Truppe, Ernst von Rosen, ein Abkommen geschlossen. Wir bieten unsere Dienste erst bei Sonnenuntergang an, damit die Männer tagsüber nicht auf dumme Gedanken kommen. Sollte doch mal einer der Soldaten grob werden, sind ihm Folter und Tod gewiss. Deshalb wird dich hier niemand schlecht behandeln.« Mütterlich legte sie die Hand auf Elisabeths Schulter. »In dieser gefährlichen Zeit ist der Hurentross eine der wenigen Möglichkeiten für alleinstehende Frauen, Geld zu verdienen und zu überleben. Wir dürfen mit der Armee mitfahren, müssen dafür aber einen Teil unserer Einnahmen direkt an Major von Rosen abtreten.« Verächtlich schnaubte sie. »Wenn es nach ihm ginge, würde er uns als Hexen verbrennen lassen. Er meint, dass wir die

Moral der Truppe untergraben.« Jede ihrer Aussagen war durchzogen von Spott. »Doch dann würden seine Männer rebellieren, und auch die Abgaben, die er von uns verlangt, verhelfen uns zu diesem Status. Wir haben Glück, dass wir den Hauptmann auf unserer Seite haben. Ein alter Haudegen, grantig, mit bösem Blick, aber er hat das Herz am rechten Fleck. Er hat noch nie eins meiner Mädchen angefasst, setzt sich aber trotzdem beim Major für uns ein. Gott alleine weiß, warum.«

Noch einmal schweifte Elisabeths Blick zu den kichernden Frauen. Nicht, dass sie unbedarft war, was den Beischlaf betraf – im Gegenteil. Während ihr Vater noch dachte, dass sie die brave Tochter war, hatte sich Elisabeth von den Männern genommen, was sie wollte. Das Spiel mit ihnen war ihr also nicht vollends fremd, aber dieses für Geld zu tun?

»Eine Frauenwirtin«, flüsterte Elisabeth zu sich selbst.

»So nennt man meinen Beruf«, antwortete Rosi.

»Sie sind also allesamt Huren?«

Rosi lächelte sie an, spuckte auf ein Taschentuch und begann, Elisabeths Gesicht vom Dreck zu befreien.

»Natürlich nicht«, scherzte sie lächelnd und zwinkerte ihr zu. »Meine Mädchen sind Zuhörer, Verlobte für eine Nacht und Geschäftsleute im Gewerbe der käuflichen Liebe.«

»Wer sind sie, wo kommen sie her?«

Rosi zuckte mit den Schultern, ließ sich aber nicht von ihrer Aufgabe ablenken, während Elisabeth den Blick nicht von den Frauen nehmen konnte.

»Von hier und dort. Ihre Geschichten sind so unterschiedlich wie ihre Gesichter. Einige waren kurz vorm Verhungern, als ich sie auflas, andere flehten mich auf Knien an, dass sie für mich arbeiten dürfen. Wir haben keine Ehemänner mehr, keine Söhne und Väter, die auf uns aufpassen. Das müssen wir selbst erledigen. Zu mir kommen diejenigen, die sich ein besseres Leben erhoffen und keinen Mann mehr haben.«

Auch wenn sie ihren Körper verkaufen mussten, um an Nahrung und Kleidung zu kommen, schienen diese Frauen glücklich. Trotz der Gewissheit, dass sie, wenn die Sonne untergegangen war, diesem grobschlächtigen Volk zu Diensten sein mussten.

»Sie wirken zufrieden.«

»Zufrieden?«, hakte Rosi nach und hielt für einen Moment inne. »Schau sie dir an. So viel Geld, wie sie in diesen Tagen verdienen, hätten sie in zwei Leben nicht zur Verfügung gehabt. Spiel mit den Männern, schenk ihnen einen Hauch Aufmerksamkeit, lass sie fallen und zieh sie wieder an dich heran, schon sind sie Wachs in deinen Händen und geben dir ihre letzten Taler.«

Rosi fasste an Elisabeths Kinn, drehte ihren Kopf

in der Abendsonne, um sie im Licht zu begutachten, und war anscheinend sehr zufrieden. »Glaube mir, mein Kind, unser Gewerbe ist das einzig ehrliche in diesen Tagen. Du bezahlst, bekommst, was du willst, und gehst. Weder der hessische Eberstein noch der französische Marschall Guébriant oder der kaiserliche Feldmarschall Hatzfeldt werden diesen Krieg für sich entscheiden können. Die wahren Gewinner sind wir.« Sie lachte leise auf. »Zumindest solltest du es auf diese Weise sehen.«

Elisabeth wusste nicht, was sie mehr beeindruckte – der unerschütterliche Optimismus der Hurenmutter Rosi oder ihr Mut. Beides hätte man leicht mit Dummheit oder Naivität verwechseln können, doch ihre Worte waren klug. »Wieso hast du mich aufgelesen und zum Lager gebracht?«

Kurz funkelten Rosis Augen.

»Nicht, dass ich nicht dankbar wäre«, fügte Elisabeth hastig hinzu. »Aber warum hast du es getan? Es gab keinen Grund, mich zu retten.«

Die Frau atmete tief ein und steckte das Stofftuch zurück in den Ärmel ihres Kleides. »Weißt du, Elisabeth … Manchmal siehst du jemanden schwer verletzt im Graben liegen, blutend, röchelnd, am Ende seiner Kräfte, und du weißt sofort, dass der Tod seine Erlösung bedeutet.« Hoffnungsvoll strahlte sie. »Bei dir war es anders. Ich glaube nicht, dass deine Zeit bereits gekommen ist, dass du nie mehr glücklich werden kannst. Egal was dir widerfahren ist, wie schrecklich deine Geschichte war, sie ist vorbei.«

Die Sonne hatte an diesem Tag ihren Weg noch nicht beendet. Flimmernd warf sie ihren orangefarbenen Schein über die Zeltstadt und kündigte die baldige Dämmerung an.

Rosi fuhr fort: »Vielleicht hilft es dir ja, wenn du ein Bad nimmst. Du bist wirklich eine Schönheit, weißt du das? Ich kenne eine ganze Menge Frauen, die alles dafür geben würden, auszusehen wie du.«

Ungläubig fasste sich Elisabeth in ihre strohigen Haare. »Früher waren sie mal anders. Aber das ist längst vergangen.«

»Unsinn!«, entfuhr es Rosi und schob sie vor sich her. »Gib mir und unserer kleinen Bela ein paar Tage, und das Mädchen, welches du im Spiegel erblicken wirst, wird wieder atemberaubend schön sein.«

Gemeinsam gingen sie zu einem Wagen, der von Holzlatten umrahmt war, um vor neugierigen Blicken geschützt zu sein. Rosi schob sie zu einem großen Zuber und machte sich daran, Elisabeths Kleidung abzustreifen. Drei kleine Lagerfeuer erhitzen mehrere Töpfe. Das gluckernde Geräusch des Wassers beruhigte Elisabeths Gemüt.

»Glaub mir, das Bad wird dir guttun.« Fragend sah Rosi sich um. »Wo ist das Mäuschen denn nur wieder? Bela!«

Mit geschickten Handgriffen zog Rosi ihr das Kleid

vom Leib, sodass Elisabeth nackt vor dem Zuber stand. Voller Scham bedeckte sie ihre intimsten Stellen.

»Du musst dich nicht schämen. Glaube mir, Kind, wir sehen alle gleich aus. Zwar nicht so schön wie du, und bei mir ist es schon ein paar Jahre her, dass die Nippel so vorzüglich standen, aber im Großen und Ganzen stimmt es noch.«

Sie lachte über ihren eigenen Scherz und rief nochmals den Namen des Mädchens.

»Du hast gerufen, Mutter?«, ertönte es hinter Elisabeth.

Sie blickte über ihre Schulter und sofort fuhr ihr ein Schaudern durch Mark und Bein. In einem blauen Faltrock stand ein junges Mädchen vor ihr und blickte schüchtern zu Boden. Lange rabenschwarze Haare flossen an seinem Körper herab und rahmten das wunderschöne elfenbeinfarbene Gesicht ein. Sie kannte diesen Ausdruck, sie kannte diese undurchdringlichen dunklen Augen, die schwarz waren wie Rabenfedern, in denen nichts zu lesen war. Das junge Mädchen war das Ebenbild Antonellas.

Plötzlich war der Schwindel in Elisabeths Kopf wieder da, und sie vergaß für einen Moment, dass sie völlig nackt war.

»Da bist du ja endlich«, herrschte Rosi. »Hilf unserem Neuzugang, abermals ein richtig hübsches Mädchen zu werden. Erst ein Bad, danach die Haare auswaschen. Aber pass mit ihrer Wunde auf. Sie hat sich übel geschnitten.«

»Ja, Mutter«, hauchte das Mädchen und machte sich sofort daran, heißes Wasser in den Zuber zu gießen.

Elisabeth konnte die Augen nicht von ihr nehmen. Ihre grazilen Bewegungen, die katzengleiche Schüchternheit, alles erinnerte sie an ihre Schwester. Sogar ihre zarte Haut war die gleiche, dachte Elisabeth, als Bela ihr in den Zuber half.

Das konnte nicht sein, ihr Verstand spielte ihr einen Streich. Schließlich war sie noch schwach, konnte sich gerade auf den Beinen halten. Es waren ihre verstaubten Erinnerungen, die sich einen Scherz mit ihr erlaubten.

»Ich lasse euch beide jetzt alleine. Vor Anbruch der Nacht sind noch viele Mädchen hübsch zu machen. Außerdem muss ich die ersten Ansuchen für heute entgegennehmen.«

Vorsichtig löste sie Elisabeths Verband. »Und du kommst gleich noch zu mir, wir machen dir einen frischen Umschlag.« Mit diesen Worten verschwand Rosi und die beiden Mädchen waren im Holzverschlag allein.

Es dauerte etliche Momente, bis Elisabeth sich entspannte. Sie verdrängte die finsteren Gedanken, die in ihrem Kopf herumspukten und ihren Geist malträtierten. Ein kurzer Seufzer entsprang ihrer Kehle, als sie sich zurücklehnte und langsam spürte, wie Wärme in ihr hochstieg. Bei jedem Wasserschwall, der hinzugegossen wurde, schloss sie die Augen ein wenig mehr und genoss, wie das Nass wohlig ihre Haut umspülte. Wie lange hatte sie kein Bad mehr genommen? Wie lange nicht mehr die hauchzarten Berührungen des warmen Wassers gespürt? Es musste eine Ewigkeit her sein.

Als Bela mit einem Stück Seife ihre Haare einrieb, glitt Elisabeth in einen entspannenden Halbschlaf hinüber. Mit kräftigen Bewegungen massierte das Mädchen den Schaum ein. Minutenlang genoss Elisabeth diese Behandlung, bis die dunklen Überlegungen den Weg zurück in ihren Geist fanden und sie aufschrecken ließen.

Hatte sie diese Wohltat überhaupt verdient? Natürlich nicht, ein qualvoller Tod wäre das einzig Gerechte, was ihr wiederfahren sollte. Ihre Schwester hatte einen grausamen Flammentod gefunden, sie hingegen ließ sich waschen und das Essen bringen. Ein Schauer lief ihr über den Rücken.

»Habe ich etwas falsch gemacht?«, wollte Bela furchtsam wissen. Zum ersten Mal trafen sich die Blicke der beiden Mädchen.

Dieser Ausdruck, diese Augen … »Nein, es ist alles wunderbar. Hab vielen Dank. Ich glaube nur nicht, dass ich das alles hier verdient habe. Eigentlich war für mich eine andere Behandlung vorgesehen«, sagte

Elisabeth mit Blick auf ihre Wunde und lehnte ihren Rücken an das Holz des Zubers.

Behutsam setzte Bela neu an und strich zärtlich über ihre Kopfhaut. »Deine Wunde sieht schlimm aus. Was ist passiert?«

Elisabeth überlegte einen Moment. Rosi würde ihre Gründe haben, dass sie nicht allzu viel von ihr preisgab, also wollte auch sie nicht zu viel erzählen. »Ich habe mich geschnitten, als ich Fleisch zerteilen wollte.«

Bela seufzte kurz auf. Ein amüsierter, ungläubiger Seufzer. Hatte sie richtig gehört? Als ob jemand eine Geschichte erzählte, die man nicht glauben konnte.

»Mir ist das ebenfalls passiert.« Das Mädchen kam näher und zeigte Elisabeth seinen Unterarm. Eine weiße Narbe stach hervor, genau an der Stelle, an der auch Elisabeth das Messer angesetzt hatte. Sofort verstand sie.

Während die Vögel mit ausgebreiteten Schwingen über ihnen kreisten und wenige Fuß von ihnen entfernt die Hessen ihre Schlafplätze vorbereiteten, lag eine unheimliche Stille zwischen den beiden Mädchen.

»Ist sie wirklich deine Mutter?«, wollte Elisabeth wissen, darauf bedacht, schnell das Thema zu wechseln.

»Sie ist unser aller Mutter. Ohne sie wären wir verloren«, antworte Bela ruhig. »Im letzten Jahr nahm sie mich auf, als … als ich mich geschnitten habe. Seitdem reisen wir dorthin, wo die Soldaten hinziehen.«

Elisabeth blickte ins Wasser. Nachdenklich ließ sie

die Flüssigkeit zwischen ihre Finger hindurchgleiten. »Wie alt bist du, Bela?«

»Das weiß ich nicht«, antwortete das Mädchen. »Mutter Rosi sagt immer, dass ich fünfzehn oder sechzehn sein muss. Ich habe in vielen Waisenhäusern gelebt, war bei dieser oder jener Familie im Dienst.« Sie sagte das, als würde sie über das Wetter oder eine gute Ernte sprechen. Anscheinend hatte sie die Geschichte schon so oft erzählt, dass sie sie nicht mehr schmerzte. »Irgendwann war ich mit dem Herrn des Hauses allein. Er berührte mich und wollte mich küssen. Doch ich verstand nicht, was er wollte, weshalb war mir eine Tracht Prügel gewiss war. Er schlug mich so häufig, dass ich keinen anderen Ausweg wusste. Da nahm ich ein Messer und bohrte es ihm in den Hals.«

Elisabeths Augen weiteten sich. Dieses junge Mädchen sollte jemanden getötet haben?

»Also lief ich fort. Ohne Essen, ohne Geld, der Körper zerschunden.« Ihre ohnehin leise Stimme wurde beinahe tonlos. »Ich habe versucht, mir Essen zu besorgen, gebettelt und gefleht. Niemand wollte mir etwas geben.«

Belas Bewegungen erstarrten. Sie war ganz tief in ihren Erinnerungen versunken und durchlebte diese grausige Zeit erneut.

Elisabeth wusste nicht warum, doch aus irgendeinem Grund fühlte sie sich dem Mädchen direkt verbunden. »Was ist dann passiert?«

»Bis zum dritten Tag hab ich es ausgehalten«, fuhr Bela fort. »Irgendwann wurde der Hunger übermächtig. Mein Magen zerrte und drückte, er schien sich zu dehnen und gleichzeitig zusammenzuziehen. Ich war nicht mehr imstande, einen klaren Gedanken zu fassen. Also nahm ich ein Messer und wollte den Schmerz beenden.«

Elisabeth drehte ihren Kopf und sah in ihre Augen. Sie erblickte Trauer, Angst, aber auch Dankbarkeit darin, dass diese Zeit ein Ende gefunden hatte.

»Hat sie dich ebenfalls in einer Scheune gefunden?«

Ein mildes Lächeln umspielte Belas Lippen. »Nein, ich tat es direkt auf dem Marktplatz. Niemand wollte mir helfen, nur Mutter Rosi.«

Sie lächelten sich an. Damit war zwischen ihnen endgültig ein Band geknüpft. »Du bist also auch eine …?« Das Wort kam nicht über ihre Lippen.

»Eine Hure? Ja, obwohl Mutter Rosi nicht gerne hört, wenn man das sagt«, antwortete Bela, wusch Elisabeths Haare aus und half ihr aus dem Zuber.

»Ist es nicht schwierig, einem fremden Mann zu Diensten zu sein?«

Bela gluckste, als amüsiere sie diese Frage.

»Manchmal. Am Anfang vielleicht, aber wenn du mit ihnen spielst, hast du die wahre Macht. Manche wollen nur reden und ergießen sich schnell. Bei anderen wiederum ist es eine Überwindung und sie schwitzen wie die Schweine, wenn sie auf dir drauf sind.«

Anerkennend blickte sie an Elisabeths nacktem Körper herunter. »Außerdem können *wir* uns in diesen Zeiten die Männer aussuchen. Versuch es am Anfang mit den Hübschen, dann ist es leichter. Wenn alles nichts hilft, kannst du dir immer noch vorstellen, dass du an einem schönen Ort bist.«

Als Bela ihr beim Ankleiden half und anschließend ihre Haare bürstete, lugte Elisabeth durch den Holzverschlag. Einige der Männer waren groß gewachsen, manche hatten schöne Gesichter, andere waren von einer Wildsau kaum zu unterscheiden.

»Und wo ist dein schöner Ort?«, wollte Elisabeth wissen, den Blick nicht von den Soldaten nehmend.

Bela ließ sich Zeit mit ihrer Antwort, während sie Elisabeths Haare kräftig weiterbürstete. Sie schien genau zu überlegen, bis sie mit zerbrechlicher Stimme näher an ihr Ohr kam, ganz so, als würde sie ihr ein Geheimnis anvertrauen wollen. »In meinen Träumen habe ich einen Mann, den es nicht interessiert, wo ich herkomme oder was ich getan habe, um zu überleben. Er ist groß und stark und bringt mich zum Lachen, wenn ich traurig bin. Gemeinsam bauen wir ein kleines Häuschen und suchen uns einen ruhigen Platz, an dem frisches Wasser fließt und all die Grausamkeit des Krieges nicht hinkommt.«

»Das ist ein sehr schöner Traum«, hauchte Elisabeth. Langsam erhob sie sich, nahm Belas Hand und blickte ihr in die Augen. »Glaube mir, das wird alles wahr werden. Irgendwann ist dieser viel zu lange Krieg vorbei und dann wirst du solch einen Mann finden.«

Jetzt war es Bela, die scheu zu Boden sah. »Ich hoffe es«, entgegnete sie und blickte dann auf Elisabeths Wunde. »Es ist schön, das gerade von dir zu hören.«

Voller Scham fasste Elisabeth sich ans Handgelenk und wandte sich ab. »Hab vielen Dank, Bela. Ich … ich sollte jetzt zu Mutter Rosi gehen.«

Kapitel 6

- Ein immerwährender Beobachter -

Das Essen war gut und reichlich. Maximilian konnte sich nicht mehr daran erinnern, wann er das letzte Mal einen vollen Magen gehabt hatte. Schwester Agathe hatte ihm anschließend den Weg in sein Zimmer gewiesen, in dem bereits ein Bündel mit frischen Hosen, ein paar Hemden und einem dicken Mantel auf dem Bett lag. Der Raum glich einer Abstellkammer, trotzdem fanden ein Bett und ein kleiner Tisch darin Platz. Das Fenster der Stube ging direkt zu den Gärten hinaus. Dort sah es schlimm aus. Der Sturm hatte den ohnehin vernachlässigten Garten fast zerstört. Zumindest der Brunnen war noch funktionstüchtig, sodass Maximilian sich waschen konnte, bevor er ins Bett stieg und ein paar Stunden ruhte. Alles in allem also mehr, als er in seinem selbst gewählten Exil in den Wäldern zur Verfügung gehabt hatte. Trotzdem behagte ihm etwas nicht.

An Schlaf war nicht zu denken. Stundenlang starrte er an das Holz und fixierte das einfache, eiserne Kreuz, das an der Wand hing. Unruhe kam in ihm auf und nistete sich in seinem Körper ein. Das Kreuz schien ihn zu verhöhnen, jeder Zoll dieses Monuments der Ungerechtigkeit erinnerte ihn an Lorenz. Sobald er die Augen schließen würde, wäre Er wieder da. Er, der das alles zugelassen hatte, der aus seinen Träumen Geschichten aus Angst und Hass machte. Maximilians Unterlippe erzitterte vor Zorn. Teils auf sich, teils auf Ihn, der die Fäden des Schicksals ungerecht und grausam gesponnen hatte.

Schließlich stand Maximilian auf, riss das Kreuz von der Wand und schleuderte es mit aller Kraft durch das Fenster in den Garten. Endlich konnte er aufatmen. Ohne dieses Zeichen Seiner Macht schien die Luft nicht mehr so drückend zu sein und nicht länger von Angst durchzogen. Der Raum wirkte befreit auf ihn und nun war es ihm möglich, die Augen ohne Gefahr zu schließen.

Er wusste nicht, wie lange Erschöpfung und Übermüdung ihn in den tiefen Sog des Schlafes gezogen hatten. Die Abendsonne warf gerade ihr gleißendes Licht in den Raum, als es mehrmals an der Tür pochte. Mit verschlafenen Augen zog sich Maximilian die frische Kleidung an und öffnete die Tür.

»Du hast lange geschlafen. Ich hoffe, du bist nun ausgeruht«, sagte Schwester Agathe abschätzig. »Ein weiterer Tag Müßiggang wird dir nicht gegönnt.«

»Ich bin in der Lage, jede Arbeit auszuführen«, schoss es aus Maximilian trotzig hervor.

Obwohl er noch nicht ganz bei Kräften war, brannte er darauf, sich der Nonne zu beweisen. Aus stahlblauen Augen funkelten sie sich an.

»Komm mit, der Vikar wird dich jetzt empfangen.«

Auf dem Absatz machte sie kehrt und ging schnellen Schrittes voran. Doch Maximilian dachte nicht daran, hinter ihr zu gehen, und beschleunigte ebenfalls seinen Gang, sodass sie nebeneinander herliefen, bis sie vor einer massigen Holztür im linken Flügel des Klosters standen. Kraftvoll klopfte Agathe gegen den Rahmen.

»Tretet ein!«, drang eine weiche Stimme von innen heraus.

Als die Tür den Blick in den Raum freigab, ging die Nonne erneut eilig voraus, schnitt Maximilian den Weg ab und verschränkte die Hände vor dem Bauch.

»Werter Vikar, ich darf Euch die neue Arbeitskraft vorstellen. Dies ist Maximilian Cox.«

Die Arbeitskraft. Wie sie die Worte aussprach. Als wäre er nur ein Stück Vieh. Erst nachdem Maximilian ihr einige Sekunden die Pest an den Hals gewünscht hatte, sah er sich im Raum um und nahm die beiden Männer wahr.

Der erste saß hinter einem massigen Schreibtisch, der von zwei vollgestellten Bücherregalen flankiert wurde. Eine breite Fensterfront ließ das Abendrot herein und tauchte den Raum in dämmriges Licht. Ein paar Kerzen erhellten das freundliche Gesicht des Mannes. Seine vollen braunen Haare waren zu einem Scheitel gekämmt, er trug eine schwarze Weste über dem Hemd, das erst an seinem Hals abschloss.

»Ah, das ist der junge Mann, der mir angekündigt wurde«, sagte Vikar Weisen und erhob sich. »Wir sind wirklich glücklich, dass du bei uns bist, Maximilian.«

Sein Händedruck war kräftig; er war von imposanter Gestalt, wirkte jedoch nicht einschüchternd.

Wenn von jemandem Befehle entgegennehmen, dann von ihm, dachte Maximilian und lächelte zurück. Seine hasserfüllten Gedanken gegenüber Schwester Agathe waren wie vom Wind fortgetragen.

»Ich hoffe, Schwester Agathe hat dich herumgeführt«, sagte Weisen, steckte eine Hand in die Taschen und machte eine ausladende Handbewegung in Richtung Fensterfront. »Wie du siehst, gibt es eine ganze Menge zu tun. Allerorts sind nur Männer zu finden, die nicht zu gebrauchen sind«, resümierte er und suchte dabei den Blickkontakt mit allen Anwesenden. Der andere Mann, an den Schreibtisch gelehnt, lächelte erschöpft.

»Was ist dein Handwerk, Junge?«, wollte der Vikar wissen.

»Ich bin Schmied«, antwortete Maximilian wahrheitsgemäß. Ein weiteres Mal zogen die Erinnerungen an seine zerstörte Heimat an ihm vorbei.

»Ein Schmied!«, rief der Vikar und klatschte freudestrahlend in die Hände. »Schwester Agathe, einen Besseren hättet Ihr uns nicht schicken können.« Anerkennend klopfte er Maximilian auf die Schulter. »Ich bin mir sicher, du wirst alle Aufgaben hier bravourös meistern. So ein starker und kluger Junge, wie du es bist.«

Der Vikar kam ganz nah an ihn heran und schaute ihm tief in die Augen. Maximilian verfestigte seinen Blick. Die Pupillen des Vikars hatten die Farbe von Bernstein und strahlten voller Leben und Kraft. Einen ähnlichen Ausdruck besaßen auch die Augen von Maximilians Vater. Er fasste sofort Vertrauen zu dem Geistlichen.

»Ja, so etwas erkenne ich sofort«, fügte der Vikar hinzu. »Bei dir habe ich ein sehr gutes Gefühl. Wir können dir zwar weder Bezahlung noch Ländereien bieten …«, sein theatralischer Ton machte deutlich, dass er das soeben Gesagte nicht ganz ernst meinte, »aber Kost und Logis sind in diesen Zeiten mehr wert als manche Münze. Also, was sagst du?«

Der Mann konnte sich gut verkaufen, auch hörte Maximilian den Klang seiner Stimme gerne. Hätte der Vikar den Weg des Kaufmanns gewählt, anstatt ein Mann Gottes zu werden, wären ihm Reichtümer und Ruhm gewiss gewesen. Und zudem hatte er recht: Nahrung und Wohnraum waren rar, Maximilian hatte dies am eigenen Leib spüren müssen. Der Preis für einen Laib Brot war enorm, von einer normalen Familie kaum mehr zu bezahlen. Außerdem, wenn Gott ihn verhöhnen wollte, welche Möglichkeiten blieben ihm dann noch? Vielleicht konnte er auf diese Weise ein wenig seiner Schuld abtragen, wenn auch nur einen Bruchteil.

»Ich nehme das Angebot an«, sagte er schließlich.

Euphorisch ergriff der Vikar seine Hand und schüttelte sie kräftig.

»Das ist ein Wort, so habe ich das gerne. Eine schnelle und gute Entscheidung ist die Tugend eines mutigen Mannes.« Zufrieden ließ er sich auf dem knarrenden Stuhl hinter dem Schreibtisch nieder. »Ich bin wirklich froh, dass wir einen Schmied in unseren Reihen haben und keinen Soldaten.«

Bei diesen Worten lief ein Schauer über Maximilians Rücken. Sollte er ihn darauf hinweisen? Der Vikar war ihm mit Freundlichkeit und Güte begegnet, warum sollte Maximilian nicht ehrlich zu ihm sein? Andererseits warnte eine innere Stimme, er solle nicht alles von sich verraten.

»Diese Taugenichtse beherrschen allein das Handwerk des Tötens. Es behagt mir ganz und gar nicht – das Blut, das Geschrei, ich bin eher für die schönen, die feingeistigen Dinge im Leben.« Mit den Fingern deutete der Vikar auf die unzähligen Bücher, die sich in Regalen und auf dem Boden türmten. »Das Leben ist mein Geschäft, der Tod hingegen ist der Bereich von Doktor Rolf Sylar. Er betreut die Krankenstube in unserem Kloster.«

»Wohl eher das Verhindern des Todes, mein Freund«, erwiderte der Arzt und reinigte seine Bügelbrille, woraufhin beide sich anlächelten.

Doktor Sylar war ein kleiner, dicklicher Mann. Auf

seinem Halbkranz spiegelten sich die Strahlen der untergehenden Sonne. Langsam und behäbig schritt er auf Maximilian zu und reichte ihm die Hand.

»Es freut mich sehr, deine Bekanntschaft zu machen«, sagte der Arzt leise und wischte sich den Schweiß von der Stirn. Er wandte sich an den Vikar: »Wenn du nichts dagegen hast, würde ich mir den jungen Mann gerne für eine Weile ausleihen, Nikolas. Ich habe noch eine Menge in der Krankenstube zu tun und bräuchte tatkräftige Unterstützung.«

Der Vikar öffnete die Arme, als würde er seinen alten Freund beschenken. »Mach nur. Du musst wissen«, erklärte er an Maximilian gerichtet, »wir erhalten Geld für die Betreuung der Kranken und Verletzten von Kurie und Stadt. Leider ist es viel zu wenig, um ihnen allen helfen zu können.« Seine Stimme verlor an Kraft, als erschüttere ihn allein der Gedanke daran. »Wir geben unser Möglichstes, doch sind es viel zu viele, die unserer bedürfen, aber mit Gottes Hilfe werden wir Gottes Werk vollbringen.«

Bei diesen Worten räusperte sich Schwester Agathe und trat einen Schritt in den Raum hinein. »Dies ist ein Grund, warum ich mit Euch reden wollte. Leider stimmen die Einnahmen aus der Kurie nicht mit unseren Büchern überein. Auch die Spenden weisen fehlende Beträge auf«, erklärte sie scharf und mit fester Stimme. Vikar Weisen zog die Stirn in Falten und blickte betroffen auf seinen Schreibtisch. »Ja, es gibt viel Elend in dieser Zeit und tragischerweise bringt es das Schlechteste der Menschen zum Vorschein.« Ein weiteres Mal blickte er zu Maximilian. »In der Tat wird unser schönes Kloster oft das Ziel von Überfällen des gottlosen Gesindels. Sie erkennen die Wichtigkeit unserer Arbeit nicht an. Es sind nicht allein Geldbeträge entwendet worden. Gold, Statuen, heilige Artefakte – nichts scheint vor ihrer Gier sicher zu sein. Aber mit Gottes Gnade werden wir gegen dieses Unheil ein gerechtes Mittel finden.«

»Ich bin durchaus über die Überfälle und Diebstähle im Bilde«, setzte die Nonne erneut an. »Trotzdem ist mein Herz schwer vor Sorge, die ich gerne an Euch herantragen würde. Es betrifft unter anderem die Behandlung der Bedürftigen in unserer Krankenstube.«

»Aber Schwester Agathe, Ihr seid kein Arzt. Unser Doktor Sylar weiß, was richtig für sie ist. Macht Euch keine Sorgen«, antwortete der Vikar mild. »Ich werde mich persönlich darum kümmern.«

Doch die Nonne versuchte es erneut, ihre Stimme war verwoben mit dem Hauch der Verzweiflung, wie bei Menschen, die unzählige Male nicht gehört wurden: »Auch dass unsere Arbeitskraft bei Doktor Sylar eingesetzt werden soll, möchte ich zur Sprache bringen. Im Kloster gibt es viel zu erledigen, das …«

Maximilian war froh, als Vikar Weisen sie unterbrach.

»Ihr werdet ihn für ein paar Stunden entbehren können. Unser – sicherlich geschickter – Schmied ist viel mehr als eine Hilfskraft. Habt Ihr in seine Augen gesehen? Er ist ein richtiger Denker! Er wird noch einige Tage bei uns weilen, hoffe ich«, ergänzte der Vikar und sah Maximilian erwartungsvoll an.

Verlegenheit zauberte rote Flecken in sein Gesicht, als er die Worte des Mannes hörte, und zum ersten Mal seit langer Zeit huschte ein zufriedenes Lächeln über seine Lippen. »Natürlich, Herr Vikar. Es wäre mir eine Freude, in Eurer Krankenstube auszuhelfen.«

»Das ist die Antwort, die ich hören wollte. Und jetzt bitte ich Euch, mich zu entschuldigen, ich habe noch eine Menge zu erledigen, was bis tief in die Nacht dauern wird.«

Alle verließen den Raum. Das Schließen der schweren Tür erfüllte den Flur. Augenblicklich wandte sich Doktor Sylar an Schwester Agathe: »Es tut mir leid, werte Schwester, aber für meine Forschungen brauche ich den jungen Mann.«

»Das habt Ihr ja geschickt eingefädelt«, zischte die Nonne und bedachte ihn mit einem hasserfüllten Blick. »Ich muss mit dem ohnehin kargen Geld noch ein Maul mehr stopfen und Ihr bekommt ihn als Arbeitskraft.«

Erschöpft zuckte der Arzt mit den Schultern. »Ihr habt den Jungen doch gehört, außerdem entscheidet der Vikar über solche Fragen.«

Schwester Agathe trat einen Schritt auf den Arzt zu und überragte ihn mindestens um zwei Köpfe.

»Ja, Ihr und Euer alter Freund wisst, wie man Geld scheffelt und Kontakte knüpft, nicht wahr?«

»Vorsicht, werte Schwester. Sagt nichts, was Ihr später noch bereuen könntet.«

Nach diesen Worten zog sich die Nonne pikiert zurück und Maximilian war froh, endlich seine strenge Aufpasserin los zu sein. Eine gewisse Genugtuung stieg in ihm hoch, als die Schritte von Schwester Agathe sich langsam in den langen Gängen verloren.

»Du musst die Schwester entschuldigen«, sagte der Doktor, seufzte tief und ließ seine Sehhilfe in die Tasche gleiten. »Sie kann sich einfach nicht mit den Entscheidungen der Vergangenheit abfinden, scheint die Enttäuschung darüber nicht verwunden zu haben. Als unsere Brüder aus Kurköln dafür stimmten, dass dieses Kloster nicht von einer Oberin geführt wird, sondern sich vielmehr für unseren Vikar Nikolas Weisen als Vorsteher entschlossen, wurde sie verbittert.« Doktor Sylar führte Maximilian in den Krankenflügel. Die Stimme des Arztes war leise, als könnten die Wände mithören. Trotzdem war das Gesagte klar und von Mitgefühl durchzogen. »Sie vermutete eine Verschwörung, prangerte die guten Kontakte des Vikars nach Kurköln an. Dabei sind es genau diese, die uns die bescheidene Hilfsleistung aus der Kurie ermöglichen, dank der wir die Kranken und Schwachen versorgen können.« Er stöhnte auf und legte tief in seinen Überlegungen eine Hand auf seinen massigen Bauch. »Sie sieht in allem und jedem einen Feind, ist bei den Schwestern und Mägden bekannt für ihre Strenge und Korrektheit. Sie nennen sie bereits die ›eiserne Schwester‹.«

Der Arzt zog einen rasselnden Schlüsselbund aus der Tasche und öffnete die mit Eisen beschlagene Tür zur Krankenstube. Das metallische Geräusch hallte von den Wänden wider. Quietschend gab die Tür nach und Maximilian wich einen Schritt zurück. Ein bestialischer Gestank drang in seine Nase. Er musste sich zwingen, Doktor Sylar zu folgen. Sofort überkam ihn Übelkeit, der Geruch umhüllte seine Sinne, und er hatte das Gefühl, als müsse er sich übergeben.

»Ich bin mir sicher«, fuhr der Arzt unbeirrt fort, »dass sie irgendwann mal daran zugrunde gehen wird. Gott möge ihrer Seele gnädig sein.«

Diese Worte vernahm Maximilian beinahe nicht mehr. Seine Augen weiteten sich. Die weitläufigen Räume Krankenstube zu nennen, war stark untertrieben. Auf einem Dutzend Betten lagen Männer und Frauen, die dem Tode näher waren als dem Leben. Dicke Lederriemen waren um ihre Gelenke gebunden, sodass keine Bewegung mehr möglich war. Sie wanden sich in Fieberträumen oder starrten lethargisch an die Decke. An diversen Körperstellen waren dicke Verbände angelegt worden. Fast jeder von ihnen hatte Leinenstoff um den Kopf gebunden, der blutige Stellen an den Schläfen aufwies. Es war ein einziges Stöhnen und Seufzen. Und dazu dieser Gestank. Maximilian verzog das Gesicht.

»Viele von ihnen sind gewalttätig, schlagen um sich, wenn man ihnen helfen möchte«, erklärte der Arzt. »Die Schwestern kommen dreimal täglich, um sie zu reinigen, jedoch fehlen uns die Mittel, sie angemessen zu versorgen. Es ist eine Schande, was der Krieg aus den Menschen macht.« Er führte Maximilian weiter zu einem kleinen Gang, von dem unzähligen Türen abgingen. »Und das sind leider noch nicht einmal unsere problematischsten Patienten, bei ihnen schlug die Behandlung wenigstens noch an.«

Kein Wunder, dass dicke Augenringe das faltige Gesicht des Doktors zierten. Hinter jeder Tür war eine kleine Kammer, winziger als Maximilians Schlafgemach, in der jeweils ein besonders schwerer Fall, wie Doktor Sylar sie nannte, lag. Auch diese Patienten hatten die verschiedensten Verletzungen.

»Wir versuchen, sie ruhigzustellen, damit sie schlafen können«, fuhr der Arzt fort. »Nur leider sind wir selbst am Ende unserer Kräfte. Es kommen so viele und wir sind wenige. Einige werden direkt vom Schlachtfeld hierher gebracht. Sie schreien und schlagen um sich, sodass eine Ruhetherapie das einzig Richtige für sie ist, damit sie sich und anderen nichts antun.«

Erst jetzt fand Maximilian die Kraft, etwas zu sagen. »Einige von ihnen wirken ganz friedlich, als würden sie schlafen.«

»Das sind die Glücklichen, bei denen meine Behandlung anschlägt. Viele haben den Verstand verloren, reden wirres Zeug und essen sogar Fäkalien. Ich versuche diesen armen Seelen einen würdigen Abschied von dieser Welt zu ermöglichen.«

Gemeinsam schritten sie den Gang entlang zur letzten Tür.

»Diese Patientin ist besonders gefährlich«, erklärte der Doktor und steckte den Schlüssel ins Türschloss, drehte ihn aber noch nicht. »Sie ist vom Wahnsinn befallen, wird versuchen, mit allen Mitteln deinen Geist zu vergiften. Die Frau ist seit ein paar Tagen hier und nur wir können ihr helfen, ihren Weg zum Allmächtigen zu finden.« Eindringlich sah Doktor Sylar Maximilian an. »Du musst ihren Manipulationen standhalten. Sobald du ihre Fesseln löst, wird sie sich auf dich stürzen. Höre nicht auf ihre Worte, hast du verstanden?«

Maximilian hatte schon viel erlebt, einiges davon war grausam und an der Grenze zum Unaussprechlichen. Doch wenn er den Worten des Arztes Glauben schenkte, lauerte hinter dieser Tür das Grauen.

Langsam drehte sich der Schlüssel und die Tür gab den Blick in den dunklen Raum frei. Statt des Teufels persönlich kauerte in der Ecke eine Frau, vielleicht ein paar Jahre älter als Maximilian. Ihre dunklen Haare klebten in ihrem Gesicht. Eine dicke Eisenkette war um ihre Füße gebunden und mit dem Mauerwerk verbunden. Ein Topf war der einzige Gegenstand, den das stinkende Gemäuer enthielt.

»Bitte, helft mir.«

Mit beiden Händen schützte die Frau ihre Augen vor dem einfallenden Abendlicht. Lediglich mit einem zerlumpten Unterrock bekleidet, erhob sie sich zitternd und kam ein wenig näher. Ihr Gesicht war von Schmutz überzogen, doch es musste einmal sehr schön gewesen sein. Doktor Sylar drückte Maximilian schützend ein Stück nach hinten, den Blick nicht von der Frau nehmend.

»Bitte, ich habe nichts getan. Sag ihm, dass es mir leidtut, dass ich nichts sagen werde, gar nichts.«

»Sei still!«, herrschte der Arzt sie an. Seine Stimme schien entfesselt, er war in seinem Element, die Augen hellwach und mit klarem Blick. Keine Spur mehr von der Müdigkeit.

»Halte sie fest«, forderte der Arzt. »Ich muss ihr diese Tinktur einflößen.«

In seiner Hand leuchtete eine Phiole mit einer durchsichtigen Flüssigkeit im Abendrot. Erneut wiederholte er seine Warnung: »Lass dich nicht von ihr täuschen. Dein Griff muss hart wie Granit, dein Geist unbarmherzig sein.«

Maximilian zögerte. Diese junge Frau sollte die Ausgeburt der Hölle sein? Ihr Gesicht sah weich aus, er war sich sicher, würde er mit der Handfläche über ihre Wange streicheln, wäre sie nicht von Seide zu unterscheiden. Die Augen waren wach, kein Anzeichen von Wahnsinn. In ihnen spiegelte sich nur die Verzweiflung der Hilflosigkeit.

Doktor Sylar fasste ihn an der Schulter. »Bist du bereit?«

Maximilian nickte, schritt auf die Frau zu und hielt sie an den Armen fest.

»Bitte, nein! So habt Erbarmen! Ich werde nichts sagen, kein Wort wird über meine Lippen dringen. Sagt ihm das!«

Maximilian musste seine gesamte Kraft aufwenden, um die Frau an sich zu pressen.

Doktor Sylar hielt die Phiole in die Höhe, setzte seine Brille auf, schüttelte das Gefäß und entfernte den Holzstöpsel. »Jetzt gut festhalten!«, forderte er und kam näher.

Die Frau wehrte sich mit Leibeskräften. Tatsächlich war sie um einiges stärker als gedacht. Sie konnte noch nicht lange hier sein, ein paar Tage vielleicht. Ihr wohlgenährter Körper ließ darauf schließen, dass die Krankheit sie erst vor kurzer Zeit heimgesucht hatte.

»Bitte, es tut mir leid«, schrie sie mit heller Stimme, die von den engen Wänden widerhallte. »Ich werde nichts sagen, kein Wort wird über meine Lippen …«

Sie brach ab, da Doktor Sylar mit Gewalt ihren Mund öffnete. Dabei benutzte er eine Apparatur, die auf ihre Zähne gelegt wurde und den Kiefer spreizte. Maximilian hatte Schwierigkeiten, dieses Bündel voller Energie zu halten. Das Eisen des Apparates rutschte über ihre Zähne und gab ein furchterregendes Geräusch von sich. Doch schließlich konnte der Arzt ihren Kiefer öffnen. Der Mund stand so weit offen, dass ihre Haut in den Mundwinkeln zu reißen begann. Der Arzt schüttete den Inhalt der gesamten Phiole in ihren Rachen, entfernte die Apparatur, schloss den Mund und hielt ihre Nase zu.

»Ganz ruhig, danach wird es dir besser gehen«, flüsterte Doktor Sylar. Seine Augen glänzten vor Interesse, als wollte er ihr Mienenspiel aufsaugen, als könnte er jede Sekunde etwas lernen, wenn er nur zusähe.

Maximilian verfestigte nochmals seinen Griff, als sie sich wehrte.

Die Frau hatte keine andere Wahl, als die Flüssigkeit zu schlucken. Es dauerte nicht lange und ihre Kraft ließ nach, bis sie ihre Arme gar nicht mehr bewegte und nur noch unverständliches Gebrabbel von sich gab.

»Was habt Ihr ihr eingeflößt? Was war das für eine Medizin?«, wollte Maximilian wissen, als er sie behutsam auf den Boden legte.

»Schwarzes Bilsenkraut. Beim einfachen Volk auch Hexenkraut genannt.« Noch immer blickte der Arzt interessiert in das Gesicht der Frau. »Ich habe es allerdings stark verdünnt, damit sie vor ihrem inneren Dämon geschützt ist und lange schlafen kann.«

Das Wort ›Hexe‹, diese wenigen Silben lösten bei Maximilian augenblicklich die dunklen Erinnerungen an vergangene Tage aus. Mit aller Macht musste er sich gegen die aufkommenden Gefühle wehren, um ihnen nicht zu verfallen.

»Jetzt habe ich Zeit, mich dieser armen Seele in Ruhe zu nähern und ihr mit der Kraft der Medizin den Dämon auszutreiben. Danach kann sie den Rest ihres Lebens in Ruhe und Zufriedenheit verbringen.« Der Arzt wischte sich den Schweiß von der Stirn und zog ein Augenlid der Frau hoch. »Sie schläft gleich tief und fest, lass dich von ihrem Gerede nicht in die Irre führen. Ich hole mein Werkzeug und dann kannst du dich anderen Aufgaben widmen. Pass kurz auf sie auf.«

Damit war er verschwunden, schloss jedoch die Tür hinter sich ab. Sofort stieg Beklemmung in Maximilian auf. Nur durch das vergitterte Fenster in der Tür drang Tageslicht in den Raum. Die Dunkelheit vermischte sich mit der Stille zu einer geheimnisvollen und Angst einflößenden Kulisse. Ihre Augen flackerten. Dazu das wirre Gestöhne der Frau … Maximilian lief ein Schauer über den Rücken.

Er beugte sich über sie und hob ihren Kopf vom nackten Steinboden hoch. Anscheinend versuchte sie etwas zu sagen, halb noch in dieser Welt, halb in der des Traumes. Ganz nah musste er sich über sie beugen, damit er ihre Worte verstand. Die Geräusche waren nicht einmal mehr der Hauch eines Flüsterns, so dünn, dass der winzigste Ton sie überdecken könnte.

»Sagt dem Vikar … sagt ihm, dass es mir leidtut.« Dann verdrehte sie die Augen und glitt völlig in einen tiefen Schlaf ab.

Hatte Maximilian das gerade wirklich gehört? Woher kannte sie den ehrenwerten Vikar Weisen?

Ihre Augen waren eben noch aufmerksam, klar und voller Furcht gewesen, nun aber vernebelt und trüb. Wahrscheinlich ein Fiebertraum, aufgeschnappt durch Gespräche und hervorgeholt durch die Medizin, dachte Maximilian.

»Hat sie irgendetwas gesagt?«

Er schrak zusammen, als die Stimme des Arztes die gespenstische Stille durchbrach.

Er konnte Doktor Sylars Gesicht hinter dem Fenster in der Tür entdecken. Die Tür wurde geöffnet und endlich flutete wieder Licht das Verlies.

»Nur die Worte einer Irren.«

»Ja, das habe ich mir bereits gedacht«, entgegnete der Arzt und gesellte sich zu ihm. »Hilf mir, sie aufzurichten, wir müssen sie in die Krankenstube bringen, dort kann ich sie behandeln.«

Nachdem die Ketten gelöst waren, hob Maximilian die Frau an. Wie hatte sie vorhin eine solche Kraft entwickeln können? Die wenigen Pfund konnte er ohne

Probleme tragen. Er tat, wie ihm geheißen, und bettete sie auf eines der freien Betten neben den anderen Bedürftigen. Sofort band Sylar Lederriemen um ihre Handgelenke und stellte einen kleinen Tisch neben das Bett. Als er ein Lederetui auf der Platte aufrollte, musste Maximilian mehrmals hinsehen, um sich zu vergewissern, dass sein Verstand ihm keinen Streich spielte.

Verschiedene Messer, dünne und dicke Rohre, Geräte aller Art lagen fein säuberlich aufgereiht nebeneinander. Vieles davon hatte er noch nie gesehen und er musste der Versuchung widerstehen, sie zu berühren.

»Das sieht etwas wild aus«, erklärte Sylar, als er seinen Blick bemerkte. »Ist aber die einzige Lösung. Hab vielen Dank, junger Freund«, sagte er, während er den Kopf der Frau mit einem weiteren Gurt fixierte.

»Was macht Ihr mit den ganzen Geräten?«

Sichtlich angestrengt ächzte der Arzt. »Die meisten Dämonen sitzen im Kopf, das Übel muss an der Wurzel angepackt werden. Den Rest schaffe ich alleine. Du kannst essen gehen.«

Momente vergingen, in denen sich Maximilian nicht losreißen konnte. Endlich gehorchte ihm sein Körper wieder und er verließ die Krankenstube, um zum Speisesaal zu gehen. Doch die Frau, ihr Ausdruck und das flehende Bitten wollten seine Gedanken einfach nicht verlassen.

Kapitel 7

- Flucht von dieser Welt -

Die Tränen kamen in der Nacht.

Als die Sonne abends ihre ewige Schlacht mit dem Mond erneut verloren hatte und Dunkelheit sich über die Felder legte, schluchzte im Inneren des Wagens eine einsame Frauenstimme.

Sie war nur zum Essen aus dem Wagen gekommen und für das abendliche Bad, bei dem Bela ihre Haare kräftig einschäumte und ihren Kopf so wundervoll massierte, dass sie sich tatsächlich für ein paar Minuten entspannen konnte. Doch als die Nacht hereinbrach und die Grillen zirpend ihre Symphonie anstimmten, verkroch sie sich in Rosis Wagen. Erst in den frühen Morgenstunden folgte die Hurenmutter ihr, legte sich neben sie und fiel in einen tiefen Schlaf.

Die Beine fest an sich gezogen, presste Elisabeth die Decke vor ihr Gesicht. Niemand sollte ihr Wehklagen hören, keiner von der Schmach vergangener Erlebnisse erfahren. Sie wollte ruhig sein, in Stille trauern, doch es tat einfach zu sehr weh. Irgendwann, wenn Schweigen sich über die Nacht senkte, platzten die Gefühle ein ums andere Mal heraus. Das Gesicht Antonellas wollte nicht aus ihren Gedanken verschwinden. Der Name ihrer Schwester brannte sich wie flammende Insignien in ihren Verstand. Und immer wenn Elisabeth dachte, sie sei imstande, ihr Flehen um Vergebung zu beenden, überrollte sie eine weitere Welle der Trauer.

Eines Abends, als der Mond hoch am Firmament stand, hatte sie keine Tränen mehr und wagte einen vorsichtigen Blick aus dem Fenster. Draußen prasselte das Feuer und das Geschäft der Huren schien zu florieren. Mutter Rosi saß wie jeden Abend an einem kleinen Holztisch, von der Glut erleuchtet. Die Soldaten kamen zu ihr, erklärten ihr Anliegen, woraufhin sie ruhig nickte oder in schallendes Gelächter ausbrach.

Wenn das Geschäft besiegelt war, schritt Rosi zu einem der Mädchen, es folgte ein kurzes Gespräch und die Ausgewählte verschwand mit dem Soldaten in einem der Wagen. Etliche der Männer kamen fast peinlich berührt zu dem kleinen Tisch von Rosi, andere wiederum ließen großspurig ein Säckchen voll Geld auf das Holz fallen, fassten sich in den Schritt und lobten mit derben Worten ihre Potenz. Wieder und wieder beobachtete Elisabeth dieses nächtliche Ritual, das eine seltsame Anziehung auf sie ausübte. Einige Männer kamen bereits nach wenigen Minuten aus dem kurz zuvor noch wild schaukelnden Wagen heraus, andere ließen sich Zeit. Zumindest so lange, bis Rosi donnernd an die Tür klopfte und den jeweiligen Freier herauswarf. Zeit bedeutete hier Geld.

Elisabeths Gesicht wurde vom Mond angestrahlt, während sie beobachtete, wie die Mädchen Dutzende von Männern bedienten. Alle, bis auf eine. Nur ab und zu hob Bela ihren Kopf und lächelte schüchtern. Ihre Haare waren schwarz wie Ebenholz und schienen mit der Dunkelheit um sie herum zu verschmelzen. Während die anderen Frauen sich nur kurz an das Lagerfeuer setzen konnten, hatte sie noch keinen Mann begleitet. Ihr Name fiel ein ums andere Mal an Rosis Tisch, so meinte Elisabeth es zumindest zu vernehmen – dann folgten ein Fingerzeig des Soldaten auf Bela und ein Kopfschütteln von Rosi. Die Männer legten Münze um Münze auf das Holz und schoben sie mit einem Augenzwinkern Rosi zu. Sie erhöhten ihr Angebot mit jedem Holzscheit, der ins knisternde Feuer geworfen wurde, doch ihre Anstrengungen schienen vergebens. Jedes Mal lehnte Rosi ab und die Soldaten mussten sich mit einer der anderen Frauen begnügen.

Irgendwann hielt Elisabeth es nicht mehr aus. Das Feuer zog sie an wie das Licht die Motten. Es lag eine unheimliche Spannung über diesem kleinen Platz, der für diesen Moment der Mittelpunkt des Lagers war. Den Blick nicht von den Frauen nehmend, zog sich Elisabeth einen grünen Arbeitsrock über. Am Spiegel hielt sie inne. Für einen Wimpernschlag war sie wieder die alte Elisabeth. Sie schnappte sich eine Bürste und strich sich damit mehrmals durch das Haar. Rosi hatte recht behalten. Natürlich war der Glanz ihrer prachtvollen Locken noch nicht zurückgekehrt, doch was Bela mit ihren kräftigen Massagen ausrichtete, war erstaunlich. Sie rieb sich kräftig mit einem Tuch durch das Gesicht, um ein wenig Röte auf ihre Wangen zu zaubern. Schnell warf sie sich noch eine Decke über und machte die ersten, zaghaften Schritte auf die platt getretene Wiese. Die kühle Abendluft legte sich auf ihr Gesicht, und als Rosi sie entdeckte, erhellte sich die Miene der Frau. Sofort schritt sie auf Elisabeth zu.

»Ich habe schon gedacht, dass du den Wagen niemals mehr verlässt«, grinste sie und drückte das Mädchen an sich.

»Rosi, ich habe eine Frage.«

Mit großen Augen blickte die Frau sie an und stemmte die Hände in die Hüften. »Raus damit, Kindchen.«

Elisabeth zögerte einen Augenblick, aber diese Frage lag ihr seit Tagen auf der Seele.

»Du gibst mir ein Dach über dem Kopf, Nahrung, und ich werde von allen gut behandelt. Warum tust du das?«

Rosi schmunzelte. Es war dasselbe Lächeln wie bei ihrem ersten Treffen. »Weil ich es will und ich denke, dass du verdienst, weiterzuleben. Außerdem …«, sie machte eine kurze Pause, »… hoffe ich natürlich, dass du irgendwann dein Geld selber verdienen kannst.«

Elisabeth antwortete zögerlich und haderte mit sich selbst: »Ich weiß nicht, ob ich … imstande bin, die Dienste, welche ihr anbietet, auszuführen.«

»Mach dir deswegen mal keine Sorgen.« Mit einer Handbewegung wischte die beleibte Frau ihre Bedenken beiseite. »Wenn du es probieren möchtest, finden wir einen netten, jungen Soldaten.«

Elisabeth wusste nicht, was sie darauf antworten sollte. Diese Frau gab ihr so viel und sie … sie gab ihr nichts zurück.

»Komm, wärme dich ein wenig am Feuer und schau dir das Geschäft an«, fügte Rosi flüsternd hinzu. »Hier kannst du noch was lernen.«

Die Frauen begrüßten sie freundlich. Einige hatte sie bereits kennengelernt, ohne sich alle Namen merken zu können. Nur an die von Uta und Pauline konnte sie sich noch erinnern. Uta war groß wie Elisabeth, mit dunklen Haaren bis zum Po und einem schrillen Lachen. Sie war am heutigen Abend bereits mit sieben Soldaten nacheinander in einem der Wagen verschwunden. Und das waren lediglich die, die Elisabeth gezählt hatte. Pauline stand Uta, was das anging, in nichts nach, war jedoch optisch der komplette Gegensatz. Die rote Farbe ihrer Haare konnte mit dem Feuer konkurrieren. Ihre Stimme war leise und man musste sich ein Stück vorlehnen, um zu verstehen, was sie sprach. Nach einer Handvoll Worte waren die beiden auch schon wieder in einem der Wagen verschwunden. Elisabeth ergriff die Gelegenheit, um sich direkt neben Bela zu setzen. Aus dunklen Augen begrüßte sie ein warmer Blick.

»Hast du bereits geschlafen? Ich hoffe, wir haben dich nicht geweckt?«, wollte diese leise wissen.

Elisabeth nahm ein Stück Holz, spielte damit zwischen ihren Fingern und blickte nachdenklich in das glühende Rot. »Nein, ich konnte nicht schlafen. Zu viele Gedanken halten mich wach.«

»Das kenne ich«, erwiderte Bela und fuhr sich über den Arm. Obwohl Elisabeth es nicht sehen konnte, war ihr bewusst, dass die Finger des Mädchens über ihre Narbe streichelten. »Irgendwann vergeht der Schmerz«, hauchte Bela gedankenverloren. »Doch kannst du nicht vor ihm davonlaufen, er holt dich immer ein. Es wäre töricht, das zu leugnen.«

Elisabeth seufzte auf. Dieses abwesende, träumerische Gemurmel erinnerte sie einmal mehr an ihre Schwester. Auch sie hatte stundenlang dasitzen können, um sich tiefgründigen Gedanken hinzugeben. Sie wusste nicht, warum, aber plötzlich hatte Elisabeth das tiefe Bedürfnis, Bela aufmunternd über die Schulter zu streicheln und ihr für diesen Moment Trost zu spenden. So traurig waren die Augen des Mädchens, so zerbrechlich seine Stimme.

Bela blickte auf und dankte ihr die Zuwendung

mit einem Lächeln. Die Stimme des Mädchens war so leise, dass das Knacken des Feuers sie mühelos übertönen konnte.

»Es hilft, weißt du.«

»Was meinst du damit?«, hakte Elisabeth nach.

»Wenn du dich ablenkst, eine Aufgabe hast, deine Gedanken nicht nur um dich selbst kreisen.«

Endlich verstand sie, was Bela meinte. »Du meinst, ich sollte …?«

Das Mädchen zuckte mit den Schultern, machte eine Kopfbewegung in Richtung der Soldaten. »Du gefällst ihnen. Schau sie dir an.«

Es war Elisabeth gar nicht aufgefallen, dass die Männer sich die Hälse nach ihr verrenkten und einige bereits Angebote bei Rosi für sie abgegeben hatten. Ein lange nicht mehr gekanntes Gefühl. Früher hatte sie dieses Empfinden, begehrt zu werden, begleitet, sobald sie einen Fuß vor die Tür gesetzt hatte. Nach so langer Zeit erschien es ihr neu, ein Moment der Aufregung, ein Prickeln erfasste sie.

Wie sie von den Soldaten angestarrt wurde … Unbehagen vermischte sich mit aufflammendem Interesse.

»Der Anfang ist schwer, danach wird es leicht«, fuhr Bela fort. »Tu es nicht, wenn du es nicht willst. Aber irgendwann vergeht jeder Schmerz, egal, wie tief er in deiner Seele sitzt.«

Elisabeth blickte abwechselnd in die Gesichter der Soldaten und in das lodernde Feuer. Sie war eine Mörderin, warum nicht auch eine Dirne? Wochenlang war sie durch die Lande geirrt, nicht fähig, einen klaren Gedanken zu fassen. Erst hier, in diesen wenigen Tagen, hatte sie Ruhe gefunden. Zumindest, wenn sie nicht allein war. Nachts suchten sie immer noch die dunklen Erinnerungen heim.

Einen Moment lang schwiegen die beiden Frauen, nach einiger Zeit wandte sich Elisabeth im Flüsterton an Bela. »Ich habe dich noch nie in einen der Wagen gehen sehen, doch jeder der Soldaten scheint ein Auge auf dich geworfen zu haben.«

Ein scheues Lächeln huschte über Belas Gesicht. »Vor einiger Zeit war das noch anders«, wisperte sie in das Feuer hinein. »Oftmals bot ich meine Dienste bis zum Morgengrauen an, so viele Freier galt es glücklich zu machen. Als Major von Rosen eines Nachts Mutter Rosi einen Besuch abstattete, veränderte sich alles. Er bezahlte mich direkt für die ganze Woche, damit ich niemand anderem meine Dienste anbieten konnte. Allerdings erschien er nur zweimal in diesen Tagen. In der Woche darauf löhnte er für den ganzen Monat, dann für das nächste halbe Jahr. Es gab einen Streit mit Mutter Rosi, er bestand darauf, dass niemand anderer mich mehr beschmutzen durfte.«

Zum zweiten Mal legte Elisabeth die Hand auf Belas Schulter, diesmal zum Zeichen ihrer Freude für das Mädchen.

»Das ist doch großartig, du bekommst Geld

und musst lediglich mit einem Mann … du weißt schon …«

Belas Gesicht glich einer Maske aus Stein und ihre Stimme war nur noch ein Wispern. »Du kennst ihn nicht«, hauchte sie. »Hast ihn nicht erlebt, wenn er wütend ist. Als einer seiner Offiziere ihm zuvorkam und mich für eine ganze Woche bezahlte, war der am nächsten Tag tot. Angeblich ein Unfall, der Tritt eines Pferdes. Doch so recht glaubt niemand an diese Geschichte.«

Elisabeth atmete tief ein. Sie kannte diese Art von Männern. Besitzergreifende Monster, die alles beherrschen wollten.

Als würden die Gedanken Realität werden und ein drohendes Unheil seinen Weg hierher finden, entfernten sich etliche Männer von Rosis Tisch. Innerhalb weniger Momente verwaiste der Platz. Wären sie nicht bereits von Finsternis umgeben, würde nun eine dunkle Wolke aufziehen, dachte Elisabeth.

»Er ist da«, hauchte Bela in ihr Ohr. Das Mädchen versteckte sich hinter Elisabeth, einer Maus gleich, die Schutz vor einer sie peinigenden Katze sucht.

Flankiert von schwerbewaffneten Soldaten bahnte sich ein grimmig dreinblickender Mann seinen Weg durch die umstehenden Männer. Die zu einem Scheitel gekämmten Haare bewegten sich keinen Zoll, als er sich mit stampfenden Schritten Rosis Tisch näherte. Das Feuer ließ die Narben in seinem Gesicht weiß aufleuchten, und immer, wenn ein Soldat ihm nicht schnell genug aus dem Weg ging, zuckte sein Oberlippenbart bedrohlich. Ihn umwehte die Aura der alles auffressenden Angst wie ein dunkler Umhang, und die vormals ausgelassene Stimmung der Frauen wich furchtsamer Stille.

Nur Rosi schien das nicht zu beeindrucken. Ruhig stand sie auf und legte die Fingerspitzen aufeinander. »Ich wünsche Euch einen guten Abend, Herr Major von Rosen. Es freut mich sehr, dass Ihr den Weg zu uns gefunden habt.«

»Wo ist sie?«, raunte er mit tiefer Stimme.

»Wo ist wer?«, wollte Rosi süßlich wissen und setzte ihr perfektes Lächeln auf.

»Na, wer wohl? Mein Mädchen!«

Rosi ging einige Schritte auf ihn zu. Obwohl sie zu dem groß gewachsenen Mann aufblicken musste, konnte sie es durchaus mit dem feurigen Blick seiner Augen aufnehmen.

»Werter Major von Rosen, Ihr meint wohl *mein* Mädchen. Auch wenn Ihr die Güte und Weitsicht hattet, Euch die Dienste der jungen Bela für ein halbes Jahr zu sichern, ist sie dennoch mein Mädchen.« Ihre Stimme wurde eine Nuance leiser. »Ich werde niemanden gegen seinen Willen hier behalten. Das war auch Teil unserer Abmachung.« Sich der vollen Aufmerksamkeit des Majors bewusst, ließ sie sich Zeit, um hinter ihrem Tisch Platz zu nehmen. »Allerdings bekommt Ihr dann natürlich Euer Geld zurück, zumindest für den Rest der Zeit.«

Die Ader an der Schläfe des Mannes trat hervor, sein Gesicht färbte sich rot vor Zorn. Doch Rosi hielt seinem Blick stand.

»Ich will sie sehen«, spie der Major.

»Aber natürlich doch. Wenn Ihr mir bitte folgen würdet.«

Gemächlich erhob sie sich und schritt zu Elisabeth und Bela; der Major folgte mit wuchtigen Schritten. Kurz bevor sie das Wort an das junge Mädchen richten konnte, legte Major von Rosen seine riesige Hand auf Rosis Schulter. Seine Stimme war laut und eine einzige Drohung. »Irgendwann wird der Zeitpunkt kommen und ich werde euch alle verbrennen lassen. Genieß deine derzeitige Macht, Hurenmutter. Sie wird nicht mehr allzu lange währen.«

Erst jetzt drehte Rosi sich um. »Verehrter Herr von Rosen, ich bin mir sicher, dass sie so lange andauern wird, wie es Männer hier im Lager gibt, die auf unsere Dienste angewiesen sind.«

Einige Augenblicke verharrten die beiden und funkelten sich an, bis schließlich der Major die Hände hinter dem Rücken kreuzte und seinen Blick über die Männer schweifen ließ.

Nachdenklich beugte sich Rosi zu Bela hinunter. »Du musst es nicht tun, wenn du nicht willst.«

Ohne zu zögern sagte das Mädchen: »Du hast so

viel für mich getan, es ist nur gerecht, wenn ich dir einen Teil davon zurückgebe.«

Mit diesen Worten erhob Bela sich, schenkte Elisabeth einen letzten Augenaufschlag und verschwand mit dem Major in einem der Wagen. Rosi blickte den beiden hinterher und schritt mit ernstem Gesichtsausdruck zu ihrem Tisch. In ihren Augen konnte Elisabeth erkennen, dass die Gedanken der Frau sich nicht mehr um die Geschäfte drehten.

Bela hatte recht, Rosi hatte viel für sie getan. Die Frau musste ein Engel sein, da sie fähig war, dieses Maß an Erbarmen und Mitgefühl zu zeigen. Nicht nur, dass sie Elisabeth selbstlos vor dem sicheren Tod bewahrt hatte, sie bot ihr Nahrung und Obdach in einer Zeit, in der niemand etwas zu verschenken hatte. Auch in einem weiteren Punkt lag Bela richtig: Wenn man eine Aufgabe hat, heilen Wunden schneller. Zumindest vergisst man sie für einen Moment.

Mit einem letzten Blick auf die gaffenden Soldaten erhob Elisabeth sich, schritt an den anderen Frauen vorbei und stellte sich trotzig neben Rosi.

»Was ist denn in dich gefahren, Kind?«

»Ich möchte helfen«, entfuhr es ihr ein wenig zu laut.

Mit den Fingern der einen Hand scheuchte Rosi die wartenden Soldaten fort, damit sie ungestört reden konnten. »Du musst das nicht machen, aber ich hatte es gehofft.« Ihre Worte brannten sich eindringlich in Elisabeths Verstand. In diesem Moment war Rosi wieder die sorgende Mutter und nicht die kühle Geschäftsfrau, die den Soldaten entgegentrat. Ein gut gemeinter Klaps auf Elisabeths Hinterteil folgte. »Glaub mir, wir kriegen dich auch so durch. Wenn du es allerdings möchtest …«

»Ich will helfen! Wie lange würdest du mich noch durchfüttern, wenn ich es nicht tun würde? Ich möchte hier bleiben und es ist mir klar, dass ich früher oder später dafür arbeiten muss.« Von der Intensität in ihrer Stimme war Elisabeth selbst überrascht.

Rosi überlegte einen Augenblick, nickte anschließend und stellte sich neben sie vor die wartenden Hessen.

»Da hast du allerdings recht. Essen und Unterkunft sind teuer zu diesen Zeiten. Na, wenn du dir sicher bist«, seufzte sie zufrieden. »Irgendwann fangen wir alle mal an. Du erhältst den ersten Teil der Entlohnung, für den zweiten versorge ich euch mit Nahrung und ihr könnt die Wagen benutzen, der dritte wandert in meine Tasche und den vierten müssen wir an Major von Rosen abgeben.«

Elisabeth nickte, obwohl sie nur halbherzig zuhörte. Zu schnell schlug ihr Herz gegen ihre Brust, als dass sie jetzt an etwas anderes als ihre Aufgabe denken konnte.

Rosi ließ nicht locker, zog sie zu sich herab. »Du weißt, was du tun musst, um nicht schwanger zu werden?«

Bei diesen Worten fuhr Elisabeths Kopf herum.

Sie hatte die Mädchen in Kempen sich darüber unterhalten hören. Doch es waren nur Wortfetzen, Halbwahrheiten gewesen, die damals an ihre Ohren gedrungen waren.

Elisabeths Stimme wurde so leise, dass Rosi sich vorlehnen musste.

»Man muss sich … da unten … mit bestimmten Pflanzen ausspülen.«

Als hätte sie gerade den größten Unfug ihres Lebens gehört, wischte Rosi diese Worte mit einer verächtlichen Handbewegung beiseite. »Vergiss das, Kind«, prustete sie und griff unter ihren Rock. »Schweinedärme. Du ziehst einen über das steife Glied des Mannes, bevor er in dich eindringt. Es ist Teil der Abmachung, dass unsere Freier sie benutzen. Sollte er das nicht tun, ist das Geschäft geplatzt und du schickst ihn raus.«

Zaghaft nahm Elisabeth die dünne Haut in die Hand.

»Es fühlt sich …«

»… seltsam an, nicht wahr?«, unterbrach sie Rosi. »Aber es ist die beste Methode, um kein Kind von irgendeinem Bastard austragen zu müssen.«

»Woher hast du diese Därme?«, fragte Elisabeth, von der Beschaffenheit der Haut gleichzeitig fasziniert und angewidert.

Rosi zwinkerte ihr zu und drückte ihr ein Bündel Kraut in die Hand. »Ist eine Abmachung mit den

Köchen des Lagers. Außerdem werden sie mehrmals benutzt. Hier hast du Petersilie. Wenn er zu sehr aus dem Mund stinkt, soll er diese kauen. Und jetzt lass uns einen schönen Burschen für dich aussuchen«, sagte Rosi laut.

Daumen und Zeigefinger fuhren über ihr Kinn, während sie die Männer abschätzend begutachtete, als wollte sie Vieh kaufen.

Die Stirn in Falten gezogen, lehnte Elisabeth sich zu ihr. »Sollten die Soldaten nicht mich aussuchen?«

Kaum merklich schüttelte Rosi den Kopf, ohne die Augen von den Freiern zu nehmen. »Nicht in so einer Zeit, bei der Tausende Willige auf einem Haufen warten und vor allem nicht bei einem Mädchen wie dir.« Ihre Augen verengten sich zu Schlitzen, als hätte sie jemanden erspäht. Jeder der Männer blickte hoffnungsvoll und versuchte, sich ins rechte Licht zu rücken.

Elisabeths Knie wollten das Gewicht ihres Körpers nicht mehr tragen. Doch ihr Verstand befahl ihr, stehen zu bleiben.

»Ein Offizier mit guten Manieren und viel Geld, das ist genau der Richtige für dich.« Rosi schnippte mit den Fingern, deutete auf einen gut aussehenden Mann, der abseits stand, und lächelte einladend. »Junger Leutnant«, rief sie. »Warum steht Ihr so weit entfernt? Tretet ein wenig näher.«

Die anderen Soldaten entfernten sich grollend, während der Ausgesuchte näher kam. Rosi hatte einen vorzüglichen Geschmack, das musste Elisabeth zugeben. Er war ein Bild von einem Mann, hatte breite Schultern; blonde Haare rahmten das hübsche Gesicht ein und sein Blick zeugte von Stolz und Würde.

»Ich dachte, die Dame wäre nicht zu Diensten?«, fragte der Soldat und stützte sich mit einer Hand auf den Tisch.

»Nun, dann muss heute wohl Euer Glückstag sein«, antwortete Rosi und öffnete ihre Geldbörse. »Allerdings ist der Preis für dieses besondere Mädchen natürlich um einiges höher als der normale Satz.«

Der Soldat schaute die Hurenmutter gar nicht erst an. Sein Blick lag gebannt auf Elisabeths Körper, als würde dieser ihn magisch anziehen. »Wie viel?«, murmelte er.

Rosi strich verführerisch über Elisabeths Rücken und ließ sich Zeit mit ihrer Antwort. »Das Dreifache.«

Erst jetzt wandte sich der Hesse kurz zu Rosi und ließ seinen Blick wieder über Elisabeth streichen. »Einverstanden«, sagte er und legte etliche Taler auf den Holztisch.

Mit stoischer Ruhe zählte Rosi die Geldstücke nach und zeigte auf ihren eigenen Wagen. Noch bevor sich der Soldat umdrehen konnte, ergriff sie seine Hand und zog ihn zu sich herab. Ihre Stimme war leise, dennoch enthielt jede Silbe eine Drohung. »Ich muss natürlich nicht betonen, dass Ihr Euch tugendhaft und mit aller Würde zu nähern habt, werter Leutnant.«

Der Mann nickte leicht und senkte den Kopf zur Bestätigung. Endlich ergriff er zärtlich Elisabeths Hand und führte sie zum Wagen.

Sie spürte, wie ihr die Hitze ins Gesicht stieg. Ein dünner Film legte sich, als stummer Zeuge ihrer Anspannung, auf ihre Hände.

Als die Tür ins Schloss fiel und die Geräusche von draußen nur noch gedämpft an ihre Ohren drangen, meinte sie, das Blut in ihrem Körper rauschen zu hören. Aufregung legte sich über ihren Geist und ließ den Raum wanken. Eine gefühlte Ewigkeit hatte sie keinen einzigen Gedanken mehr an den Beischlaf verschwendet. Jetzt allerdings wurde sie von einer seltsamen Gespanntheit erfasst. Noch merkwürdiger war es, dass dieses Gefühl ihr behagte.

»Wie ist dein Name?«, wollte der Offizier wissen, als er sich auf dem Bett niederließ, die Petersilie an sich nahm und auf den grünen Blättern zu kauen begann.

»Elisabeth«, antwortete sie. »Wie heißt Ihr?«

»Johann Dreis«, sagte der Mann mit fester Stimme und legte seine Finger auf ihre Hand.

Jetzt ließ sich auch Elisabeth auf dem Bett nieder. Der Soldat hatte wundervoll geschwungene Lippen und seine Augen hatten einen würdevollen Glanz, dem sie sich schwer entziehen konnte. Natürlich war der Großteil der Soldaten grobschlächtige Mistkerle, doch dieser hier war anders, mit seiner sanften Stimme und beruhigenden Augen.

»Du bist noch nicht lange im Gefolge der Frauenwirtin?«

»Erst seit Kurzem«, bestätigte Elisabeth. »Und Ihr, wie lange dient Ihr bereits dem Feldzug von Eberstein?«

Der Soldat räusperte sich und blickte zu Boden. »Viel zu lange, als dass ich noch darüber nachdenken möchte.«

Endlich blickte er auf und sie konnte in grüne Augen sehen, die vom Kerzenschimmer angeleuchtet wurden. Das Licht verlieh ihnen einen gelblichen Schimmer, beinahe wie die Augen einer Katze. Sie wusste nicht, ob es an dem Gefühl, endlich wieder begehrt zu werden, lag oder daran, dass ihre Gedanken sich einmal nicht um ihre Schuld drehten. Für diese wenigen Augenblicke schien die Last von ihren Schultern genommen zu sein. Alles war leicht und frei, als sie ihre Lippen auf die seinen legte und ihm einen langen Kuss schenkte.

Elisabeth hatte nichts verlernt. Während eine Hand seinen Nacken umspielte, womit sie die Intensität ihrer Küsse beliebig variieren konnte, knöpfte sie den Waffenrock des Soldaten auf. Sie hielt einen Moment inne, legte ihre Hände auf seine Wangen. Aus seinen Augen sprach unbändige Lust und sein Blick verschwamm. Sie küsste ihn erneut langsam und zärtlich, liebkoste sein Gesicht, küsste seinen Hals und suchte sich den Weg zu seinen Lippen zurück. Gleichzeitig glitt ihre Hand herab und massierte sein Geschlecht durch den sich spannenden Stoff seiner Hose. Elisabeth war wie im Rausch, entfachte mit wenigen Bewegungen ein Feuer, das sie nicht mehr imstande war zu beherrschen. Seine Wangen glühten, sein Atem beschleunigte sich. Grazil erhob sich Elisabeth, fuhr durch die Haare des Mannes und zog sein Haupt in den Nacken. Sie spielte mit ihrer Zunge an seinen Lippen und schenkte ihm nach unendlich lange scheinenden Sekunden einen leidenschaftlichen Kuss. Mit geübten Handgriffen streifte sie ihr Kleid ab und erhob sich, um auch den Unterrock zu lösen. Nicht eine Sekunde verspürte sie Scheu oder gar Befangenheit, im Gegenteil. Als ihr Körper im Schein der Kerzen in einem majestätischen Goldton schimmerte, passierte etwas mit ihr, das sie selbst nicht verstand.

Auch wenn ihr Leben vollends aus den Fugen geraten war, konnte sie zumindest die Männer kontrollieren und sei es nur in den wenigen Momenten, die sie miteinander verbrachten. Es war das Letzte, was ihr geblieben war, und sie hatte vor, es vollkommen auszukosten. Jeder Herzschlag, den sie nicht in Hilflosigkeit und Scham leben musste, glich einer Erlösung. Es war, als hätte der Fluss der Begierde für einen Moment alle Bedenken hinfort gespült.

»Willst du mich?«, flüsterte sie in sein Ohr, während sie sich herunterbeugte und seinen Hals mit Küssen bedeckte. »Zieh deine Hose aus«, entfuhr es ihr fordernd. Es war nicht mehr ihre Stimme, die da sprach, nicht mehr ihr Körper, der hier handelte. Aus den Augen des Soldaten sprach eine Gier, die sie selten gesehen hatte, als er tat, wie ihm geheißen. Anschließend drehte sie sich um und wiegte ihren Po in einem Takt, den nur sie kannte. Sie war völlig nackt, als sie ihm den Schweinedarm über das Geschlecht stülpte, sich auf den Schoß des Leutnants setzte und ein weiterer tiefer Kuss ihn in die Entrückung gleiten ließ. Dann drückte sie ihren Rücken durch und er verlor sich in ihrem Busen. Erst zaghaft, doch als leichtes Stöhnen von seiner Lust kündete, zog sie das Gesicht des Soldaten mit festem Griff in seine Haare zu sich heran. Der Verstand versagte ihm den Dienst, sie hatte ihn völlig in ihren Bann gezogen und war mit ihm in den Strudel der Begierde geraten. Mit den Fingerspitzen kratzte sie über seine muskulöse Brust, immer tiefer glitten ihre zärtlichen Hände, bis sie sein Glied erreicht hatten und sie es langsam in sich eindringen ließ. Ruckartig schnellte Elisabeths Becken vor und zurück, dabei fasste sie seine Schultern, um den Druck zu erhöhen. Die Augen des Mannes verdrehten sich, schließlich schlossen sich seine Lider.

Elisabeth genoss jede Sekunde ihres Spiels. Für diesen Augenblick war sie allein auf der Welt und fühlte weder Schuld noch Leid.

Kapitel 8

- Ein blutiger Schwur -

In den letzten Tagen hatte Maximilian nichts anderes gesehen als die Arbeit, welche ihm Schwester Agathe aufgetragen hatte. Das Dach des Klosters war instand gesetzt, die Scheune wieder betretbar, sogar um die Gärten hatte er sich gekümmert. Doch überall waren noch Aufgaben zu erledigen, das sah sein geübtes Auge. Wenn er wollte, könnte er hier bis zum Sankt-Nimmerleins-Tag arbeiten und würde mit seinem Tagwerk niemals fertig werden.

Die Hände hinter dem Kopf gekreuzt, lag er schlaflos auf dem Bett und blickte durch das Fenster in den Viersener Nachthimmel.

Zumindest ein Gutes hatte die ständige und niemals enden wollende Arbeit: Das Bedürfnis, die Wunde an seinem Arm zu öffnen, übermannte ihn nur nachts. Wenn die Sterne hoch am Himmel standen und Finsternis wie eine riesige Kuppel die Stadt überzog, waren seine Gedanken bei Lorenz. Seit er denken konnte, hatten sie sich ein Zimmer geteilt. Er vermisste das gleichmäßige Atmen seines Bruders, sein wirres Gebrabbel im Schlaf und die Streitigkeiten, welche sie untereinander ausfochten. Jede Erinnerung an Lorenz war schmerzvoll, jeder Gedanke trieb ihm Tränen in die Augen, bis er sich in den Schlaf weinte.

Im Morgengrauen klopfte dann Schwester Agathe an seine Tür. Die Frau behandelte ihn wie ein Stück Vieh, wie einen Ochsen, dem sie das Joch der Arbeit aufbürden konnte, wie es ihr beliebte. Ihre schneidende Stimme tat jedes Mal in seinen Ohren weh. Wenn er doch nur die Order direkt vom Vikar empfangen könnte …

Dieser behandelte ihn wie ein Mensch, mehr noch. Wie einen Sohn.

Derart in Gedanken riss ihn ein Schrei aus seinen Grübeleien. So hell und spitz, dass er ihm durch Mark und Bein fuhr. Augenblicklich saß Maximilian aufrecht im Bett. Einige Momente blickte er zur Tür.

Die Neugier trieb Maximilian dazu, sich seine Kleidung überzuwerfen und in die kühlen Gänge der Abtei zu treten. Hier herrschte Stille. Kein Geräusch drang an seine Ohren, nur weit hinter der großen Treppe meinte er, einen Lichtschimmer auszumachen. Seine nackten Füße klatschten auf den steinernen Boden, als er sich mit aller gebotenen Vorsicht näherte. Und tatsächlich – aus dem Krankenzimmer drang goldener Kerzenschein, der sich züngelnd auf die kargen Wände legte. Die ansonsten stets verschlossene Tür stand offen. Jetzt erst konnte er das Stöhnen und Wehklagen der Kranken vernehmen. Als er über die Schwelle trat, drang ihm erneut dieser beißende Geruch in die Nase. Mit aller Macht musste er die aufkommende Übelkeit bekämpfen, um das Zimmer betreten zu können.

»Doktor Sylar?«, rief Maximilian mit fester Stimme und näherte sich langsam dem Trakt der Einzelzimmer, der ihn eher an einen Kerker erinnerte. »Doktor Sylar, ist alles in Ordnung?« Vorsichtig lugte er in die dunklen Stuben, doch er entdeckte nichts Ungewöhnliches. Teilweise sah er nur Dunkelheit, manchmal eine sich windende Gestalt. Erst bei der letzten Tür hielt er inne. Das Herz schlug ihm bis zum Hals. Ein dicker Kloß bildete sich in seiner Kehle, als er bemerkte, dass sie lediglich angelehnt war. Aus dieser Zelle drang eine zerbrechlich klingende Männerstimme, kaum wahrnehmbar und durchzogen von Pein. Langsam ergriff er das Eisen des Knaufs und öffnete die Tür.

»Doktor Sylar!«, entfuhr es Maximilian und er stürzte auf den Arzt zu. Der Doktor war schwer verwundet. Blut vermischte sich mit der Dunkelheit zu einer schwarzen Flüssigkeit, die aus einer Kopfwunde tropfte. Das Glas seiner Brille lag zerbrochen am Boden, mit Körper und Gesicht lehnte er voller Erschöpfung an der Wand.

»Oh, Herrgott, ein Wunder«, stöhnte er leise und ohne Kraft. »Bring mich eilig zum Vikar! Sie ist entflohen.«

»Sollten wir nicht erst einmal Eure Wunde behandeln?«, schoss es aus Maximilian hervor. Ohne Probleme konnte er dem Arzt aufhelfen und legte einen Arm um dessen Schulter.

»Nein, du verstehst nicht. Sie ist entflohen.« Er hatte sichtlich Schwierigkeiten, das Gleichgewicht zu halten.

»Lasst sie laufen, sie ist nur ein Mädchen, was kann sie schon ausrichten?«

»Du verstehst nicht«, stöhnte Doktor Sylar, als sie die Krankenstube verließen. »Das Mädchen ist gefährlich, der Teufel selbst spricht aus ihr. Wir müssen sie finden … wir müssen sie finden und hierher zurückbringen.«

Immer wieder gaben die Beine des Arztes nach, sodass Maximilian das Gefühl hatte, er würde einen nassen Sack hinter sich herschleifen.

»Ihr sagtet, dass Ihr sie heilen könnt.«

»Das war auch mein Gedanke. Irgendetwas muss schiefgegangen sein. Die erwünschte Wirkung blieb jedenfalls aus. Sie ist stark wie ein Bär und tückisch. Bring mich zum Studierzimmer des Vikars.«

Endlich hatten sie die schwere Tür erreicht.

»Er ist noch wach?«, wollte Maximilian ungläubig wissen und ließ seine Faust gegen das Holz sausen.

»Er hat noch … Er muss noch arbeiten.«

Wie konnte das sein? Es war mitten in der Nacht. Dass Doktor Sylar noch seinem Werk nachging, war zwar merkwürdig, jedoch: Was interessierte den Tod die Tageszeit? Es war also verständlich, dass der Arzt sich auch nächtens um seine Patienten kümmerte. Aber weshalb war der Vikar noch in seiner Schreibstube?

Im Inneren der Stube regte sich etwas. Es raschelte und Worte wurden geflüstert, schließlich öffnete der Vikar die Tür.

»Wer stört mich zu später Stunde?«, grollte er, doch als er seinen angeschlagenen Freund erblickte, half er sofort, ihn auf einen Stuhl zu hieven. »Wie ist das passiert?«

»Dieses Mädchen …«, stöhnte Sylar.

»Sie hat ihn niedergeschlagen, wohl während der Behandlung, und ist geflüchtet«, half Maximilian.

Das sowieso schon erhitzte Gesicht von Vikar Weisen wurde noch roter. Ganz nah kam er an den Arzt heran. Nur noch wenige Zoll trennten die beiden. »Welches Mädchen?«, zischte er durch zusammengebissene Zähne.

»Das du vor ein paar Tagen hast einliefern lassen.«

Innerhalb von wenigen Augenblicken verwandelte sich das sonst ebenmäßige Gesicht des Vikars in eine Maske des Zorns. Wutentbrannt donnerte er seine Faust auf den Schreibtisch, fing sich jedoch wieder und reichte dem Arzt ein Tuch, damit dieser es auf die Kopfwunde drücken konnte.

»Sie ist gefährlich, der Teufel hat von ihr Besitz ergriffen«, zischte er zu Sylar und Maximilian. »Man darf ihr kein Wort glauben, sie redet wirres Zeug, gepaart mit Lügen.« Nachdenklich fuhr er sich über das Kinn, wandte sich an Maximilian: »Junger Schmied, du musst sie finden.« Die Augen des Vikars brannten förmlich vor Eifer. Jedes seiner Worte betonte er. Grob packte er Maximilian an den Schultern, beschwor ihn mit fordernden Worten: »Sie wird sich irgendwo im Dorf versteckt halten. Versuch es bei dem verlassenen Bauernhof am nördlichen Ende, hinter der Kirche. Dort besaß ihr Vater seinerzeit Grund und Boden.« Der Vikar kam ganz nah an sein Ohr. »Du musst diese Bedrohung ausschalten, bring sie hierher zurück, und wenn das nicht möglich ist, treib ihr den Dämon aus und töte sie, bevor sie Unschuldige mit ins Verderben reißt.«

Maximilian musste die Worte im Geist wiederholen, um sicherzugehen, dass er diese Sätze wirklich vernommen hatte.

War der Vikar nicht ein Mann Gottes? Andererseits war es seine Aufgabe, die Menschen zu beschützen, und sollte dieses Mädchen wirklich dem Irrsinn verfallen sein, war ihr Tod die einzige Möglichkeit, die Bewohner der Stadt vor Unheil zu bewahren.

»Ich werde alles Nötige tun, Herr«, sagte Maximilian mit fester Stimme und eisigem Blick.

Der Vikar nickte mit offenem Mund. »Gut. Sehr gut. Glaub mir, wenn du diese Aufgabe für mich erledigst, wird es nicht zu deinem Schaden sein.«

Noch bevor Maximilian sich abwenden konnte, öffnete der Vikar eine Truhe. Dort waren allerlei Waffen zu finden, wie sie Maximilian früher hergestellt hatte. Vom Degen bis zum Messer stapelten sich die Hieb- und Stichwaffen aufeinander. Schnell hatte Vikar Weisen einen Dolch in Maximilians Hand gedrückt und zusätzlich noch den Schlüssel für die Haupttür.

»Den Dolch wirst du brauchen, Junge. Enttäusche mich nicht. Ich werde mit den Dorfbewohnern nachkommen. Und jetzt geh!«, eindringlich sah der Vikar ihn an, ein Klaps auf die Schulter folgte.

Maximilian verließ den Raum und spurtete durch die leeren Gänge des Klosters. Die Haupttür hatte er mit schnellen Handgriffen geöffnet, schließlich fand er sich auf dem Kopfsteinpflaster des Marktplatzes wieder. Ein kurzer Seitenblick zur Remigiuskirche musste genügen, um sich zu orientieren. Der Wind pfiff ihm um die Ohren, als er die Kirche hinter sich ließ und durch enge verwinkelte Gassen jagte. Jetzt, da der Mond sein helles Licht auf Viersen warf und er das ganze Ausmaß der Zerstörung sehen konnte, wurde ihm speiübel. Während der wenigen Tage, als er im Kloster seinen Dienst verrichtet hatte, hatte er es nicht geschafft, die Stadt näher in Augenschein zu nehmen.

Viele Häuser waren abgebrannt, unbewohnt und ohne Nutzen. Kein Vergleich mehr zu dem Ort, in den er damals mit Vater und Lorenz gereist war, um Güter zu verkaufen. Die vormals schöne Stadt war nur noch ein rußiger Schatten ihrer selbst. Wenn es hier schon so aussah, wie hart musste es dann Kempen getroffen haben? Sein Schritt verlangsamte sich, als er an seine Eltern und Geschwister dachte.

Warum? Warum mussten Hunderttausende Menschen sterben, warum wurden ganze Landstriche verwüstet und ausgebrannt? Schlacht reihte sich an Raubzug, es folgten Feuersbrünste, Seuchen, Hunger und der Tod. Egal, was die europäischen Könige und Fürsten bezweckten, es wurde auf den Schultern der Bevölkerung ausgetragen.

Mit aller Macht verdrängte Maximilian diese Gedanken. Er hatte eine Aufgabe, nichts anderes zählte. Dabei verbat er sich jeden weiteren Blick auf die verbrannten Holzbalken, die wie schwarze Nadeln aus den Häuserfronten stachen. Endlich hatte er das nördliche Ende der Stadt erreicht. Keine Wachen waren mehr zugegen. Warum auch, hier war nichts mehr, was sich zu stehlen lohnte.

Ein Bauernhof lag etwas abseits vom Stadtkern, einen Steinwurf entfernt. Das musste er sein. Maximilian verlangsamte seine Schritte und holte mehrmals tief Luft, bevor er sich dem Gebäude von hinten näherte. Das Gras kitzelte an seinen Fußsohlen, er schlich leise und in gebückter Haltung, bis er den Hintereingang erreichte.

Dieser Ort war tot. Eine unheimliche Ausstrahlung und eine finstere Aura hatten sich dieses Areals bemächtigt, fast als läge die knöchrige Hand des Sterbens auf diesem Stück Land. Hier wurde kein Feld mehr bestellt, kein Vieh mehr gemästet und kein Essen mehr zubereitet. Nur das kaum vernehmbare Fiepen der Mäuse kündete davon, dass es noch Leben gab. Maximilian umfasste den Griff des Dolches fester. Die Klinge blitzte im Mondschein auf, als er der Holztür einen leichten Stoß versetzte und den ersten Schritt in das knarrende Gebäude machte. Übler Gestank nahm ihm fast die Luft zum Atmen. Wind kam auf und schien mit dem Bauernhof zu spielen, wiegte lose Holzbretter hin und her und ließ sie gegeneinanderschlagen. Obwohl sich aufgrund dieser gespenstischen Kulisse Unbehagen in Maximilians Körper fraß, ging er weiter.

Ein Geräusch ließ ihn aufschrecken. Was war das? Soldaten, die sich einen Unterschlupf für die Nacht suchten? Vagabunden, die diesen Ort als Versteck nutzen? Würde er ihnen begegnen, war der Ausgang dieser Nacht ungewiss. Es war für ihn unvorstellbar, dass irgendjemand freiwillig hier sein könnte. Eine schreckliche Macht hatte sich diesen Ort zum Untertan gemacht, konnte man doch im Haus seine eigene Hand vor Augen nicht erkennen. Dieser Hof schluckte das Licht und gleichzeitig jeden glücklichen Gedanken. Unter seinen Füßen fühlte er Steine, Sand und einige scharfe Gegenstände. Plötzlich wurde der Boden ganz weich. Fliegen schwirrten um seinen Kopf herum, waren allgegenwärtig, und dann dieser Gestank. Noch schlimmer als in der Krankenstube und allzu bekannt. Vorsichtig löste er ein paar Holzbretter von der Wand, um zu sehen, wo er hintrat. Endlich war er nicht mehr inmitten der alles verschlingenden Dunkelheit.

Maximilians Augen weiteten sich. Das ganze Erdgeschoss war voller Leichen. Er sah offene Höhlen ohne Augen, von Ratten und Ungeziefer übersät. Die schrecklich verdrehten Gliedmaßen der Männer und Frauen türmten sich zu einem Berg. Jetzt erst brach die Erinnerung durch und er wusste, warum ihm dieser Geruch bekannt vorkam. So hatte es im Krieg gerochen, als die toten Soldaten auf einen großen Haufen geworfen und anschließend verbrannt wurden. Er ignorierte Abscheu und Ekel, versuchte einen Durchgang ins obere Stockwerk zu finden, wo er das Geräusch ausgemacht hatte. Ein Scheppern ließ ihn herumfahren.

Alte Töpfe klackerten aneinander. Langsam näherte er sich und hob den Dolch, bereit, jeden Moment zuzustechen. Er hörte ein Fauchen und als er zurücktaumelte, spürte er einen Luftzug an seinen Beinen. Maximilian atmete auf. Nur eine Katze, die ihn anfunkelte und sich ihren Weg aus dem Haus hinaus suchte. Vor wenigen Augenblicken hatte er noch gedacht, dieser Ort sei tot, aber nun schien sich alles zu bewegen. Hätte er doch nur eine Fackel mitgenommen.

Ein gleichmäßiges Knacken erfüllte den Raum, als er die morsche Treppe hochschlich. Der Wind spielte mit dem Bauernhof ein geheimnisvolles Lied und er war mittendrin, in den Anfangslauten.

Hier oben konnte er endlich Umrisse erkennen. Das Dach war flach, sodass er seinen Weg nur geduckt fortsetzen konnte. Unzählige Bretter, Steine und Nischen waren hier zu finden. Es schien Dutzende von Verstecken zu geben. Behutsam machte er einen Schritt nach dem anderen, versuchte, den ganzen Raum zu überblicken. Erneut drang das Geräusch an seine Ohren. Es kam aus dem hinteren Teil des Raums.

»Ich will dir helfen«, sagte er laut und versuchte dabei, überzeugend zu klingen. »Du brauchst deine Medizin.«

Erneut dieses Klacken. Jetzt hatte er Gewissheit. Bedächtig näherte er sich einem alten Ofen, der scheinbar nur aus zusammengestellten Einzelteilen bestand. Dort kamen die Geräusche her, dessen war er sich sicher. Mit einem Sprung um die Ecke wollte er das Mädchen stellen, es überraschen. Doch als er mit erhobenem Dolch eine leere Ecke bedrohte und dort nichts zu finden war außer zwei Holzbalken, die aneinanderschlugen, ließ er die Waffe sinken.

Belustigt über sich schüttelte Maximilian den Kopf.

»Beim Allmächtigen, was ist das für Hexenwe...«

Seinen Satz beenden konnte er nicht mehr. Eine Eisenstange traf ihn so hart am Kopf, dass er taumelte und das Gleichgewicht verlor. Aus einer Nische hastete das Mädchen zur Treppe. Im hereinfallenden Mondlicht wirkte das Blut an ihrer Schläfe wie Pech. Sie war schwer gezeichnet und konnte sich kaum auf den Beinen halten. Ruckartig stand Maximilian auf, eilte ihr nach und stürzte sich auf sie. Sie schrie, wehrte sich aus Leibeskräften. Obwohl ihre Arme dünn und ausgemergelt waren, schlug sie mit einer Kraft, wie sie Sterbende im Todeskampf haben, wild um sich.

»Bleib ruhig!«, brüllte Maximilian und versuchte ihre Arme festzuhalten. Mit seinem ganzen Gewicht setzte er sich auf ihren Oberkörper. Es war ihm endlich gelungen, sie beinahe zu fixieren, als er im letzten Moment etwas im Mondlicht aufblitzen sah. Ein altes Messer sauste dicht an seinem Hals vorbei und schnitt tief in den Verband seines Arms. Der weiße Leinenstoff färbte sich augenblicklich rot und in ihm kochte die Wut hoch. Mit der Faust schlug er ihr das Messer aus der Hand. Seine Zähne mahlten zornig aufeinander, als er ihre Gelenke mit einer Hand packte, sie auf den Boden donnerte und mit der anderen die Klinge des Dolches an ihren Hals drückte.

»Noch eine Bewegung, Dämon, und ich werde dich töten.«

Endlich hörten die Befreiungsversuche der Frau auf. Ihr Blick schnellte abwechselnd vom Dolch zu Maximilian und zurück.

»Du wirst jetzt mit mir zur Abtei kommen. Dort erhältst du deine Medizin. Und ich wäre dir sehr dankbar, wenn du nicht versuchen würdest zu flüchten, ansonsten habe ich den Auftrag, dir den Garaus zu machen.«

Das Mädchen fixierte ihn, ließ ihn nicht mehr aus den Augen. Ihr Blick war fest und brannte vor Zorn, ihre Stimme jedoch zitterte wie Espenlaub. »Dann tu es lieber jetzt. Zurückgehen werde ich nicht. Sag dem Vikar, dass ich nicht weiß, was mein Fehler war und dass ich für seine Seele beten werden.« Eine Träne rollte über ihre Wange. »Sag ihm, dass es mir leidtut.«

Maximilian war verblüfft. Er hatte mit Beschimpfungen gerechnet, in einer Sprache, die er nicht verstand, oder damit, dass ein Dämon aus ihren Augen herausfuhr, doch unter ihm lag nur ein verängstigtes Mädchen, bereit zu sterben.

»Was tut dir leid?«

»Warum interessiert dich das?«, schluchzte sie.

»Ich muss wenigstens wissen, warum ich dich töten soll.«

Einen Moment lang versank sie in ihren Gedanken. Sie blickte ihn zwar an, schien jedoch durch ihn hindurchzusehen.

»Dass ich ihm anscheinend nicht genug war und … sein Handeln infrage stellte.«

Die Kraft des Mädchens schwand und Tränen flossen wie Bäche aus ihren Augen.

»Wie heißt du?«, wollte Maximilian wissen.

»Amelie.«

Es war, als hätte ihn der Schlag getroffen. Sie trug denselben Namen wie seine Schwester. Das kleine Mädchen, das er mit seiner Familie zurückgelassen hatte, als er aus Kempen floh.

»Was willst du damit sagen, dass du ihm nicht genug warst? Was musstest du für ihn tun, Amelie?«

Vor Scham wandte sie sich ab. Sie benötige einige Sekunden der Überwindung. »Ich habe Unzucht getrieben mit einem Mann Gottes.«

»Du und der Vikar? Das glaube ich dir nicht«, schnaubte Maximilian abfällig. »Er ist ein guter Mann, der nur das Beste für die Abtei will.«

»Die Abtei liegt ihm nicht am Herzen«, zischte sie voller Zorn. »Nichts ist ihm heilig. Er will etwas anderes, etwas größeres. Die Abtei ist für ihn allein Mittel zum Zweck. Wirf einen Blick in seine Bücher und du wirst verstehen. Dort notiert er alles.«

Maximilians Griff löste sich langsam, er hielt den Dolch aber weiterhin fest an ihre Kehle gedrückt.

»Ich machte den Fehler, es verraten zu wollen. Daraufhin übergab er mich dem Arzt«, ihre Worte verloren sich in der Dunkelheit. Es dauerte, bis sie die Kraft fand, weiterzureden. »In der Nacht bringt der Doktor die Menschen zum Schweigen. Er kommt mit seinen Werkzeugen, und wenn er fertig ist, sind sie lebende Leichen. Ich hörte ihre Schreie, ihr Wehklagen, bis Ruhe die Krankenstube erfüllte.«

Vorsichtig richtete er sich auf, ließ die Arme des Mädchens los. War er nicht gewarnt worden? Wurde ihm nicht vor einiger Zeit noch eingebläut, dass ihre Worte tückisch und voller Lügen seien? Und trotzdem, irgendetwas in ihren Augen, in ihrer Stimme, ließ ihn nachdenken.

»Du lügst«, sagte er nach einiger Zeit ohne Überzeugung. »Nichts von alledem ist wahr.«

»Dann zieh die Klinge durch, aber bring mich nicht zu ihnen zurück.«

Maximilians Kopf schreckte nach oben. Zwischen Hundegebell und lauten Rufen machte er die Stimme des Mannes aus, der ihm diesen Auftrag erteilt hatte. Der Vikar war hier!

Er musste eine ganze Meute aufgestachelt haben. Aufgeschreckt konnte die Frau den Dolch beiseitestoßen und Maximilian einen Schlag auf die Nase verpassen. Er taumelte zurück, sodass sie ihn von sich drücken konnte. Schnell war sie auf den Beinen, nur ein Handgelenk bekam Maximilian noch zu fassen.

»Bitte«, flehte sie. »Bitte, lass mich gehen.«

Er zögerte. Sollte er nicht den Dolch in sie bohren? Was interessierten ihn die Worte einer Irren? Und doch war sein Argwohn geweckt. Maximilians Griff lockerte sich zögerlich.

»Was will der Vikar? Was sollen deine Worte bedeuten?«

Die Stimmen kamen näher. Nur noch wenige Augenblicke und niemand könnte das Bauernhaus mehr ungesehen verlassen.

Ihre Hand begann zu zittern. »Bitte, lass mich gehen, studiere seine Bücher. Dort ist alles aufgezeichnet.«

Maximilian warf einen Blick aus dem Fenster. Fackeln erhellten die Nacht, es mussten Dutzende Männer sein, die hierher unterwegs waren. Schließlich ließ er das Mädchen frei.

Kurz trafen sich ihre Blicke. Fast tonlos hauchte sie ein »Danke« und stürzte die Treppe hinunter.

Mit halb geöffneten Mund dachte er über ihre Worte nach.

Konnten sie wirklich wahr sein? Hatten sein Hass auf sich und der Zorn, der ihn wie eine dunkle Wolke umgab, seinen Verstand so sehr vernebelt? Er nahm sich vor, seine eigenen Gefühle und Gedanken ab jetzt zu überprüfen.

Ungelenk stand er auf. Erst jetzt spürte er, dass warmes Blut seine Stirn hinunterfloss und die Wunde am Handgelenk fürchterlich pochte. Hastig löste er den Verband und betrachtete den Schnitt. Die Verletzung war genau an der Stelle gelegen, wo er eingestochen hatte. Er rieb etwas von seinem Blut auf die Klinge. Anschließend ging er tief in seine Überlegungen versunken die Treppe hinunter.

Der Vikar erwartete von ihm das Mädchen oder dessen Leiche. Sicherlich wäre sein Argwohn geweckt, wenn er nichts davon zu Gesicht bekäme. Maximilian löste einige Bretter, mit denen die Vordertür zugenagelt war. Das Licht des Mondes legte sich fahl auf die weißen Gesichter der Leichen. Maximilians Augen suchten hastig den Raum ab. Endlich erspähte er eine ausgemergelte Frauenleiche. Sie war nicht stark verwest, lag sicher erst wenige Tage hier. Der Farbton ihrer Haare stimmte, jedoch wies das Gesicht keine Ähnlichkeit mit dem des Mädchen auf. Mit jedem Atemzug, bei dem sich der beißende Gestank in seiner Lunge ausbreitete, kamen die Männer näher. Kurz entschlossen griff er sich ein Holzbrett und drosch mehrmals mit voller Wucht auf das Gesicht der Leiche ein. Moral und Ekel wischte er beiseite. Solche Gefühle waren schlechte Gefährten in dieser Zeit und konnten zu tödlichen Beratern werden. Obwohl sich jede Faser seines Körpers wehrte, ließ er immer wieder das Holz krachend auf das Gesicht der Frau niedersausen, bis von ihren Zügen nichts mehr zu erkennen war. Nach wenigen Herzschlägen schleifte er die entstellte Gestalt über die Schwelle der Vordertür und ging dem Vikar entgegen.

Dieser erwartete ihn bereits. Tatsächlich hatte er ein gutes Dutzend Männer herbeigerufen. Mistgabeln und Säbel wurden kampfeslustig in die Höhe gereckt. Rufe nach dem Tod des Dämons hallten in der Nacht wider.

»Da ist ja unsere gute Seele«, rief der Vikar laut und schritt auf Maximilian zu. Als er sich zu den Männern umdrehte, verstummten ihre Rufe. »Sag, mein Freund, hast du sie gefunden?« Die Augen des Vikars waren riesig, die Fackeln ließen seine Pupillen glühen, als würde in ihnen ein Feuer brennen.

Maximilian erhob die vom Blut rot gezeichnete Klinge. »Dieser Hof ist voller Leichen. Und nun beherbergt er eine mehr. Ich musste leider grob zu ihr sein.« Mit einer Handbewegung deutete er in Richtung der Tür.

Gebannt schritt der Vikar auf den Hof zu. Dabei zückte er ein Tuch und hielt es schützend vor Mund und Nase.

Maximilian stockte der Atem. Wenn seine List auffliegen würde, wäre ihm der Tod gewiss.

Aus sicherer Entfernung beäugte der Vikar die Leiche auf der Türschwelle des Bauernhofs. Jeder konnte sehen, dass er zwischen unendlicher Abscheu und regem Interesse schwankte, als er sich nach vorn beugte. Endlich drehte er sich um. »Der Dämon ist nicht mehr!«

Während die Männer in Jubel ausbrachen, kam der Vikar schleunigst zu Maximilian und lächelte zufrieden. Er zog ihn beiseite. »Dort bringen sie Verräter und Deserteure hin«, flüsterte er. »Ein schrecklicher Ort, der von niemandem betreten wird. Unheilvolles liegt hier in der Luft, ein Fluch, auf der gesamten Gegend.« Der Vikar streckte die Hand aus und deutete mit dem Finger in die Dunkelheit vor ihnen. »Ist dir bekannt, welche Stadt weiter nördlich liegt?«

Maximilian nickte, machte eine Kopfbewegung in die Richtung. »Nicht weit von hier liegt Süchteln. Wenn man diesem Pfad folgt, gelangt man direkt zum Viersener Tor, der Geisespforte.«

»Du bist weit gereist, junger Schmied, und kennst dich aus. Aber ich meine das Johannistal, gebettet in die Süchtelner Höhen. Es liegt westlich der Stadt. Ist dir dieser Ort einmal zu Ohren gekommen?«

Natürlich hatte Maximilian die Geschichten gehört. Frauen erzählten sie ihren Kindern, damit diese nicht zu weit in das Moor hinausgingen und sich nicht in den Süchtelner Sümpfen verloren.

»Ja, Herr. Im Zusammenhang mit der Sage der versunkenen Kapelle.«

»Genau diese meine ich«, flüsterte er und kam ein Stück näher auf ihn zu. »Das Mädchen ist sicher tot?«

Dabei bohrte sich der Blick des Vikars in ihn hinein. Maximilian hielt ihm stand, sein Gesicht war wie aus Stein gemeißelt, keine Reaktion konnte der Vikar darin lesen.

»So wahr mir Gott helfe.«

Ein falscher Schwur auf einen vom Schmerz besessenen Allmächtigen, der gute Menschen sterben ließ, war einfach.

»Gut, sogar ausgezeichnet.« Der Vikar legte seinen Arm um Maximilian. »Erzähl mir, wovon die Sage berichtet.«

Für einen Moment musste er in seinen Erinnerungen kramen, bis er die Worte fand, welche er damals gehört hatte. »Dort soll das älteste, Johannes dem Täufer geweihte Gotteshaus gestanden haben. Die Gläubigen kamen an diesen Ort, um seinen Beistand zu erflehen, meist in höchster Not. Er erhörte ihre Bitten, half jedem, der vor der kleinen Kapelle kniete und um seinen Segen bat. Doch die Menschen wurden gierig, beteten für Überfluss und Reichtum. Als sich in der Johannisnacht ein weiteres Mal viele Menschen versammelten, um zu beten, versank die Kapelle unter tosendem Donner bis zur Spitze in der bebenden Erde. Dabei riss sie viele Seelen in den Tod. An derselben Stelle bildete sich ein unversiegbarer Weiher, aus dem bis heute gelegentlich dumpfe Klänge und Glockengeläut zu hören sind. An manchen Tagen soll man sie noch erkennen … die Spitze der versunkenen Kapelle, welche aus den Sümpfen herausragt.«

Der Vikar nickte und ließ das Bauernhaus dabei nicht aus den Augen.

Maximilian fuhr fort: »Besonders schlimm soll es in der Nacht des 23. Juni, der Johannesnacht sein. Niemand betritt nach Sonnenuntergang das Tal. Aus den Mooren und Sümpfen rufen die Toten und locken jeden zu sich. Sie haben keine Ruhe gefunden.«

Erst jetzt blickte der Vikar zu Maximilian. »Das soll hier anders sein. Brennt den Hof nieder!«, schrie er zu den Männern. »Nichts soll mehr übrig bleiben von diesem Frevel. Nur dann ist der Körper dieses armen Geschöpfes endlich von seinem Dämon befreit.«

Der Pulk beantwortete seinen Befehl mit Jubelschreien, als sie ihr Werk begannen.

»Weißt du, mein Junge … Ich rühme mich nicht für die Eigenschaften, die der Herrgott mir geschenkt hat. Und auch wenn Stolz eine Todsünde ist, eine Fähigkeit besitze ich wirklich, die ich mein Eigen nennen kann: die Menschenkenntnis.« Er zog Maximilian näher zu sich und schenkte ihm ein breites Lächeln. »Etwas sagt mir, dass in dir viel mehr steckt als ein einfacher Handlanger oder wie Schwester Agathe es gänzlich unpassend ausdrückte: eine Arbeitskraft. Vielleicht möchtest du mir bei ein paar Tätigkeiten helfen, die eher deinem Naturell entsprechen?«

Maximilian fuhr sich über das Gesicht. Seine Hand war blutverschmiert. Es legte sich warm über seine Finger.

»Wie meint Ihr das?«

»Nun«, sagte der Vikar und machte eine ausladende Handbewegung. »Ich denke, du solltest ein paar Stunden am Tag in meine Stube kommen und mir ein wenig unter die Arme greifen. Beherrschst du das Lesen und Schreiben?«

»Nicht sehr gut, Herr«, antwortete Maximilian. »Unsere Mutter brachte es uns seinerzeit bei. Zumindest ein wenig.«

»Ich wusste, dass du etwas Besonderes bist, Maximilian. Während unserer gemeinsamen Arbeit werde ich dich unterrichten, das könnte für uns beide von großem Nutzen sein. Außerdem wirst du die aufopferungsvolle, aber leider verbitterte Schwester Agathe einige Zeit los sein.«

Der Vikar stellte sich vor Maximilian. Ein letztes Mal drehte er sein Haupt. Hohe Flammen züngelten bereits in den Nachthimmel und erhellten die umliegenden Felder.

»Also, was sagst du?«, wollte Vikar Weisen wissen.

Die Worte des Mädchens – Amelie – hallten in seinem Verstand nach. Es gab nur eine Möglichkeit herauszufinden, ob der Vikar wirklich der Mann war, für den Maximilian ihn hielt. »Sehr gerne, Herr.«

Der Vikar reichte ihm die Hand. Maximilian schlug ein. Ein Handschlag – mit Blut besiegelt.

Als sie das Kloster erreichten und gemeinsam die Gänge entlangschritten, stand Schwester Agathe bereits an der Tür des Studierzimmers.

»Doktor Sylar war so freundlich, mich zu informieren, dass einer unserer Patienten die Flucht ergriffen hat«, eröffnete sie ohne Umschweife.

Ihr schneidender Blick war Maximilian nicht entgangen, dazu trieften ihrer Worte vor Verachtung. Die drei gingen in die Studierstube.

»Darf ich fragen«, fuhr sie fort, »ob es in unserer Macht lag, diese arme, verwirrte Seele heil und gesund in das Krankenzimmer zu bringen?«

Mit einem tiefen Seufzer ließ sich der Vikar auf den Stuhl fallen. »Nein, Schwester Agathe. Leider war es uns nicht möglich, sie zu retten. Ich werde sie heute Nacht in meine Gebete einschließen. Ich bin mir sicher, der Allmächtige wird ihre Seele empfangen, jetzt, da ihr Körper von den Lasten der irdischen Welt befreit wurde.«

Für einen Herzschlag konnte man im Antlitz der Nonne eine Regung erkennen, mehr ein Zucken, was manche vielleicht als stillen Moment der Trauer auslegen würden.

Die Lippen zu einem dünnen Strich geformt, senkte sie den Blick. »Es dürfte Eurer Aufmerksamkeit nicht entgangen sein, werter Vikar, dass es beileibe viele Todesfälle in unserer Krankenstube gibt. Tatsächlich habe ich selten gesehen, dass einer der Patienten diesen Flügel einmal lebend verließ.«

Der Mann lehnte sich nach vorn, verschränkte die Finger ineinander und funkelte die Nonne an. »Was wollt Ihr damit sagen, Schwester?«

»Ich will damit sagen, dass es eigentlich unsere Aufgabe sein sollte, die Kranken und Bedürftigen zu heilen. Doktor Sylars Methoden sind …«, kurz fiel ihr Blick auf die blutige Klinge in Maximilians Hand, »… sind durchaus fragwürdig.«

Seine Augen verengten sich zu Schlitzen. »Zweifelt Ihr an seinen Fähigkeiten?«

»Wie könnte ich?«, beantworte Schwester Agathe seine Frage. Dabei betonte sie jedes Wort.

»Gut, dann wäre das ja geklärt. Gute Nacht, Schwester Agathe.«

Auf dem Absatz drehte sich die Nonne um und hatte bereits die Klinke in der Hand.

»Ach, da wäre noch eine Kleinigkeit«, sagte der Vikar leise und wartete, bis die Nonne ihr Gesicht zu ihm drehte. »Der junge Schmied scheint mit seinen Aufgaben ein wenig unterfordert. Für die Geschäfte des Klosters könnte ich durchaus eine helfende Hand gebrauchen. Nach jedem Mittagsmahl steht er nicht mehr zu Eurer Verfügung, sondern wird bei mir geistige Arbeit verrichten.«

Wortlos verließ sie den Raum, jedoch blieb der Blick des Vikars noch etliche Momente auf die Tür gerichtet. Maximilian traute sich nicht, sich zu bewegen, bis der Vikar sich aus der Starre löste und ihn aus seinen bernsteinfarbenen Augen ansah.

»Es ist gut zu wissen, dass man jemandem vertrauen kann. Doktor Sylar ist ein großartiger Arzt und ich halte ihm den Rücken frei, weil ich weiß, dass er gute Arbeit leistet. Auch unterstützt er mich, wo er kann. Man braucht Freunde in dieser dunklen Zeit. Findest du nicht, Maximilian?«

»Ja, Herr.«

»Hast du jemanden, dem du vollends vertraust?«

Maximilian blickte zu Boden. Früher hätte er diese Frage ohne Probleme beantworten können, genau wie Lorenz. Sein jüngerer Bruder hatte ihm vertraut. Blind. Genau das war sein Todesurteil gewesen. Maximilians Stimme war brüchig, er musste sich mehrmals räuspern, bis er fähig war, eine Antwort zu geben.

»Früher habe ich meinem Bruder zur Gänze vertraut. Ebenso zwei Freunden, die ich bereits seit Kindertagen kenne. Jakob und Gustav, genannt Ratte. Doch mittlerweile ... Es ist viel vorgefallen, ich weiß nicht mehr, ob ich sie noch Freunde nennen darf. Nicht mehr.«

Der Vikar atmete tief ein. »Ich vertraue dir, Junge. Und es wäre mir eine Freude, wenn du mir dasselbe Geschenk zuteil werden lässt. Man braucht Freunde, wenn man weiterkommen, wenn man etwas erreichen will. Alleine schafft man das nicht. Zusammen ist man imstande, sich die ganze Welt untertan zu machen. Verstehst du meine Worte?«

Das Feuer in den Augen des Vikars war nicht erloschen. Im Gegenteil, als er diese Sätze sprach, loderte es so heftig, dass Maximilian ein Schauer über den Rücken lief.

»Ja, Herr.«

Noch einige Sekunden fixierte ihn der Mann. »Das ist gut. Sehr gut sogar.« Ruhig nahm er einen Federkiel zur Hand und tunkte ihn in die Eisengallustinte.

In großen Schwüngen kratzte die Feder über das Notizbuch, zwei weitere lagen auf dem Tisch. »Geh zu Doktor Sylar in die Krankenstube, er wird dich versorgen, und versuch anschließend noch ein paar Stunden Schlaf zu finden. Morgen wird ein anstrengender Tag werden.«

Maximilian nickte, wollte ihm den Dolch reichen, der Vikar erhob die Hand, ohne hinzusehen.

»Behalte ihn. Er soll dich daran erinnern, dass du mir vertrauen kannst.«

Er war bereits völlig in seine Aufzeichnungen vertieft. Das mussten die Bücher sein, von denen das Mädchen gesprochen hatte. Ein eiskalter Schauer jagte Maximilian über den Rücken und er starrte wie gebannt auf die Schriftstücke. Zu gerne hätte er einen Blick hinein geworfen, um seine aufkommenden Zweifel wegzuwischen.

Nach wenigen Momenten der Stille verließ Maximilian die Räumlichkeiten des Vikars und machte sich auf den Weg in die Krankenstube. Schnell hatte der Arzt seine Verbände gewechselt und ihm überschwänglich für seine Hilfe gedankt. Doch die Ereignisse des Tages ließen Maximilian keine Ruhe. Als er den Weg zu seinem Schlafgemach antrat, verfolgten ihn noch immer die Worte des Mädchens. Erst vor seiner Stube, als flackernder Kerzenschimmer durch den Türspalt drang, unterbrach er seine Überlegungen. Er konnte sich nicht daran erinnern, eine Kerze entzündet zu haben. Nach einem kleinen Stups gab die Tür den Blick in den Raum frei.

Schwester Agathe saß auf seinem Bett, in der Hand einen Rosenkranz, den sie beflissen mit den Fingern bearbeitete. Ihr Gesicht lag im Halbschatten, still blickte sie aus dem Fenster. Eine Grille zirpte ihr einsames Lied in die frühen Morgenstunden hinaus, es war das einzige Geräusch, das den Raum erfüllte.

»Ich habe sie gekannt, musst du wissen«, sagte die Nonne mit leiser Stimme. »Ich habe miterlebt, wie sie aufwuchs, wie sie als kleines Mädchen mit ihren Freunden auf dem Marktplatz herumtollte. Sie hatte ein strahlendes Lächeln und glänzende Augen. Ein fröhliches Kind, mit einem Gemüt voller Leben.«

Maximilian schloss die Tür hinter sich. Hauchzart bewegte sich die Flamme der Kerze im Luftzug und zauberte dunkle Schatten an die Wände.

»Ihre Eltern hatten ein gutes Leben. Der Bauernhof ihrer Familie gehörte zu den größten in der Gegend, doch der Krieg nahm ihnen alles.« Ihre Stimme wurde noch leiser, war durchflochten von Trauer. »Sogar ihr Leben. Lange Zeit habe ich den Namen des Mädchens nicht mehr gehört, ich dachte, auch sie wäre der Grausamkeit des Krieges zum Opfer gefallen.« Langsam drehte die Nonne den Kopf zu ihm. Ihre Wangen waren feucht von Tränen. »Amelie hieß sie.«

Bedächtig erhob sie sich und blickte auf den blutigen Dolch. »Ich hatte gehofft, dass sie in der Krankenstube geheilt wird. Früher einmal heilten wir die Armen und Schwachen, ich dachte, dass es heute auch noch so ist. Zu gerne hätte ich das Mädchen noch einmal an mich gedrückt, doch es ist mir untersagt worden, das Krankenzimmer zu betreten.«

Sie stockte und trocknete die Tränen an ihrer Kutte. »Vor einigen Tagen dachte ich, ich hätte etwas in dir gesehen, ein Schimmer Hoffnung in finsterer Stunde. Wenn auch unter vielen Schichten des Hasses begraben. Nun denke ich, dass ich mich geirrt habe.« Wenige Zoll trennten ihre Gesichter. »Ich weiß, ich sollte dir verzeihen, Gott predigt, dass alleine die Vergebung unseren Weg ins Himmelreich ebnet.« Sie schien Maximilian direkt auf den Grund der Seele zu blicken. »Doch ich kann es nicht«, hauchte sie. Ohne ein weiteres Wort zu verlieren, beugte sie sich herab und blies die Kerze aus. Anschließend verließ sie die Stube.

Er blieb allein in der Dunkelheit zurück.

Kapitel 9

- Lebende Leichen -

Nur langsam normalisierte sich der Puls des Soldaten.

Elisabeths Kopf lag auf seiner glühenden Brust, die sich mit jedem Atemzug hob und senkte.

»Du bist wahrlich eine Meisterin deines Faches.«

Sie musste lächeln. Sie? Eine Meisterin? Ein gefährliches Kompliment für eine Frau. Ein Kuss auf seine Brust musste als Antwort genügen.

Gerade als der Soldat etwas entgegnen wollte, drang ein gellender Schrei an ihre Ohren. Elisabeth zog sich die Decke über ihren Körper und spähte aus dem Fenster, versuchte einzuordnen, was der Ursprung dieses Lautes war. Dann brüllte eine Männerstimme und es wurde ihr schlagartig bewusst.

»Bela«, hauchte sie und warf sich, so schnell es ihr möglich war, Kleidung über. Hastig drückte sie die Tür auf. Erde klebte an ihren nackten Füßen und vertrieb die Wärme der vergangenen Momente. Nur noch wenige Soldaten und Frauen waren in der Nähe des Feuers im Innern der Wagenburg zugegen. Anscheinend hatte die bloße Anwesenheit des Majors von Rosen sie verschreckt. Doch das war jetzt unwichtig.

Sie stürmte auf den Wagen zu, in dem die beiden sich aufhalten mussten, ohne zu wissen, was sie eigentlich machen sollte, wenn sie die Tür aufriss und ein hasserfüllter Major sie anstarrte. Trotzdem musste sie es versuchen.

Erst als sie kräftig am Arm gepackt wurde, hielt Elisabeth inne.

»Das ist nichts für dich, Kindchen«, schoss es aus Rosi heraus, die auf den Verschlag deutete, wo der Badezuber seinen Platz hatte. »Bleib da und verhalte dich ruhig!« Rosi drehte sich zu den verbliebenen Frauen am Lagerfeuer um. »Ihr geht alle in eure Wagen. Sofort!«

Erst wollten die Frauen widersprechen, doch Rosis Tonfall und die Wut in ihren Augen ließen keinen Widerspruch zu. Elisabeth tat, wie ihr geheißen. Durch die Löcher in der Wagenwand hatte sie einen guten Blick, als Rosi kräftig gegen die Tür donnerte und sie aufriss. Wenige Momente später fiel ihr die weinende Bela in die Arme. Das Feuer malte ihr Gesicht rot und selbst aus der Entfernung sah Elisabeth, dass ihr Auge einen dunklen Schimmer aufwies. Aus ihrer Nase tropfte Blut und ihre Lippe war aufgeplatzt.

Elisabeths Hand ballte sich zu einer Faust.

»Was erlaubt Ihr Euch?«, brüllte Rosi und zog Major von Rosen aus dem Wagen.

Energisch schlug er die Hand der Frau beiseite und richtete in aller Ruhe seine Uniform.

»Wir hatten ein Abkommen, eine Übereinkunft. Und jetzt vergreift Ihr Euch an einem wehrlosen Mädchen.« Bela hatte sich an Rosi geklammert. Während die Frau ihrer Wut freien Lauf ließ, streichelte sie über die zerwühlten Haare Belas.

Mit offenem Mund lauschte Elisabeth den Worten und presste sich dabei ganz nah an das Holz. Sie wollte keine Silbe des Gesprochenen verpassen und überlegte im selben Moment, wie es möglich sein konnte, dass jemand einen Major auf diese Weise belehrte. War die Macht der Hurenmutter wirklich so groß?

Sicherlich, es wäre alles andere als förderlich für die Moral der Truppe, wenn der Major den Beischlaf vollends verbieten und alle Huren auf den Scheiterhaufen schicken würde. Auch hatte Rosi in den Reihen der Offiziere Fürsprecher. Was sicherlich daran lag, dass etliche der Männer ihre Kunden waren. Aber reichte dies aus, um den mächtigen Major, der ohne zu zögern Widersacher und Konkurrenten tötete, zurechtzuweisen, zu beleidigen, ja, zu demütigen?

Die Hautpartie um Elisabeths Augen schmerzte bereits, so fest drückte sie sich an den Verschlag.

»Sie war mir nicht zu Willen«, entgegnete der Major, nachdem er seine Kleidung überprüft hatte. Seine Stimme war seltsam ruhig, als ob ihm bewusst wäre, was passieren würde. »Und wenn eine junge Dame mir nicht zu Willen ist, sollte man sie auf den richtigen Pfad führen dürfen. Schließlich habe ich bezahlt.«

Noch immer schluchzte Bela und drückte sich fest an Rosi.

»Das gibt Euch nicht das Recht, sie auf diese Weise zu behandeln. Auch das war Teil unserer Absprache. Keiner Frau wird Schaden zugefügt, dafür ziehen wir mit Eurem Heer mit und sind Euch zu Diensten.« Die Hurenmutter spie die Worte geradezu aus. Ihre Augen glühten, die Stimme musste im ganzen Lager zu hören sein. »Wir haben unseren Teil des Abkommens erfüllt – sind wir Euch nicht immer gefolgt, sodass Eure Männer sich nicht verstreuen und in den Dörfern nach Frauen suchen mussten? Waren es nicht Eure Worte, dass die Moral nur so aufrecht gehalten werden könnte?« Jetzt wurde ihre Stimme leiser, als sie an den Major herantrat. »Erhaltet Ihr von mir nicht jeden Sonnabend ein dickes Säckchen voller Taler?«

Der Major hatte sich alles ruhig angehört, zupfte an seinen Handschuhen und richtete seinen Umhang. Einer seiner Offiziere wollte ihm helfen, doch er gebot ihm mit einer Handbewegung, sich nicht zu nähern. Der Major verschränkte die Arme und lächelte Rosi mit gönnerhaftem Blick an. »Das ist alles wahr, Hurenmutter. Jeder deiner Sätze, alle deine Worte.« Er beugte sich zu ihr herab. »Leider sind wir im Krieg. Dort werden Abmachungen nicht immer eingehalten und Regeln gebrochen.«

»Was wollt Ihr damit sagen?«, zischte Rosi und funkelte angriffslustig.

»Ich denke, wir sollten neu verhandeln.«

Abfällig breitete sie die Hände aus. »Verhandeln? Bekommt Ihr nicht genug Geld?«

Jetzt war es der Major, der voller Zorn auf Rosi zustürzte. Einen Herzschlag lang dachte Elisabeth, dass er seinen Säbel aus der Scheide ziehen und ihr die Klinge in den Körper stoßen würde.

Stattdessen fauchte er nur: »Es ist aber nicht allein das Geld, welches Gegenstand unserer nächsten Verhandlungen sein wird.«

Einige Momente vergingen schweigend. Das Knistern des brennenden Holzes durchbrach die Stille. Diesen Moment nutzte Elisabeth, um sich umzusehen. Abgesehen von den Offizieren, die sich in von Rosens Nähe aufhielten, gingen die Soldaten auf Abstand.

»Was wollt Ihr?«, zischte die Hurenmutter.

»Wenn ihr weiter mit uns ziehen und unseren Schutz erhalten möchtet, verlange ich jeden dritten Teil. Eure Geschäfte laufen besser denn je und es ist nur recht, wenn sich mein Geldbeutel füllt.«

»Hat Eure Gier denn keine Grenzen?«, fiel ihm Rosi ins Wort.

»Ich bin noch nicht fertig«, grollte der Major. Sein Blick wanderte zu Bela. Verlangen und Lust vermischten sich mit sprühender Aggression. »Und ich will sie.«

Die beiden funkelten sich an.

»Geh hinter den Holzverschlag und lass dich versorgen«, wandte sich Rosi flüsternd an Bela und drehte sich anschließend zu dem Major.

»Auf keinen Fall. Ich sehe unsere ursprüngliche Abmachung immer noch als gültig an.«

Mit Tränen in den Augen rannte das Mädchen davon und warf seine Arme um Elisabeth.

»Ist ja gut«, hauchte diese, während Bela leise schluchzte. Elisabeth konnte den Blick nicht von den beiden Streitenden nehmen.

»Nun«, sagte der Major ruhig. »Wenn das so ist, könnte es sein, dass die Männer bald auf die Dienste deiner Huren verzichten müssen.«

Rosi nickte wissend. Ein schelmisches Grinsen umspielte ihre Lippen. »Was meint Ihr, würden Eure Soldaten dazu sagen? Wie viele Schlachten haben sie geschlagen? Unter wie vielen Feldherren haben sie gedient? Etliche wirken ausgemergelt, haben jahrelang ihre Heimat nicht mehr gesehen und sind kriegsmüde. Sie sehnen sich nach ein wenig Liebe und dem wärmenden Körper einer Frau. Wenn Ihr ihnen das nicht mehr bieten könnt, werter Major von Rosen, was meint Ihr, würden sie dazu sagen?«

»Einige würden meutern, andere die Armee verlassen«, ertönte plötzlich eine Stimme.

Die Köpfe der beiden fuhren herum. Elisabeth musste ihre Position verändern, damit sie sehen konnte, wer diese Worte sagte.

»Nochmals andere wiederum würden sich einfach holen, was sie brauchen«, fuhr der Mann fort. Seine Schritte waren gemächlich. Mit Mühe konnte Elisabeth den Soldaten ausmachen, der sich langsam näherte. »Es wäre ein heilloses Durcheinander, wenn die Soldaten in die Dörfer gehen und vielleicht nicht mehr wiederkommen.«

Endlich hatte der Mann die beiden Streitenden erreicht. Elisabeth kannte seine Stimme, seine schneidigen Bewegungen. Es war, als hätte es eine weitere schemenhafte Erinnerung an die Oberfläche ihres Verstandes geschafft, die noch ausformuliert werden wollte. Sie kannte diesen Mann … Doch woher?

»Natürlich, Hauptmann Falkensted«, sagte von Rosen voll Verachtung. »Ihr seid wieder einmal auf der Seite der Huren. Es kann allerdings nicht mehr lange dauern, bis Ihr in diesem Fall die Front wechselt. Schließlich seid Ihr dafür ja bekannt.«

Sein Name löste etwas in Elisabeth aus. Sie hatte ihn bereits einmal gehört, dessen war sie sich sicher.

Der Hauptmann zuckte mit den Schultern. »Vielleicht habt Ihr recht, verehrter Herr Major, aber auch die Hurenmutter spricht wahre Worte. Es wäre besser für die Moral der Truppe, wenn der Tross der Freudenmädchen bei uns bliebe.«

Der Major verschränkte die Arme vor der Brust und ließ ein düsteres Lachen ertönen. »Ihr beide gebt ein hübsches Paar ab. Vielleicht habt Ihr ja bald Gelegenheit, Euch im Tode näher zu sein.« Der Major machte einen Schritt auf Rosi zu. »Für diesen Moment belasse ich es bei unserer Abmachung. Ich will mein Geld pünktlich am Sonnabend und bringt Euren Mädchen Manieren bei, damit sie ihre Dienste ordentlich ausführen.« Dann drehte er sich zum Hauptmann um. »Und wärt Ihr bei der Truppe nicht hoch angesehen und würde Euer Tod nicht ein großes Loch in die Befehlskette reißen, würde ich Euch auf der Stelle exekutieren lassen.«

Der Hauptmann nickte, soviel konnte Elisabeth erkennen. Sein Gesicht lag immer noch im Schatten, das Feuer beschien nur seinen Nacken und die dunklen Haare.

Für einen Moment hatte es den Anschein, der Hauptmann würde sich fügen, dann erhob er erneut die Stimme. »Ich habe mir lediglich die Freiheit genommen, Euch zu erinnern, dass Ihr gegen Eure eigenen Grundsätze verstoßt, verehrter Major. Dem wohlgeborenen Heerführer Eberstein würde das nicht gefallen, falls es ihm zu Ohren kommen sollte.«

Das war zu viel. Voller Zorn packte der Major den Hauptmann am Kragen.

»Du Kempener Bastard drohst mir? Von jemandem, der erst auf kaiserlicher Seite, dann bei der Stadtwache gegen die Franzosen und nun hier anheuert, lasse ich mir gar nichts sagen. Ihr verfluchten Söldner! Ich sollte euch alle aufknüpfen lassen. Mir ist egal, wie viele Männer du mitgebracht hast und wie sehr sie dich verehren. Dein Spiel ist gefährlich, Soldat.«

Elisabeth traute ihren Ohren nicht. Natürlich, jetzt fiel es ihr ein: Er war der Hauptmann der Stadtwache gewesen. Vater hatte mit ihm zu tun gehabt. Damals war er ein angesehener Mann, jedoch ein Einzelgänger. Er war für seine Härte bekannt, jemand, der die meiste Zeit kaum sichtbar war, aber auftauchte, sobald es galt, den Trunkenbolden Respekt einzuflößen. Vater hatte ihr einmal erzählt, dass er in der Kaiserlichen Armee gedient hatte. Ein Mann, dessen Handwerk das Töten und die Bestimmung der Krieg war. Und nun stand er wenige Fuß vor ihr. Abschätzend, musternd, abwägend. Er hielt still, als der Major seinen Griff verstärkte. Die beiden Männer glichen sich in Größe und Statur. Aber Falkensted musste bewusst sein: Sollte er die Faust erheben, wäre ihm der Tod gewiss.

Als der Major ihn losließ und Falkensted ein paar Schritte zurücktaumelte, konnte sie endlich in sein Gesicht blicken. Noch immer trug er diesen penibel gekürzten Ziegenbart. Aus seinen dunklen Augen war nicht zu lesen. Sie funkelten, als würden sie die Unbeugsamkeit dieses Mannes zur Schau stellen. Dazu schmückten etliche Narben sein Gesicht. Er musste viel gekämpft haben, sein ganzes Leben lang. Wutentbrannt stapfte der Major davon, seine Offiziere folgten ihm, nicht ohne dass sie dem Hauptmann verächtliche Blicke zuwarfen. Der Major war eine Naturgewalt, er schubste die einfachen Soldaten beiseite, allein seine Anwesenheit ließ gestandene Männer verschüchtert zu Boden blicken. Es war beileibe ein schlechter Einfall, sich diesen Mann zum Feind zu machen.

Elisabeth wartete ein paar Sekunden und lugte noch einmal durch die Holzbalken. Jedoch flüsterten der Hauptmann und Rosi nun, sodass sie kein Wort verstehen konnte. Endlich ließ sie ihre Aufmerksamkeit Bela zuteil werden, die sie die ganze Zeit über tröstend im Arm gehalten hatte. Sie nahm das Gesicht des Mädchens in beide Hände und sah erneut in den Augen, die finster wie die Nacht waren, ihre Schwester. Die Haut am rechten Auge verfärbte sich bereits violett, Belas Kleidung war zerrissen. Der Major musste sie heftig geschlagen haben.

»Komm mit«, sagte sie sanft und führte Bela in den Wagen. Sie bettete das Mädchen auf die weichen Kissen und strich mit einem nassen Tuch über seine Wangen. Langsam versiegten Belas Tränen, während ihre Hände noch zitterten.

»Sag mir, Bela, was ist vorgefallen?«

Ihr Blick war erfüllt von Angst, als sie zu reden begann. »Er war immer brutal, wollte mich dabei festhalten, an meinen Haaren ziehen«, wimmerte sie und hielt Elisabeths Hand fest. »Diesmal kannte er kein Maß. Er wollte mich vollends besitzen, verlangte, dass ich sein werde, seine Leibeigene. Ich sollte mit ihm mitkommen, sofort, auf der Stelle. Als ich dies abgelehnt habe, schien der Zorn des Teufels in ihm zu brennen. Er stürzte sich auf mich, hielt meine Handgelenke fest.« Kurz erstarb ihre Stimme und ging in ein leises Schluchzen über. In der Tat hatte der Mann sie mit seinen Pranken so fest gepackt, dass rote Stellen an ihren Handgelenken von seiner Brutalität kündeten.

»Was ist dann passiert?«, wollte Elisabeth wissen und tupfte ihr das Blut von der Lippe.

»Ich wusste mir nicht mehr zu helfen. Also sagte ich ihm, dass er sanfter sein soll. Er lachte und drückte mir die Kehle zu. Beinahe glitt ich in die Schwärze ab, aber als er sich seiner Hose entledigen wollte, fand ich die Kraft zu schreien … Ich wollte ihn von mir stoßen, doch er war einfach zu kräftig, sein Griff wie aus Stein … Ich konnte es einfach nicht.«

Elisabeth konnte lediglich mutmaßen, wie schwer es für das Mädchen sein musste, darüber zu reden.

»Schließlich donnerte seine Hand auf mich nieder. Ich weiß nicht, was mir noch widerfahren wäre, wenn Mutter Rosi ihn nicht gestoppt hätte. Als sie gegen die Tür hämmerte, ließ er endlich von mir ab.« Ein weiteres Mal füllten ihre Augen sich mit Tränen.

Während Elisabeth ihr weiter Trost spendete, kam Rosi in den Wagen und setzte sich mit gutmütiger Miene auf das Bett. »Wie geht es unserer Kleinen?«, wollte sie sanft wissen.

»Er hat sie übel zugerichtet«, antwortete Elisabeth und machte ein wenig Platz, damit Rosi ihre Tinktur auf die Wunden auftragen konnte.

»Das wird dir guttun.«

Elisabeth bewunderte diese Frau. Noch eben hatte sie sich voller Zorn mit dem mächtigsten Mann des Lagers angelegt und jetzt tröstete sie mit Engelsgeduld einen ihrer Schützlinge. Es war die gleiche Wortwahl, der gleiche beruhigende Tonfall ihrer Stimme wie bei Elisabeth, als sie in diesem Bett gelegen hatte.

Behutsam strich Rosi Bela die Haare aus ihrem Gesicht und beugte sich zu dem Mädchen hinunter. »Erzähl mir mal, was genau passiert ist.«

»Mutter Rosi«, flüsterte Elisabeth. »Ich würde gerne noch ein wenig frische Luft schnappen.«

»Du willst noch etwas spazieren?« Rosi drehte sich zu ihr um. »Also gut, ich habe hier noch zu tun. Bleib aber in der Nähe des Lagerfeuers. Heute Nacht wird kein Freier mehr bedient. Danach legst du dich zu Bela und hütest ihren Schlaf. Hast du verstanden, Kind?«

»Ja, Mutter Rosi.«

»Und Elisabeth«, sagte Rosi, ohne aufzusehen, als Elisabeth bereits den Türknauf in der Hand hielt. »Sei vorsichtig.«

Hastig schnappte Elisabeth sich eine Decke und warf sich diese über den Kopf, als sie neben das Feuer trat. Sie versteckte die blonden Locken unter dem

Stoff, als sie in Richtung der Offizierszelte ging. Eile war geboten – wenn Elisabeth den Hauptmann in diesem Irrgarten des Krieges verlor, könnte sie bis zum Morgengrauen suchen und würde ihn dennoch nicht finden. Nie zuvor hatte sie sich so weit von der Wagenburg entfernt. Selbst in der tiefsten Nacht wollte die Zeltstadt nicht schlafen. Ein wahrer Nachtrab an Menschen machte aus diesem Tross eine bunte Gesellschaft. Bäcker, Metzger, Pferdejungen, alles war hier vertreten, sogar Barbiere, die die Bärte der Soldaten stutzten, sofern letztere es sich leisten konnten. Einige Bessergestellte trugen prächtige Stoffe, die wallenden Pluderhosen fielen dabei genauso auf wie der mächtige Federschmuck, den eine Handvoll Landsknechte auf ihren Hüten trugen. Die Wanderarbeiter des Todes schienen jeder Armee zu dienen, so hatte es zumindest Elisabeths Vater einmal gesagt. Der Tod ist ihr Beruf, das Handgeld und die Beute ihr Himmel. Nur ihre Waffen sind ihnen heilig. Einige besaßen alte Vorderlader, 40 Pfund schwere Ungetüme, die bereits etliche Jahrzehnte verwendet wurden, andere wiederum konnten die leichteren Musketen ihr Eigen nennen. Elisabeth lief weiter, fühlte sich von dem schieren Durcheinander der Sprachen beinahe erschlagen. Sie hörte Laute aus aller Herren Länder, die Vielfalt war unbeschreiblich. Auch die Kleidung konnte unterschiedlicher nicht sein. Wallende bunte Überhosen, eng anliegende Lederhemden – jede Couleur war hier vertreten. Harnische, Helme, Hellebarden, alles war fein säuberlich aufgereiht – eine reisende Stadt. Teilweise schliefen die Männer in ihrem eigenen Unrat, manche hingegen hatten ein ganzes Zelt für sich. Alles war hier möglich, je nach Stand und Geldbeutel. Elisabeth zog sich die Decke tiefer ins Gesicht, versuchte, männlicher zu gehen. Niemand sollte erkennen, dass sie eine Frau war; sie war nur ein weiterer Wegelagerer, ein Bettler, der versuchte, im Gefolge dieser gut geölten Maschinerie zu überleben. Die Hurenmutter hatte ihr zwar umfassenden Schutz versprochen, jedoch war sie sich sicher, je weiter sie sich von der schützenden Wagenburg entfernte, umso weniger konnte ihr Rosi noch helfen. Doch welche Wahl war ihr geblieben? Sie musste den Hauptmann unbedingt sprechen. Nur eine kurze Unterredung – die einzige Verbindung zu ihrem alten Leben.

Nachdem sie etliche Karren passiert hatte, erreichte sie den Lagermarkt, eigentlichen Mittelpunkt der Zeltstadt. Dort konnte man seine Beute versilbern oder beim Würfelspiel seinen Sold verlieren. Dahinter mussten die Offizierszelte liegen, zumindest wenn man den betrunkenen Soldaten Glauben schenken konnte, deren Gespräche sie zufällig mit angehört hatte. Und tatsächlich, nach einem gehörigen Marsch durch verschiedenste Kulturen, Sprachen und Stände ragten auf einer Kuppel weitaus größere

Zelte auf. Elisabeth entdeckte eine einsame Gestalt, welche mit schneidigem Schritt den kleinen Hügel erklomm. Das musste Hauptmann Falkensted sein. Er näherte sich dem äußersten Zelt dieses Refugiums für Höhergestellte und verschwand im Inneren. Elisabeth beschleunigte ihren Schritt, doch eine raue, von Wut zerfressene Stimme in ihrem Rücken ließ sie innehalten.

»Was bildet sich diese Hure eigentlich ein!«, schrie der Major, nur wenige Fuß hinter ihr. »Hat sie völlig ihren Verstand verloren?«

Wie versteinert blieb sie stehen und zog die Decke tief in ihr Gesicht und über ihre Kleidung. Dann ging sie gebückt weiter und hoffte, niemand würde bemerken, dass sie einen Rock trug. Nur einen kurzen Seitenblick riskierte sie auf den Angst einflößenden Mann, ehe sie sich hinter einem Karren versteckte.

»Ich sollte sie alle bei lebendigem Leibe verbrennen lassen«, polterte er weiter an seine Offiziere gewandt.

»Fürwahr, das wäre eine Möglichkeit«, hörte sie die Stimme eines der Hessen, die ihn begleiteten. »Aber bedenkt, die Worte des Hauptmanns sind wahr. Sollten die Männer keine Huren haben, wird sich das auf ihre Gemütslage auswirken. Unzufriedene Soldaten sind schlechte Kämpfer.«

»Glaubt Ihr, ich weiß das nicht, Leutnant Bayer?«, schrie der Major.

Elisabeth beobachtete, wie er ihn am Kragen packte

und zu sich zog. Obwohl dieser kein schlaksiger Mann war und beileibe nicht schwach, schwebte er einige Zoll über dem matschigen Boden und würgte fürchterlich. Der Major indes hatte keine Probleme, das Gewicht des Mannes zu stemmen.

»Haltet Ihr mich für einen dummen Burschen, der das Handwerk des Krieges gerade erst erlernt? Natürlich ist mir bewusst, dass ich den Männern die Huren nicht einfach wegnehmen kann.« Mit diesen Worten ließ von Rosen den Leutnant fallen.

Ächzend griff der sich an die Kehle und rang nach Luft. Es dauerte einige Zeit, bis er wieder auf den Beinen war. »Wie wäre es …«, stöhnte der Leutnant noch sichtlich angeschlagen, »… wenn wir andere Frauen rekrutieren?«

Major von Rosen rieb sich nachdenklich über das Kinn.

»Und mit rekrutieren meint Ihr …?«

»Sie aus den umliegenden Dörfern entführen und den Soldaten zur Verfügung stellen«, erklärte der Leutnant. »Natürlich nicht hier in Neuß, das würde *ihr* nicht gefallen.«

Ein verächtliches Lachen des Majors drang an Elisabeths Ohren. Lange schallte es durch die Nacht und war voll böser Kraft, sodass sie sich fest gegen den Wagen presste. »Ihr habt recht, Herr Leutnant, das würde der hochwohlgeborenen hessischen Landgräfin Amalia Elisabeth und ihrem Hund

General von Eberstein beileibe nicht gefallen«, sagte er triefend vor Spott. »Nicht jetzt, da sie versucht, Frieden mit Kaiser Ferdinand zu schließen. Wenn dieser nicht zustande kommt, muss sie alles in ihrer Macht Stehende aufwenden, um Marschall Guébriant und unsere französischen Verbündeten gnädig zu stimmen. Sie braucht diese Stadt als Faustpfand, genau wie Kempen. Da unser Lager noch eine Weile hier stehen wird, sollten wir die Bewohner nicht vollends vergrämen.« Nachdenklich streifte sein Blick über die Zeltstadt unter ihm. Für einen Moment glaubte Elisabeth, er hätte sie entdeckt, dann wandte er sich wieder an den Offizier: »Bayer, Euer Vorschlag findet meine Zustimmung. Wenn wir aufbrechen, sollten wir uns in den umliegenden Dörfern Ersatz beschaffen. Gleichzeitig ergibt sich die Chance, dass ich diesen Verräter von Hauptmann loswerde. Es ist eine Schande, dass er ein so guter Kämpfer ist und die Männer ihn schätzen und achten.«

Mit weitgreifenden, von Wut befeuerten Schritten stapfte der Major auf eine Anordnung von Tischen zu, die in der Mitte des Hügels aufgestellt waren. »Leutnant, holt mir die Karten, wir wollen sehen, wo wir unsere Frauen herbekommen.« Er sprach leise und klopfte Bayer auf die Schulter. Elisabeth hatte Probleme die Worte zu verstehen; kaum hörbar drangen sie an ihre Ohren. »Und wenn diese

Missgeburt von Hauptmann weg ist, werde ich Euch bei Eberstein für Falkensteds Posten vorschlagen.«

Einige Fackeln wurden entzündet und die Männer steckten über den Karten die Köpfe zusammen. Ihre Gesichter waren rot vom Feuer und schwarz von der Nacht – ein furchterregendes Bild gab dieser dunkle Rat ab.

Elisabeth konnte nicht sagen, wie lange sie nun schon diskutierten. Endlich hatten sie eine Entscheidung getroffen, verschwanden in den Zelten und Stille breitete sich aus. Ihre Beine schmerzten von der ungewohnten Haltung, ihr Körper war ganz steif, als sie sich endlich aufrichtete und zum Zelt des Hauptmannes schlich. Die Worte des Majors hafteten an ihr wie eine Krankheit, die von ihr Besitz ergriffen hatte.

Dieser Mann schreckte vor nichts zurück, wollte sie alle bei lebendigem Leibe verbrennen lassen. Dasselbe Schicksal hatte Antonella ertragen müssen. Vielleicht war es gerecht, dass auch sie in züngelnden Flammen endete. Damit würde sich der Kreis schließen. Es wäre ein Funken Gerechtigkeit in dieser grausamen Welt. Elisabeth wurde speiübel bei dem Gedanken. Mit aller Macht verdrängte sie die Überlegungen. Nicht jetzt, nicht hier.

Als sie am Zelt des Hauptmanns angekommen war, schlüpfte sie direkt unter der Plane hindurch. Gut möglich, dass er nun eine Klinge zwischen ihre Rippen stoßen würde, doch welche Möglichkeit war ihr geblieben?

»Herr Falkensted?«, fragte sie zaghaft. Keine Antwort. Das Zelt lag im Dunkeln, sie konnte nur wenige Zoll weit sehen. »Hauptmann der Stadtwache?«, wiederholte Elisabeth fester.

»Ich trage diesen Titel nicht mehr«, knurrte er aus der hintersten Ecke. Augenblicklich entzündete er eine Kerze, die das Zelt mit flackerndem Lichtschein erhellte. Polternd wuchtete er eine Flasche auf den Tisch und legte seine Hand auf den Griff seines Säbels. »Wer seid Ihr?«

Elisabeth trat näher und wollte sofort wieder einige Schritte zurückweichen. Obwohl die letzten Tage sie abgehärtet hatten, wurde sie von der bestialisch stinkenden Alkoholfahne überrascht. Ihr Herz pochte, als sie die Decke auf ihre Schultern legte und den Blick auf ihr Haupt freigab.

»Ich kenne Euch«, flüsterte der Hauptmann und ging auf sie zu. »Euer Gesicht, diese Augen, das alles wirkt wie ein alter Traum aus längst vergangenen Tagen.«

Elisabeth musste durch den Mund atmen, als er mit seinen rauen Händen ihre Wangen berührte und aus zusammengekniffenen Augen ihr Antlitz fixierte. Der Soldat wankte bedrohlich, war kaum mehr imstande, sich auf den Beinen zu halten, und konnte nur noch lallen.

»Diese Augen … ich kenne sie. Sie erinnern mich an ein Mädchen. Doch *dessen* Augen sprühten nur so vor Arroganz und Selbstverliebtheit. Sie lärmte fürchterlich und meinte, ihr gehöre die ganze Welt. Eure wiederum wirken scheu, beinahe ängstlich, als wärt Ihr dem Teufel persönlich begegnet.«

»Auch ich kenne Euch, Hauptmann der Stadtwache.«

Dieser Satz versetzte ihn in blinde Raserei.

»Ihr sollt mich nicht mit diesem Titel ansprechen!« Die Flasche warf er dabei mit voller Kraft auf den Boden. Sie zerbarst in unzählige Scherben. »Das ist vorbei. Alles ist vorbei«, stöhnte er kraftlos und musste sich am Tisch abstützen. Plötzlich schien Leben in seine Augen zurückzukehren und er näherte sich ihr erneut. »Wartet. Ihr seid es. Die Tochter des Statthalters von Kempen. Elisabeth Dannen.«

»Ja, Herr«, entgegnete sie zaghaft, voller Sorge, dass die umliegenden Soldaten sie hören könnten. Sehr lange hatte sie ihren vollen Namen nicht mehr vernommen. Er fühlte sich nicht mehr richtig an.

Der Hauptmann brach in schallendes Gelächter aus und erneut zuckte Elisabeth zusammen. »Ihr wart diejenige, die dieses Adoptivmädchen in den Tod geschickt hat. Wie hieß die Kleine doch gleich?«

»Antonella.« Ihre Stimme brach. Als würde sich ihr Körper dagegen wehren, diesen Namen auszusprechen.

»Richtig, Antonella. Die Leute haben mir davon erzählt. Sagt, war sie wirklich eine Hexe?«

Es war, als würden Hunderte Nadelstiche auf einmal ihr Herz malträtieren. Voller Scham sah sie zu Boden und Tränen tropften von den erhitzten Wangen, als sie heftig den Kopf schüttelte.

Hörbar atmete er aus und ließ sich in einen Stuhl fallen. Anschließend musterte er sie von oben bis unten. »Dachte ich es mir. Was machst du hier im Gefolge der Hessen? Ein Lehrmädchen wirst du kaum sein – in diesem Kleid. Eine Dirne vielleicht?«

Erneut war es ihr lediglich möglich zu nicken.

»Was für ein tiefer Fall. Von der Schönheit, von der die ganze Region sprach, zu einer Hure, die von jedem niederen Soldaten, der ein paar Groschen sein Eigen nennt, benutzt werden kann.«

Ihre Unterlippe zitterte vor Zorn, als sie diese Worte hörte. Auf dem Absatz drehte sie sich um. »Verzeiht, es war ein Fehler, hierher zu kommen.«

»Wartet!«, rief er laut. »Was wollt Ihr von mir, Elisabeth?«

Sie war beinahe aus dem Zelt getreten, musste sich umdrehen, um wieder in das aufgedunsene Gesicht des Mannes blicken zu können. »Was ist aus Kempen geworden?«

Er zuckte mit den Schultern, nahm eine neue Flasche und öffnete den Verschluss. »Was mit jeder Stadt passiert, die erobert wird. Plünderung, Brandschatzung, Einquartierung.« Er lächelte, als machte es ihm Freude, darüber zu referieren. »Neben Mord und Vergewaltigung natürlich. Ansonsten habe ich nichts gehört.«

»Wie habt Ihr überlebt?«

Er lachte auf. Ein schmerzliches, trauriges Lachen. »Männer ohne Ehre überleben leicht.«

»Was wollt Ihr damit sagen?«

»Einst diente ich in der Kaiserlichen Armee. Ein kleiner Soldat mit genügend Träumen und Flausen im Kopf, dass es für fünf gereicht hätte. Der Sold war gut. Ich wollte ein paar Jahre dienen und Geld für eine eigene Schenke zusammensparen. Kannst du dir das vorstellen? Ich wollte einmal Wirt werden!«, kicherte er leise. Einige Sekunden vergingen, in denen der rasselnde Atem des Hauptmanns zu hören war. »Es war eine Nacht wie die heutige. Wir marschierten zum Scharfenberg, dort bei Wittstock. Wollten unsere Heere noch verstärken, doch es kam anders.« Der Blick des Mannes war nun völlig nach oben gerichtet. Er sprach die Worte leise, mit Bedacht, und doch schwang in jedem Satz Schmerz und Trauer mit. Im Geiste, dachte Elisabeth, ist er wieder dort. Unten am Scharfenberg.

»Wir waren guter Dinge, glaubten, die Schlacht für uns entscheiden zu können. Immerhin zogen wir mit 22.000 Mann in den Kampf – gegen knapp 16.000 Schweden. Ich wurde ins Zentrum von Feldmarschall Hatzfelds Truppen beordert. Mutig schritten wir voran, dachten, wir könnten Baniers Flügel aufreißen, doch seine Männer behaupteten sich.« Seine Stimme war klar. Kein Lallen war mehr während der Ausführungen des Betrunkenen zu hören. Seine Zähne mahlten aufeinander, er fixierte Elisabeth. »Es war grausam, überall Blut und Leichen, von der Herrlichkeit großer Taten ist der Krieg meilenweit entfernt. Als die beiden Heere aufeinandertrafen, brach Chaos aus. Überall waren Blut und tote Körper zu sehen. Man konnte Freund und Feind in diesem Tollhaus der Gewalt nicht mehr unterscheiden. Säbel und Piken blitzten in der Nacht auf, und du weißt, dass jedes Gesicht, das du siehst, jeder Laut, den du hörst, jeder Atemzug, den du tätigst, das Letzte sein könnte, was du in diesem Leben erleben darfst.« Mit Mühe schaffte es der Hauptmann, sich aufzurichten. »Ich bin zurückgekehrt, wollte ein ruhiges Leben in der Stadtwache verbringen, weit weg vom Krieg und den Schreien, welche die Nacht durchbrechen. Doch er holte mich ein, scheint mich zu verfolgen.« Er legte seine Hand auf Elisabeths Schulter, als müsste er sich abstützen. »Wir haben tapfer gekämpft, am Ende fiel die Stadt und uns blieb nur die Möglichkeit, wieder in den Kriegsdienst einzutreten, auf hessischer Seite. Ich hatte Glück, dass Eberstein so viel von mir hält, durfte Hauptmann für das Regiment der Söldner werden.«

Kraftlos ließ er sich auf die Decken fallen, welche ihm als Bett dienten, und schloss einen Moment die Augen, als würde er seine Kräfte sammeln müssen.

»Warum erzählt Ihr mir das?«, wollte Elisabeth wissen.

»Ich habe diese Geschichte schon einmal jemandem erzählt. Jemandem, den du sehr gut kanntest.«

Dann war Stille. Das Flackern der Kerze tauchte sein Gesicht in einen zuckenden Halbschatten.

»Wen meint Ihr?«, fragte Elisabeth energisch. Der Hauptmann schien in die süße Erholung des Schlafes abgeglitten zu sein. Sie stürzte auf ihn zu, riss die Flasche an sich. »Wem habt Ihr diese Geschichte bereits erzählt?«

Es dauerte, bis er seine schweren Lider erneut öffnete. »Lorenz war sein Name. Dieser Bursche, auf den du ein Auge geworfen hattest. Genau wie deine Schwester. Leider war er nicht so klug wie ich. Er musste ja versuchen, sie aus den Händen der Bewohner zu retten. Hätte er sich herausgehalten, wäre er vielleicht noch am Leben.« Gespielt nachdenklich fuhr er sich durch den Spitzbart. »Wenn ich es mir recht überlege, wären sie vielleicht alle noch ihres Lebens habhaft, hättest du sie nicht verraten.«

Die Reue riss Elisabeth auf die Knie. Auch wenn sie ihn hasste, seine Worte entsprachen der Wahrheit.

»Dann sind wir Verräter ja in guter Gesellschaft«, sagte sie leise. »Trauert Ihr nicht?«

Der Hauptmann blickte sie an. »Trauerst du?«

»Natürlich. Jeden Tag, es zerreißt mich bei lebendigem Leibe.«

Langsam nahm er die Flasche wieder an sich und trank mit schnellen Schlucken. »Der schwere Wein hilft, zu vergessen.«

Sie ließen einen Moment der Stille verstreichen, als Elisabeth ebenfalls einen Schluck nahm. Bitter legte sich der Wein auf ihre Zunge.

»Ihr wisst, dass Ihr gefährlich lebt? Major von Rosen will die Huren töten und mit ihnen jeden, der sich ihm in den Weg stellt.« Ihre Blicke trafen sich. »Somit auch Euch. Warum helft Ihr Rosi und ihrem Tross?«

»Zu etwas muss ich ja nütze sein«, antwortete er. »Der Tod ist für mich keine Bedrohung. Eigentlich müsste ich längst unter der Erde liegen. Dass von Rosen mich lieber heute als morgen tot sehen will, ist mir durchaus bewusst. Ich rechne jede Nacht damit, dass er seinen Steigbügelhalter Bayer schickt, um mir einen Dolch in die Brust zu rammen«, keuchte er, nahm von Elisabeth die Flasche und trank. »Rosi und die anderen Frauen versuchen nur, durch den Krieg zu kommen. Sie ist eine kluge Frau und kann die Gefahren einschätzen. Glaub mir, sie ist längst im Bilde. Ihr Geschäft ist das einzig ehrliche, das zu dieser Zeit noch bleibt.«. Ächzend lehnte sich der Hauptmann zu ihr herüber. »Außerdem gefällt mir der Gedanke, dem Major eins auszuwischen.«

Daraufhin lachten sie beide leise und der Hauptmann ließ sich nach hinten fallen. Nur wenige Sekunden dauerte es, bis er erneut eingeschlafen war. Elisabeth kostete ein letztes Mal vom Wein, zog die Decke über ihren Kopf und suchte sich so schnell es ging einen Weg zurück zur Wagenburg.

Der Krieg forderte viele Opfer. Einige wandelten noch auf der Erde. Lebendige Leichen – wie der Hauptmann eine war. Er hatte zu viel gesehen, zu viel erlebt, als dass er noch ein normales Leben führen könnte. Für andere hingegen war es noch nicht zu spät. Rosi musste über die neuerlichen Geschehnisse informiert werden. Vielleicht könnten sie flüchten, am besten noch in dieser Nacht.

Doch als Elisabeth an Rosis Bett kniete und alle Einzelheiten, die ihre Erinnerungen noch preisgaben, wiedergab, lachte die Hurenmutter. Voller Gelassenheit streichelte sie Elisabeths Gesicht.

»Ich weiß, Kindchen«, flüsterte sie leise, um die anderen Frauen nicht zu wecken. »Wir können weder heute noch morgen aufbrechen, wir haben eine ganze Armee gegen uns. Also müssen wir den richtigen Zeitpunkt abwarten. Glaub mir, nicht einmal das Feuer der Hölle brennt so heiß wie der Hass eines verschmähten Mannes.«

Elisabeth verstand die Worte nicht, versuchte erneut, Rosi umzustimmen. Wie konnte sie hier bleiben, wo ein schrecklicher Tod den Frauen gewiss war?

Rosi schüttelte den Kopf. »Keine Widerrede, wir

müssen dieses Spiel weiterspielen. Das ist unsere einzige Chance, zu überleben.«

Ihre laute Stimme riss einige der Frauen aus dem Schlaf. Sie mussten einen Moment warten, bis sie wieder zur Ruhe gefunden hatten. Noch bevor Elisabeth etwas sagen konnte, legte Rosi den Finger auf ihre Lippen.

»Kein Wort mehr. Schwöre mir, dass du alles, was du gehört und gesehen hast, sofort vergisst. Wenn der richtige Moment gekommen ist, werden wir ihn nutzen. Das verspreche ich dir. Ich trage die Verantwortung für diese Mädchen und ich werde sie beschützen.« Rosi drückte Elisabeths Hand. Sie war warm. Am liebsten hätte Elisabeth sie die ganze Nacht gehalten. Mit einem Augenzwinkern zog Rosi die Decke über ihren fülligen Körper. »Und wenn ich es nicht schaffe, musst du die Frauen in Sicherheit bringen. Versprich mir das, Kleines.«

Elisabeth nickte. »Ich verspreche es, Mutter Rosi.«

»Gut, und jetzt kümmere dich um Bela, spende ihr Trost in dieser dunklen Nacht.«

Hunderte von Gedanken schossen auf einmal durch ihren Verstand, als sie sich neben Bela legte. Augenblicklich kuschelte sich das Mädchen an sie. Obwohl die Bitte Rosis bestimmt nicht ernst gemeint war und sie keinen Zweifel daran hatte, dass die Hurenmutter sie aus dieser Lage befreien würde, so war doch etwas in Elisabeth geweckt worden. Auch wenn Rosi Elisabeths Versprechen bestimmt nicht als bindend ansah, sie tat genau das.

Als die ersten Sonnenstrahlen den Tag ankündigten, schlief sie endlich ein, mit der Gewissheit, dass sie vergangene Fehler nicht noch einmal machen wollte. Sie musste die Mädchen beschützen, egal um welchen Preis.

Kapitel 10

- Der Gehilfe des Henkers -

»Du wirkst abwesend.«

Verschreckt erhob Maximilian das Gesicht und blickte Vikar Weisen an. Der Geistliche streichelte mit einer Gänsefeder über seine Schläfe, während er Maximilian mit interessiertem Ausdruck musterte.

Diese Nachmittage waren eine Wohltat. Der Vikar hatte Wort gehalten. Lediglich am Morgen musste Maximilian die Arbeiten ausführen, die Schwester Agathe ihm auftrug. Während ihr Ton eisig und voller Hass war, glühten die Augen des Vikars freudig, wenn er nach dem Mittagsmahl an die schwere Tür seiner Schreibstube klopfte und um Einlass bat. Mit stoischer Ruhe und Geduld hatte er Maximilian in wenigen Wochen die Künste des Schreibens und Lesens vermittelt. Sogar eine schöne Handschrift hatte Vikar Weisen ihm attestiert. Langsam bekam Maximilian eine Ahnung von den Geschäften der Abtei – verstand, warum die Krankenstube ein wichtiger Bestandteil war und wie nötig das Geld von der Kurie vor Ort benötigt wurde. Sie arbeiteten bis tief in die Nacht, mehrmals fiel Maximilian erst in den frühen Morgenstunden in sein Bett, um bald darauf von Schwester Agathe geweckt zu werden.

»Ich … ich musste gerade an meine Heimat denken«, antwortete Maximilian und blinzelte. Die Nachmittagssonne brach durch die Fenster der Stube herein und erhitzte den Raum. Nach diesem eisigen und von Dunkelheit durchzogenen Winter war jeder Lichtstrahl ein Hochgenuss. Dass ihm seine Kleidung selbst in den Abendstunden am Körper klebte, war zweitrangig.

Der Vikar legte seinen Federkiel beiseite. »Und? Was sind das für Gedanken, die dir im Kopf herumspuken?«

Einen Herzschlag lang wusste Maximilian nicht, wie er darauf antworten sollte.

»Ich bin ein Mann Gottes«, fügte der Vikar mit seinem gewinnenden Lächeln hinzu. »Wenn du es mir nicht erzählen kannst, wem dann?«

Maximilian ließ sich von seiner freudigen Laune anstecken. Dieser Mann konnte innerhalb weniger Augenblicke Vertrauen hervorrufen und einem die Angst nehmen. Wenn Maximilian sich nur sicher sein konnte, dass die Anschuldigungen Amelies unbegründet waren.

»Erst war ich glücklich. Jetzt fühle ich Selbsthass und Schmach, wenn ich an meine Familie denke, die ich in der schwersten Stunde verließ.«

Nickend legte der Vikar seine Fingerkuppen aneinander. »Du hast immer noch Schuldgefühle, wegen deines Bruders. Das ist ganz normal. Aber wenn Gott gewollt hätte, dass du stirbst, hätte er es zugelassen. Du gehst den Weg, den er für dich bestimmt hat – und du kannst jederzeit zurück zu deiner Familie.« Er erhob sich langsam und schritt auf Maximilian zu. »Obwohl ich es sehr bedauern würde, wenn mir eine fähige Kraft wie du auf einmal fehlen würde.« Der Vikar setzte sich neben ihn auf die Holzbank und legte die Hand auf seine Schulter. »Selbst die schlimmsten Zeiten gehen vorbei, mein Junge. Und du wirst irgendwann deinen Frieden mit dem Geschehenen machen.« Dann stand er auf, nahm einen Stapel Briefbögen von seinem Schreibtisch und hielt Maximilian diese vor das Gesicht. »Solange es noch nicht so weit ist, bin ich mir sicher, dass du dein Heil in der Arbeit findest. Dies ist meine Korrespondenz des heutigen Tages.«

Maximilian warf einen kurzen Blick über die Briefbögen. Augenblicklich hatte er das Gefühl, als würde die Hitze des Raumes sich in seinen Wangen sammeln. »Aber Herr, diese Nachricht ist von Major von Rosen.«

»Und?«

»Er ist unser Feind, der Bluthund des Generals von Eberstein, Kommandeur der hessischen Truppen.« Maximilian überflog die Papiere. »Er ist schuld, dass die Hessen und Franzosen den Niederrhein mit Krieg überzogen haben. Sie handeln direkt im Auftrag der hessischen Landgräfin Amalia Elisabeth.«

Vikar Weisen war bereits damit beschäftigt, Dokumente zu studieren, dabei runzelte er die Stirn und legte einen Finger an sein Kinn. »Dies ist mir alles bekannt, junger Schmied. Ihre Armeen liegen direkt vor Neuß.«

Ungläubig blickte Maximilian den Mann an und stand auf. »Aber Herr, diese Männer sind unsere Feinde. Vormals Mitglieder der protestantischen Liga. Sie gehören nicht … Eurem Glauben an.« Beinahe hätte er ›unserem‹ gesagt, biss sich jedoch im letzten Moment auf die Zunge. »Solltet Ihr nicht den kaiserlichen Truppen unter General Hatzfeld die Treue halten, anstatt mit den Hessen zu parlieren?«

Weisen lehnte sich auf sein Schreibpult, ließ die Briefe auf das Holz gleiten – genau auf die Notizbücher, die er niemals aus den Augen ließ. Noch hatte Maximilian keine Gelegenheit erhalten, sich diese genauer anzusehen. Obwohl ein Teil von ihm darauf brannte, einen Blick in das Geheimste des Vikars zu erhalten und den Worten des Mädchens nachzugehen, befahl ihm ein anderer Teil seiner Seele ,sich von diesem Vorhaben zu verabschieden. Hier bekam er alles, was er sich wünschte. Sogar ein wenig Seelenfrieden. Der Vikar war so viel mehr als nur sein Lehrer – er war sein Mentor und Beichtvater. Jeden Tag aufs Neue überzeugte ihn Weisen, dass er nicht das Monstrum sein konnte, als das ihn Amelie, diese arme Seele, bezeichnet hatte. Tatsächlich hatte er bereits mehrmals bereut, sie laufen gelassen zu haben. Über ihre Lippen waren die Worte einer Irren gedrungen. Er hatte sich in ihren Bann ziehen lassen, ein Versäumnis, für das er sich heute noch ohrfeigen könnte. Oder war es anders? Der Vikar hatte eine Schutzmauer um sein Innerstes gezogen. In der einen Sekunde war er der liebevolle Beichtvater, der kein Wässerchen trüben konnte, in der anderen der kühle Stratege, mit diesen durchdringenden bernsteinfarbenen Augen, in denen keine menschliche Regung zu erkennen war.

Wie ein Gelehrter, der seinen Schüler zurechtwies, erhob der Vikar mahnend den Finger.

»Deine Ausführungen sind im Kern richtig und du bist ein aufmerksamer Mann, Maximilian. Jedoch treffen deine Schlussfolgerungen nicht zu. Für dich mag es vielleicht erscheinen, als sympathisiere ich mit dem Feind. Doch bedenke, der Niederrhein ist fest in hessisch-französischer Hand. Wenn Hatzfeld mit seinen Truppen nicht mehr imstande ist, die Gebiete zurückzuerobern, müssen wir uns mit der Situation arrangieren. Es ist besser, der Feind ist uns wohlgesonnen, als dass er mit seiner ganzen Grausamkeit jedes Dorf, jede Stadt und alles, was sich darin befindet, plündert und niederbrennt.« Er atmete tief durch, wollte die Reaktion Maximilians abwarten. Aus dessen Augen sprach weiter Unverständnis. »Lies die Briefe!«, forderte der Vikar.

Maximilian musste sich zwingen, sich von dem Mann abzuwenden und seine Konzentration auf die Schriftstücke zu lenken.

»Hier steht, dass Major von Rosen die Aufnahme von Gefangenen und verwundeten Soldaten und Frauen aus dem Tross in unsere Abtei erwägt. Als Gegenleistung würde Viersen weniger Einquartierungen erhalten und die Stadt bliebe verschont.«

Maximilian hob sein Gesicht. Für einige Sekunden rauschten fast vergessene Erinnerungen der Kriegstage an seinem inneren Auge vorbei. Irgendetwas stimmte hier nicht. Dies war nicht der Krieg, den er in Erinnerung hatte. »Warum sollte Major von Rosen das tun? In diesen Zeiten sterben Hunderte Männer an ihren Verletzungen auf dem Schlachtfeld. Aus meiner Erfahrung weiß ich, dass den Befehlshabern das Schicksal der Verwundeten oftmals einerlei ist, solange sie in einem warmen Bett außerhalb des Lagers residieren können.«

Voller Anerkennung nickte der Vikar. »Schon wieder ein richtiger Gedanke. Auch wenn ich Major von Rosen lediglich aus unserer Korrespondenz kenne, weiß ich, dass er ein gewiefter Taktiker ist. Bei den Männern ist er gleichzeitig gefürchtet und beliebt. Ein harter Hund, der keine Verfehlung durchgehen lässt, sich aber um seine Soldaten kümmert. Vielleicht mit ein Grund dafür, warum er sich so lange behaupten und viele Schlachten erfolgreich schlagen konnte.«

Maximilian lehnte sich zurück, strich sich mit dem Daumen über das Kinn. »Ich verstehe noch nicht ganz ...«

»Nun«, begann der Vikar lächelnd und setzte sich halb auf seinen Schreibtisch. »Überleg, junger Schmied. Du warst selber als Freiwilliger in der kaiserlichen Armee. Wie wir beide wissen, bestehen die heutigen Armeen größtenteils aus Landsknechten – Wanderarbeitern des Todes, wenn du so willst. Ist ein Feldzug beendet, werden die Krieger arbeitslos. Ihnen ist egal, wofür sie kämpfen. Für den Kaiser, für die Hessen, alles unwichtig, solange der Sold pünktlich bezahlt wird und ein paar Huren dem Tross folgen.« Der Vikar bekreuzigte sich und blickte an die Decke. »Der Herrgott möge ihren armen Seelen den richtigen Pfad weisen.« Dann fuhr er im vorangegangenen Tonfall fort. »Wenn du also ein Landsknecht bist und in einer von beiden Armeen dienen willst, für welche entscheidest du dich?«

Natürlich. Es war einfach. Langsam verstand Maximilian, warum der Vikar die Geschicke des Klosters leiten sollte und nicht Schwester Agathe. »Ich würde mich für die Armee entscheiden, bei der die beste Versorgung gewährleistet ist, bei der ich den meisten Sold bekomme und eine Chance habe, zu überleben.«

Vikar Weisen bedachte Maximilians Schlussfolgerung mit einem Augenzwinkern. »Du siehst, sogar aus hoffnungslosen Lagen kann man noch einen Gewinn schöpfen, und zwar für alle Beteiligten. Major von Rosen wird also die Verwundeten hierhin bringen lassen. Wir versorgen sie, dass stärkt wiederum die Moral seiner Leute und den Zustrom an weiteren Freiwilligen für seine Truppe. Zusätzlich kann Doktor Sylar seine Fähigkeiten erproben und wir bekommen Geld für jeden Verwundeten, den wir aufnehmen.«

»Unterstützen wir dadurch nicht den Feind?«, wollte Maximilian wissen.

Einige Sekunden ließ sich der Vikar Zeit mit seiner Antwort. Laut hörbar atmete er aus. »Wir können nicht alle retten. Hin und wieder muss man Gott sein Werk machen lassen. Man darf seinen Plan nicht infrage stellen.«

»Mit anderen Worten: schweigen und weggucken?«

Ein nachdenkliches Lächeln umspielte die Lippen des Vikars. Er nickte zaghaft und ließ sich mit verschränkten Armen hinter seinem Schreibtisch nieder. »Wir sollten versuchen, so viele Menschenleben zu retten, wie es in unserer Macht steht. Dabei spielt es keine Rolle, aus welchen Reihen die armen Wesen stammen, die vom Krieg gebeutelt und verwundet zu uns kommen. Außerdem bezahlt uns die Kurie für die Behandlung und, wie dir bereits bekannt sein dürfte, können wir das Geld beileibe gebrauchen. Auf diesem Wege schützen wir die Stadt, sollte Major von Rosen hier seine Residenz aufschlagen.«

Jetzt ließ sich auch Maximilian auf die knarrende Holzbank fallen. Dieser Mann besaß eine Weitsicht, wie er sie gerne sein Eigen nennen würde. Vielleicht wäre ihm viel Leid erspart geblieben und Lorenz wäre noch am Leben, besäße er ansatzweise Vikar Weisens Blick für das Wesentliche. Vielleicht wäre seinem Bruder dieses schreckliche Schicksal nicht zuteil geworden. Doch er hatte mit hoch erhobenem Säbel dem Feind die Stirn geboten, anstatt nachzudenken. Vielleicht …

Er verbat sich weitere Gedanken.

Maximilian zuckte zusammen, als Doktor Sylar, ohne anzuklopfen, in den Raum stürmte. Der kleine Mann atmete schnell, sein Gesicht war puterrot, er wirkte euphorisch. »Hast du eine Antwort erhalten?«, wollte er ohne Umschweife wissen. Erst dann fiel sein Blick auf Maximilian. »Oh, ich wusste nicht, Verzeihung. Vielleicht sollten wir …«

»Nein, nein«, warf der Vikar ein. »Ich habe keine Geheimnisse vor dem jungen Mann. Glaub mir, Rolf. Er trägt das Herz am rechten Fleck und ist auf unserer Seite.«

Noch ein wenig verunsichert tupfte sich der Arzt die schweißbedeckte Stirn.

Der Anblick des Mannes löste bei Maximilian beinahe Erheiterung aus. Nach wenigen Schritten war Sylar bereits außer Atem und sein Kopf derart rot, dass man Angst um den Doktor haben musste. Er arbeitete bis tief in die Nacht, schlief teilweise tagelang nicht, wenn er einen besonders interessanten Fall auf der Bare liegen hatte. Seine Aufzeichnungen waren ihm dabei heilig und er gönnte sich keine Ruhe, bis die letzte Einzelheit verzeichnet war, nur um die Prozedur von Neuem zu beginnen.

»Du wirst recht haben«, sagte Sylar und reinigte seine Brille. »Hat er geantwortet?«

»Maximilian und ich sprachen gerade darüber. Tatsächlich hat Major von Rosen einen Boten geschickt. Er wird unserem Vorschlag folgen. Du wirst also eine große Menge an Patienten erhalten, die deiner Aufmerksamkeit bedürfen.«

Während er sich Luft zufächelte, ließ Doktor Sylar sich freudestrahlend in den Stuhl sinken. »Großartig«, murmelte er hastig. »Das ist atemberaubend. Ich arbeite gerade an einer medizinischen Sensation. Noch einige Experimente und ich bin in der Lage, den Schmerz der Menschen zu heilen, ihn vielleicht für immer aus der Seele zu vertreiben. Nur noch ein paar kräftige Soldaten, ein paar gesunde Frauen, welche die richtigen Voraussetzungen mitbringen und …«

»Ist ja gut, Rolf«, lachte der Vikar, erhob sich und klopfte seinem alten Freund auf die Schulter. »In wenigen Tagen wirst du das bekommen, nach dem du dich gesehnt hast.« Der Vikar lehnte sich zu dem Mann so weit herab, dass Maximilian nur mit großer

Mühe seine Worte verstehen konnte. »Und es dauert nicht mehr lange, dann werde *ich* das bekommen, wonach ich immer strebte.«

Für einen Moment funkelten sich die Männer an. Zufrieden und voller Entzücken.

Früher hätte Maximilian aufgehorcht, hätte sich den Kopf darüber zerbrochen, was er damit meinte. Doch nicht in diesen Tagen. Weghören war einfach, den Gedanken beiseitezuschieben noch leichter.

Mit einem Seitenblick aus dem Fenster klatschte der Vikar in die Hände. »Meine Lieben«, begann er mit einer ausladenden Geste. »Langsam senkt sich die Nacht über die Stadt. Bald werden die ehrenwerten Nonnen zu ihrem letzten Gebet erscheinen.« Der Vikar ging zu dem großen Schrank in der Ecke und strich über das Gewand, welches er beim Abendgebet zu tragen gedachte. »Maximilian, ich habe eine Bitte an dich. Eine bedürftige Seele muss in dieser Nacht noch die Absolution erhalten. Einzelheiten sind in diesem Falle nicht von Belang. Es ist eine junge Frau, sie wartet auf dich hinter der Remigiuskirche. Bring sie in meine Schreibstube.«

»Was ist mit den …?«

»Eine Abschrift der Dokumente kannst du morgen anfertigen. Papier ist geduldig. Das Wohl der Menschen nicht.«

Vorsichtig legte Maximilian die Schriftstücke auf den Schreibtisch, warf einen verstohlenen Blick auf die drei in Leder eingebundenen Notizbücher und verbeugte sich schließlich vor dem Vikar.

»Und Maximilian«, rief der Vikar, als er beinahe aus der Tür heraus war. Der Kopf des Mannes fuhr herum. »Benutz diese Tür«, wies ihn der Vikar an und deutete mit einem Kopfnicken auf die zweite Tür, welche von der Schreibstube abführte. Wenige Male hatte Maximilian den schmalen Gang benutzen dürfen. Man musste seinen Kopf einziehen, um hindurchschlüpfen zu können. Der Gang führte direkt zu einer kleinen Pforte auf der rechten Seite der Abtei, versteckt hinter Gestrüpp und Büschen, sodass man ungesehen das Kloster betreten oder verlassen konnte. »Wir wollen niemanden stören.«

Maximilian deutete ein Nicken an und verließ die Studierstube. Die letzten Strahlen der glühenden Sonne flimmerten in den engen Gassen Viersens, als er auf die Kirche zuschritt. Beinahe hatte er das Gefühl, als hätte die Hitze noch einmal zugenommen. Die heiße Luft lähmte seine Gedanken. Lange Schatten zogen sich über den Boden. Noch wenige Augenblicke, dann würde die Sonne untergehen. Er hielt inne.

Es waren kaum mehr Menschen in den Gassen zugegen, als er beobachtete, wie die Sonne sich am Horizont herabsenkte. Die Schatten auf dem Boden waren verschwunden. Augenblicklich war ihm, als würde der kühle Hauch der Nacht ihm in den Nacken pusten. Eine Gänsehaut überkam ihn, und mit ihr fanden die Gedanken aus jener Nacht den Weg zurück in seinen Geist. Hastig fuhr sein Kopf herum.

War da ein Schrei? Nein, das spielte sich in seinem Kopf ab. Ein weiteres Mal drehte er sich schnell um, weil er glaubte, eine allzu bekannte Stimme zu hören. Sie kam aus einer Gasse, zwischen zwei großen Häusern mit geweißelter Fassade. Langsam näherte sich Maximilian dem Ursprung des Geräuschs. Ein weiteres Mal dieser Ruf, den er jahrelang wie selbstverständlich gehört hatte. Seine Schritte wurden langsam, die Augen waren verengt, als er in die Gasse trat.

»Lorenz?«, flüsterte er zaghaft.

Das konnte nicht sein, dass war nicht die Wirklichkeit. Sein Bruder war tot. Seine eigene Klinge hatte die Brust des Bruders durchbohrt, das warme Blut von Lorenz hatte sich über seine eigenen Hände gelegt. Trotzdem zog es ihn in diese Passage. Von Schimmel bedeckte Kisten waren hier aufeinander gestapelt, zudem stank es nach Unrat und Erbrochenem.

»Lorenz?«, sagte er lauter und mit zitternder Stimme.

Mit seinem Gesicht ging er ganz nah an einen der Stapel heran. Ein Fauchen ließ ihn zurückschrecken. Nur mit Mühe konnte er das Gleichgewicht halten, um nicht in die Fäkalien zu fallen, als ihn eine Katze ansprang und schnell das Weite suchte.

»Nicht erneut«, fluchte er, die Hand auf seine Brust gelegt. Sein Herz pochte wie wild, als er der Katze nachblickte. »Verdammtes Vieh.« Kurz dachte er darüber nach, ob es dieselbe war, die ihm auf dem alten Bauernhof eine Heidenangst eingejagt hatte. Das getigerte Fell sah identisch aus. Allerdings war es schwer auszumachen in der Dunkelheit. Schnell verwarf er den Gedanken.

Wie hatte er die Geräusche einer Katze mit der Stimme von Lorenz verwechseln können? Hatte er vollends den Verstand verloren? Leider erlebte er in letzter Zeit öfter solche Hirngespinste. Er sah Schatten, die keine waren, Bewegungen um ihn herum, die keinen Ursprung hatten, und hörte knarrende Hölzer und das Schnurren von Katzen, welches er als Stimmen wahrnahm. Als hätte der Allmächtige ihn nicht genug gestraft, wurde er nun auch noch vom Irrsinn verfolgt.

Maximilian fuhr sich über das Gesicht und ließ die Gasse hinter sich. Er musste sich beeilen, schließlich wollte er das Mädchen in der Finsternis nicht warten lassen. Bis zur Remigiuskirche beschleunigte er seinen Schritt, sah das Mädchen bereits von Weitem.

Sie trug einen weiten dunkelroten Umhang, die Kapuze tief ins Gesicht gezogen, und kauerte hinter der mächtigen Backsteinflanke des Gotteshauses. Als Maximilian wenige Fuß entfernt war, blickte sie auf.

»Schickt dich der ehrenwerte Vikar Weisen?«, wollte sie mit zaghafter Stimme wissen. Dabei war ein Wort von beißendem Spott durchzogen. ›Ehrenwert‹.

»Das tut er«, antwortete Maximilian und beäugte sie argwöhnisch. Ihre Kleidung wirkte alt und zerschlissen, als hätte das Mädchen sie irgendwo gefunden. Ihr Rock war völlig verdreckt und sein Saum streifte am Boden entlang. Langsam nahm sie die Kapuze ab. Auch ihre Wangen waren schmutzig. Trotzdem war ihr ebenmäßiges Gesicht voller Schönheit und Anmut. Die dunklen Haare fielen über ihre Schultern.

»Bring mich zu ihm«, bat sie ihn mit schwermütigem Blick.

Gemeinsam schritten sie durch die nächtliche Gemeinde. Ihr Gang war bedächtig, als zöge sie eine unsichtbare Macht zurück. Mehrmals musste Maximilian seinen Schritt verlangsamen und auf das Mädchen warten. Schließlich wurde es ihm zu bunt.

»Du musst keine Angst haben«, sagte er mit milder Stimme, eine Hand aufmunternd auf ihre Schultern gelegt. »Egal, was du beichten musst, der Vikar ist ein verständnisvoller Mann, dem du dich anvertrauen kannst.«

Auf ihren Lippen zeigte sich ein trauriges Lächeln. »Ja, das ist er«, wisperte sie. »Er versprach mir Hilfe und Trost, Essen und Kleidung, wenn ich zu ihm komme.«

Mit zaghaftem Druck führte er das Mädchen in Richtung des Klosters.

»Es wird dir danach besser gehen«, sagte Maximilian und versuchte, seine Stimme ruhig und überzeugend klingen zu lassen. »Viele bedürftige Seelen finden den Weg in unsere Abtei. Er ist ein guter Mann.«

Bei diesen Worten lachte das Mädchen leise auf. Es war kein Geräusch der Heiterkeit. Tränen rollten über ihre Wangen, als sie das Gebäude erreichten.

»Du bist schrecklich, dass du das sagst«, schluchzte sie und hielt sich die zitternden Hände vor das Gesicht. Ihre Fingerkuppen waren blutig, für einen Herzschlag konnte er einen Blick auf ihre Handgelenke werfen. Sie waren so dünn, dass er das Gefühl hatte, sie würden zerbrechen, wenn er sie nur anfassen würde, ja, bei jedem Windhauch musste die Gefahr bestehen.

»Warum weinst du?«, wollte er wissen, während er näher an sie herankam.

Sie konnte nicht mehr, war am Ende ihrer Kräfte. Das Gesicht an die Wand des Klosters gelehnt, atmete sie heftig ein und aus.

»Ich habe alles verloren«, wimmerte sie. »Einfach alles. Dieser Krieg hat mir alles genommen. Allein mein Leben, das wollte er anscheinend nicht.« Die flachen Hände über ihr Gesicht gelegt, durchzog ihr Wehklagen die Straße. »Jetzt bleibt mir keine andere Wahl, als das hier zu tun.«

Behutsam nahm er sie in den Arm. Er spürte die warmen Tränen an seinen Hals. Er umschloss die bebende Gestalt und versuchte, ihr Trost zu spenden.

»Auch ich dachte, dass mein Leben vorbei ist«, flüsterte er in ihr Ohr. »Oftmals denke ich es jetzt noch.

Der Vikar hat mir geholfen, und ich bin mir sicher, das wird er auch dir, wenn du es zulässt.«

Für einen Moment hatte er den Verdacht, dass ihr Wimmern heftiger wurde, doch es nahm nach einigen Sekunden ab. Mit geröteten Augen blickte sie ihn an. »Sag mir, wie du heißt, Löw.«

Dieser Name traf ihn wie ein Schlag. Wahrlich, sie musste dringlich die Hilfe des Vikars, ja, vielleicht sogar von Doktor Sylar in Anspruch nehmen, wenn sie ihn so betitelte.

»Ich bin nicht der Gehilfe des Henkers«, sagte Maximilian und lächelte dazu. »Du siehst mich vielleicht so, aber glaube mir, wenn du dich auf diesen Weg begibst, wird es dir besser gehen.«

Augen voller Hass blickten ihn an. Sie stachen förmlich in seine Seele wie brennende Nadeln. »Tu dein Werk«, waren die einzigen Worte, die über ihre Lippen kamen. Maximilian öffnete die Seitentür.

Waren ihre Schritte eben noch unsicher, strotzten sie jetzt vor wütender Kraft, als sie den schmalen Gang durchschritt, der zu Vikar Weisens Schreibstube führte. Maximilian folgte ihr. In der Schreibstube nahm sie auf der Bank Platz, auf der sonst immer er seiner Arbeit nachging, und blickte stoisch zu Boden. Erst als Vikar Weisen in den Raum trat, erhob sie ihr Gesicht.

»Senta, schön, dass du es dir noch überlegt hast«, begrüßte er sie mit strahlendem Lächeln.

Das Mädchen zog seine Nase hoch, nestelte an seinem zerschlissenen Umhang. Nach unendlich anmutenden Sekunden fiepte sie mit hauchdünner Stimme die Worte: »Welche Wahl ist mir denn geblieben?«

Der Vikar ließ laut Luft durch die Nase entweichen und wandte sich an Maximilian. »Ich danke dir, dass du die junge Dame sicher und gut behütet hierher gebracht hast. Leider muss ich dich noch bitten, sie zur zehnten Stunde in das Gasthaus zu bringen.« Dann drehte er sich zu dem Mädchen. Er ging einen Schritt auf sie zu und lehnte sich zu ihr herunter. »Ich habe mir erlaubt, dort für dich eine Unterkunft für die nächste Woche zu nehmen und die Rechnung aus meiner eigenen Geldbörse zu begleichen. Auch Nahrung und ansehnlichere Kleidung habe ich bereits dorthin bringen lassen.« Er versuchte ihren Blick einzufangen, sie wich jedoch aus. »Es wird dir also an nichts mangeln.«

Maximilian konnte förmlich spüren, wie viel Hass sich in diesem Mädchen angesammelt hatte. Wenn der Krieg einem alles nimmt, bleibt selbst in der Seele nicht mehr viel übrig. Dieses dürre, vom Hunger und den Entbehrungen der letzten Monate gebeutelte Mädchen war der traurige Beweis dafür.

»Aber natürlich, Herr«, antwortete Maximilian.

»Geh bis dahin auf deine Stube, dort kannst du dich ein wenig ausruhen.«

Sobald Maximilian auf den Gang getreten war, hörte er, wie der Schlüssel mehrmals gedreht wurde.

Er wollte nicht wissen, was in diesem Raum geschah. Früher hätte er jede Tat mit Argwohn beobachtet, die Ungerechtigkeit bekämpft. Aber hier hatte er ein neues Zuhause gefunden. Warum dieses zerstören? Es war nicht seine Aufgabe, über die Menschen zu urteilen. Und trotzdem keimten Zweifel in ihm auf. Erneut hallten die Worte Amelies in seinem Kopf wider. Mit aller Macht musste er diese Gedanken verdrängen.

Langsam schritt Maximilian die Gänge der Abtei entlang. Es dauerte wohl noch zwei Stunden, bis der Ostiarius zur zehnten Stunde läutete. Genug Zeit für ein kleines Nickerchen.

Als er sich auf das Bett fallen ließ, griff die Erschöpfung nach ihm und er sank in einen unruhigen Schlaf.

Ich tauche aus der Dunkelheit auf. Nur ein wenig, sodass ich sehen kann. Einen Augenblick später falle ich wieder in die alles umfassende Schwärze zurück. Meine Hände vermögen nichts anzufassen, meine Ohren kein Geräusch zu vernehmen. Ich werde müde, möchte schlafen und mich in der Finsternis ausruhen, am liebsten für immer. Ich sollte aufgeben, ich sollte loslassen – mir keine Gedanken mehr machen, was richtig oder falsch ist. Es wäre einfach, so unbeschreiblich einfach, jetzt nichts mehr zu tun, außer liegen zu bleiben und wegzusehen. Gerechtigkeit und Anstand brauche ich nicht mehr. Alle anerzogenen Werte kann ich vergessen und mit ihnen meine eigenen Sünden.

Hier, in der Dunkelheit, ist alles einfach. Ich muss nur die Augen schließen.

Ein Fauchen lässt mich hochschrecken. Es hört sich an, als wäre es Meilen entfernt, und doch kann ich es vernehmen. Unendliche Überwindung kostet es mich, aufzustehen und dem Geräusch zu folgen. Irgendwann blitzen gelbe Augen aus der Nacht.

Was wollen diese leuchtenden Augen von mir? Warum zerren sie mich aus meinen Schlaf? Es tat gut, nichts zu sehen, von der Dunkelheit eingehüllt zu werden. Und jetzt werde ich aus ihr gerissen, nur weil funkelnde Augen aus der Nacht blitzen. Etwas zieht mich zu ihnen. Eine innere Stimme, die längst verloren geglaubt war. Hier in der Dunkelheit ist sie nicht mehr stumm, sie schreit mich an, brüllt, dass ich die Augen öffnen soll, dass ich handeln muss. Ich tauche auf – zumindest für einen Augenblick, will mich erneut aus der Schwärze ziehen.

Doch es ist zu schwer. Alles ist zu schwer. Ich lasse mich in die Dunkelheit sinken, schließe die Lider und halte mir die Ohren zu. Jetzt ist es ruhig und einfach. Es obliegt nicht mehr mir, Gerechtigkeit zu schaffen. Sollen es andere für mich tun.

Die gelben Augen kann ich nicht mehr sehen und auch das Fauchen ist verschwunden.

Schweißgebadet schreckte Maximilian auf. Was für ein sinnloser Traum. Mühselig raffte er sich auf und stieg durch das Fenster in die Gärten. In den letzten Tagen hatte er hier einiges geschafft. Beete waren neu gepflanzt, Unkraut gejätet worden. Alles sein Verdienst. Die Arbeit war einfach und ehrlich. Er konnte sich den Wirrungen innerhalb des Klosters entziehen. Ein paar Minuten besah er sein Werk im Mondschein, dann wusch er sich mit einem Schwall kalten Wassers aus dem Brunnen das Gesicht. Als er die Glockenschläge vernahm, zog er seine Kleidung an, warf einen langen grauen Umhang über seine Schultern und machte sich auf den Weg zum Studierzimmer des Vikars. Wie immer zu dieser Zeit waren die Gänge der Abtei leer, vereinzelte Fackeln erhellten die kargen Gemäuer und wenigen Holzvertäfelungen. Jedes Geräusch wurde weit in die Flure hinausgetragen, seine eigene Atmung kam Maximilian vor wie das Schnauben eines Pferdes. Gerade als er seine Hand erheben wollte, um an der Tür zu klopfen, wurde er zurückgerissen.

»Warum bist du so spät noch wach?«, giftete Schwester Agathe. Ihr Blick glühte, als wollte sie ihn allein mit der Kraft ihrer Augen verbrennen.

»Ich habe einen Auftrag zu erledigen«, entgegnete Maximilian mit nicht minder hasserfülltem Blick.

»Sprich!«, zischte die Nonne.

»Mit Verlaub, aber das geht Euch nichts an.«

Die Frau kam einen Schritt näher an ihn heran. Ihre dünnen Lippen zitterten vor Zorn.

»Frevel und Bosheit regieren dieses ehrwürdige Kloster. Gottes heiliger Wille verkümmert unter dieser Lügenglocke. Es ist lange her, dass dieses Kloster sich mit guten Taten rühmen konnte. Wir werden zu einem Werkzeug des Bösen, als hätte der Teufel Einzug in diese Gebäude gehalten.« Ihr ganzer Körper bebte, eine Strähne löste sich und fiel in ihr errötetes Gesicht. »Ich dachte, dass ich auf deine Seele blicken könnte, dass der Allmächtige mir einen ehrlichen Menschen in diesen dunklen Zeiten schicken würde. Doch deine Tugenden sind Gier und Lüge, wie die von vielen anderen. Du hast dich anstecken lassen von dem reißenden Strom der Sünde, der hier regiert.« Sie fasste ihn bei den Schultern, schüttelte Maximilian durch. »Siehst du es denn nicht, Junge?«

Ihre Gesichter trennten lediglich wenige Zoll. Er konnte in ihren Augen sehen, dass sie eine bestimmte Antwort erwartete, ja, erflehte.

»Nein, ich sehe nichts.«

Schwer enttäuscht sah sie zu Boden. Plötzlich öffnete sich die Tür zur Schreibstube. Mit fragendem Blick verschränkte der Vikar die Arme hinter dem Rücken. »Schwester Agathe, warum seid Ihr zu später Stunde noch wach?«

Noch immer ruhten ihre Hände auf Maximilians Schultern. Erst langsam glitten sie herab. »Ihr wisst genau, was mir den Schlaf raubt. Dieses Kloster geht seit Langem nicht mehr Gottes Weg.«

Der Vikar zog die Stirn in Falten. »So? Wisst Ihr, ich bewundere Eure Hartnäckigkeit. Was die Kassen des Klosters angeht, könnte ich mir keine bessere Zahlmeisterin vorstellen. Aber Ihr müsst Euch damit abfinden, dass Ihr ein Mensch seid.« Er lächelte milde, wie ein Vater es tut, wenn er sein Kind beruhigen will. »Und Menschen machen Fehler. Ich habe Euch bereits mehrmals erklärt, dass Eure Berechnungen der Kassen fehlerhaft sein müssen und es wäre zu unser aller Wohl, wenn wir es dabei belassen würden.«

Eine Fackel beschien das Gesicht der Nonne, als sie sich zu Vikar Weisen drehte. »Es sind nicht allein die Kassen, auch hörte ich Stimmen aus Eurer Schreibstube. Von Frauen. Mehrmals in den letzten Wochen.«

Der Vikar nickte verständnisvoll und wechselte mit Maximilian einen vielsagenden Blick. »Nun, das ist gar nicht gut. Vielleicht solltet Ihr Doktor Sylars Rat erfragen. Ihr seht Fehler in der Kasse, die keine sind, hört Stimmen, die gar nicht existieren.« Der Vikar setzte eine mitfühlende Miene auf und legte die Hand auf ihre Schulter. »Der Krieg macht uns allen schwer zu schaffen, Schwester Agathe, und manchmal müssen wir uns helfen lassen, damit wir wieder klar sehen. Aber seid gewiss, ich werde Euren Fall mit Doktor Sylar besprechen. Wenn Ihr uns jetzt entschuldigen würdet, der Junge muss noch einen Botengang für mich erledigen.« Mit diesen Worten zog er Maximilian in den Raum. Bevor er die Tür schloss, wendete er sich erneut an Schwester Agathe. »Vielleicht solltet Ihr Euch in den nächsten Tagen etwas Ruhe gönnen. Ich befreie Euch hiermit vom Dienst im Kloster, nur die Mahlzeiten in der Krankenstube solltet Ihr einnehmen, damit Ihr in Eurer Stube ein wenig Kraft schöpfen könnt.«

Dann schloss er die Tür. Durch das mit Eisen beschlagene Holz konnte Maximilian die kräftigen, sich entfernenden Schritte der Nonne ausmachen.

»Weißt du, mein Junge«, stöhnte der Vikar und ließ sich nachdenklich in seinen Stuhl fallen. »Mit der Gesundheit von Schwester Agathe scheint es nicht gut bestellt. Ich spreche seit Längerem mit Doktor Sylar darüber. Leider sind wir beide der Meinung, dass wir die Schwester auf kurz oder lang behandeln müssen. Sie zeigt immer mehr Anzeichen einer rasenden Besessenheit, von Wahn und Irrsinn.« Der Vikar fuhr sich durch die zerzausten Haare, richtete seine Kleidung. »Es ist ein Jammer, was aus ihr geworden ist.«

Für einen kurzen Moment machte sich Unsicherheit in Maximilian breit. »Darf ich Euch eine Frage stellen?«

»Jede, die du möchtest.«

»Drangen in den letzten Wochen Stimmen aus Eurer Stube? Ich meine, könnte sie recht haben?«

Großmütig breitete er die Hände aus. »Heute ja. Das war das einzige Mal, dass ich jemandem in der Nacht die Absolution erteilen musste. Bei der

Dringlichkeit der Angelegenheit kannst du das sicherlich verstehen, du hast das Mädchen ja gesehen. Ich wusste, dass Schwester Agathe es nicht gutheißen würde und wollte dem Mädchen die Schmach ersparen, um Almosen bitten zu müssen. Ansonsten wäre ich längst im Bett oder arbeitete alleine, bis sich der Tag ankündigt.« Der Vikar ging zu der Tür, die von der Schreibstube direkt auf den schmalen Gang nach draußen führte. Langsam öffnete er sie. »Du siehst, alles Hirngespinste dieser Frau – ein weiterer Grund, ihre derzeitige Verfassung zu bezweifeln.«

Senta kauerte auf dem nackten Boden des Zwischenganges und hatte die Knie an ihren Körper gezogen. Sie war ganz still, als traue sie sich nicht, einen Mucks von sich zu geben, als wäre allein ihr Atmen zu laut.

»Bring sie bitte in den Gasthof. Du weißt, wo dieser zu finden ist?«

»Ja, Herr«, antwortete Maximilian.

Der Vikar nickte, ging zu dem Mädchen und beugte sich herab. »Und du behältst schön, was wir besprochen haben.« Dabei streichelte er ihre Wange, wandte sich anschließend um. »Eile dich.«

Mit einem Nicken half Maximilian dem Mädchen beim Aufstehen, führte sie durch den Gang und trat mit ihr hinaus in die Nacht. Die ersten Schritte waren noch schwierig, dann ließ sie sich mühelos führen, als wäre ihr Geist nicht mehr Herr über ihren Körper.

»Fühlst du dich nun besser?«, wollte Maximilian wissen.

Das Mädchen antwortete nicht.

»War es hilfreich, den Worten des Vikars zu lauschen?«, versuchte er es erneut.

Sie schwieg weiterhin.

Mit der Nacht kam die Kühle in die Stadt. Maximilian zog sich den Umhang zurecht und bemerkte, wie sein Atem kleine weiße Wölkchen bildete. Schnell wollte er seinen Auftrag erledigen und unter die wärmende Bettdecke schlüpfen. Er war froh, als sie endlich den Gasthof erreichten. Für die Verhältnisse der Stadt war es ein beinahe prunkvoller Bau. Über zwei Geschosse zog sich das ausladende Gebäude. Neben einem wuchtigen Balkon fiel ihm direkt der kleine Vorhof ins Auge. Maximilian konnte sich gut daran erinnern, wie Vater, Lorenz und er öfter an diesem Gasthof vorbeigekommen waren, als sie ihre Waren auf dem Markt verkauft hatten. Gut situierte Händler aus der Region fanden hier eine Übernachtungsmöglichkeit und das üppige Essen war über die Stadtgrenzen bekannt. Natürlich war er nie in den Genuss gekommen, die Gastfreundschaft des Wirtes oder die weichen Betten des Hauses zu genießen. Nur die reichen Händler hatten ihnen davon vorgeschwärmt. Stattdessen hatten sie früher – auch wenn es bereits tief in der Nacht war – den Rückweg nach Kempen antreten müssen.

»Dort habt ihr Essen und ein Bett und das, ohne zu

löhnen«, hatte Vater immer gesagt. Bei dem Gedanken musste Maximilian schmunzeln.

Im Gasthof brannte noch Licht, Stimmgewirr drang ihm deutlich an die Ohren. Hier und da lachte jemand. Ein Refugium des Frohsinns in dieser düsteren Zeit. Bei genauerem Hinsehen bemerkte er, dass sie von zwei Männern beobachtet wurden, die auf dem Balkon Wache hielten.

Kaum zu glauben, dass es in dieser Zeit noch Menschen gab, die sich eine Einquartierung leisten konnten. Doch wo Elend, Hunger, Krieg und Waffen herrschen, gibt es auch jemanden, der davon profitiert, überlegte Maximilian. Gerade als er an der mächtigen Tür klopfen wollte, spürte er einen zaghaften Griff um seinen Arm.

»Glaubst du an Ihn?« Der Blick von Senta war eindringlich, als wäre diese Frage nicht an seine sterbliche Hülle, sondern an seine Seele gerichtet. »Glaubst du an Gott? Daran, dass die Ungerechten bestraft werden und auf ewig im Höllenfeuer Schmerzen erleiden müssen?«

Für einen Moment schien es ganz still zu sein. Maximilians Hals wurde trocken.

»Glaubst du daran?«, fragte sie erneut.

»Ja.«

»Warum schaust du dann weg?«

Er kam nah an sie heran. »Weil man nicht jede Seele retten kann und nicht jede gerettet werden will.«

Das Mädchen lächelte. Ein leidvolles, schwermütiges Lächeln. »Das habe ich mir gedacht, Löw. Es ist einfach, wegzusehen. Oder?«

Verwirrt von ihren Worten hämmerte er gegen das Holz. Wenige Augenblicke später wurde die Tür geöffnet.

»Wer da?«, raunte eine tiefe Männerstimme.

Maximilian konnte einen kurzen Blick vorbei an dem bärtigen Gesicht werfen. Ein paar Männer würfelten an zwei Tischen. Acht, vielleicht neun Soldaten zählte er.

»Was willst du?«, wollte der Mann aggressiv wissen.

»Ich komme im Auftrag von Vikar Weisen. Er hat ein Zimmer und Kost für dieses Mädchen geordert.«

Der Blick des Mannes schnellte zu Senta herüber, musterte sie kurz.

»Du wirst bereits erwartet«, sagte er und machte mit einer Handbewegung deutlich, dass sie eintreten konnte.

Maximilian hatte richtig gezählt. Insgesamt neun Landsknechte waren hier versammelt.

Hellebarden und Säbel waren neben ihnen aufgereiht. Scheinbar unterhielt der Gasthof eine private Schutztruppe. Käufliche Sicherheit für seine Gäste. Alles eine Frage von Geld und Einfluss.

Als Maximilian eintreten wollte, wurde er von dem bärtigen Riesen gestoppt. »Du nicht, nur für Gäste.«

»Probleme, Hans?«, rief einer der Landsknechte am Tisch und alle blickten auf.

»Nicht wirklich«, antwortete er, und wandte sich gleich darauf wieder an Maximilian. »Und jetzt verschwinde!«

»Verpass dem Jungen eine und mach dann deinen Wurf«, sagte ein anderer.

Damit wurde die Tür zugestoßen und Maximilian stand allein in der Dunkelheit. Das Schlimmste an ihren Worten war, dass sie recht hatte: Es war einfach – und die einzige Möglichkeit zu überleben.

Sein Blick ging nach oben. Der schwarze Nachthimmel wirkte zu dieser Stunde noch finsterer als zuvor. Einen Moment senkte er den Kopf, dann warf er die Kapuze über und entfernte sich vom Gasthof. Die Gedanken an das Mädchen verdrängte er sofort.

Kapitel 11

- Hilflose Blicke -

Ein leichter Fahrtwind umwehte ihre Haare und ließ die Strähnen um sie herum tanzen. »Wo fahren wir hin?«, wollte Elisabeth wissen.

Rosi fasste die Zügel des Wagens fester und hielt die Gäule an, Fahrt aufzunehmen. »Major von Rosen zieht mit einer kleineren Abordnung nach Viersen. Auch dort hat es Einquartierungen gegeben«, sagte sie und blickte sich um.

Ihr Wagen war der erste im Hurentross, alle anderen folgten. Den zweiten lenkte die vorlaute Uta, der dritte wurde von der rothaarigen Pauline gesteuert. Beide waren Elisabeth in der kurzen Zeit gute Freundinnen geworden. Selbst ihre anfänglichen Probleme mit dem Überziehen der Schweinedärme waren von ihnen gelöst worden. Bei den Huren gab es einen Zusammenhalt wie in einer Familie. Vielleicht sogar stärker, weil keine von ihnen mehr eine leibliche Gemeinschaft ihr Eigen nennen konnte.

Vor ihnen marschierten die Soldaten. Ein bunter Zug aus Landsknechten, die ihr Hab und Gut geschultert hatten. Köche, Schmiede, Pferdejungen und Gesindel zogen sich in Schlangen über die weitläufigen Felder.

Elisabeth genoss diese Augenblicke. Die Sonne stand im Frühsommer bereits hoch am Himmel und küsste ihre Wangen mit glitzernden Strahlen. Sie raffte ihren Rock, damit die Sonne auch ihre Beine wärmte. Dann drehte sie ihren Kopf in das Innere des Gefährts. Bela schlief fest im Bett und ließ sich von dem ungleichmäßigen Ruckeln nicht aus ihren Träumen reißen.

Allem Anschein nach war die gestrige Nacht für sie kräftezehrend gewesen. Seit jenem Tag, als Major von Rosen ihr einen Schlag versetzt hatte, war sie wieder frei für die anderen Soldaten. Noch immer durften nur die Offiziere ihre Dienste in Anspruch nehmen, dennoch war sie jede Nacht bis in die Morgenstunden beschäftigt.

Kein Wunder, dachte Elisabeth, als sie diesen Engel mit den pechschwarzen Haaren musterte, der so zerbrechlich wirkte. Auch sie konnte sich über zu wenig Zulauf nicht beschweren. Bei ihr standen die Männer ebenfalls Schlange. Rosi konnte für sie den doppelten, teilweise dreifachen Preis verlangen. Elisabeth hatte somit ein hübsches Sümmchen anhäufen können, auch wenn sie nicht wusste, was sie mit dem Geld machen sollte. Hier mangelte es ihr an nichts. Sogar die Befriedigung der Soldaten hatte eine beruhigende Routine angenommen.

»Warum Viersen?«, wollte sie wissen, während sie die marschierenden Soldaten beobachtete.

Rosi atmete tief ein. »Ich kann es dir nicht sagen, Kind. Von Rosen sagte, dass sein Trupp die Vorhut bildet und Eberstein mit seiner Armee nachziehen wird.« Sie lächelte Elisabeth an. »Ich bin Frauenwirtin, keine Strategin. Wenn du eine Antwort haben willst, musst du nach Hessen reisen und die Landgräfin Amalia fragen, was sie mit ihren Truppen vorhat«, scherzte sie.

Elisabeth konnte sich ein Lachen nicht verkneifen. Trotzdem gefiel ihr nicht, was sie sah, als sie in einem ruhigen Moment in die Augen von Rosi blickte.

»Du siehst besorgt aus«, flüsterte Elisabeth ernst und lehnte sich zu ihr herüber. Diese Worte mussten nicht an Belas Ohren dringen, ob diese nun schlief oder nur ruhte.

»Ist das wirklich so offensichtlich?«, fragte Rosi und ließ die Zügel erneut auf die Rücken der Pferde schnalzen. »Mir gefällt das nicht, Elisabeth«, fuhr sie fort. »Major von Rosen bestand darauf, dass wir seinem Tross folgen. Es wäre nicht zu unserem Schaden. Viersen wäre ein lukrativer Ort, meinte er. Bald würde das Hauptheer nachkommen und noch mehr Männer würden unsere Dienste in Anspruch nehmen. Auch Falkensted hat er mitgenommen. Ich konnte nicht anders, als mich dem Tross anzuschließen.«

Elisabeth nickte nachdenklich und kaute auf ihrer Unterlippe. »Das könnte eine Falle sein.«

Rosi schnaubte abfällig. »In drei Teufels Namen, das ist sie zur Gänze. Aus diesem Grunde werden wir den Tross verlassen. Heute Nacht noch. Ich habe von Rosen bereits mitgeteilt, dass wir am ersten Tag keine Freier bedienen werden, weil die Mädchen sich erholen sollen.«

Elisabeth lehnte sich nach vorn. »Du meinst das ernst, wir sollen die Flucht ergreifen?«

Den Blick starr geradeaus gerichtet, nickte die Frau. »Sobald wir unser Ziel erreicht haben, gebe ich den Mädchen Bescheid. Wir werden unser Lager diesmal weit außerhalb aufschlagen. Bitte sorge dafür, dass trotzdem alle unsere Habseligkeiten aufgebaut werden. Niemand soll Verdacht schöpfen. Wenn der Mond am höchsten steht, werden wir den Schutz der Nacht suchen. Wir lassen alles hier, nur das Nötigste nehmen wir mit.«

»Und wohin sollen wir?«, fragte Elisabeth kühl und mit klarer Stimme.

Die Frau war auf einmal tief in ihren Gedanken versunken, es dauerte einige Zeit, bis sie antwortete. »Etliche Meilen entfernt liegt die Große Hohnschaft Vorst. Zwischen dichten Wäldern und geschützt durch einen tiefen Graben befindet sich der Adelssitz Haus Donk. Es ist eine Wasserburg, welche, auf einer Motte errichtet, Schutz vor Angreifern bieten soll.«

»Einer Motte?«

»Ein von Hand geschaffener Erdhügel«, erklärte die Frau.

»Rosi, ich verstehe nicht.«

Ein verschmitztes Lächeln war auf ihren Lippen zu erkennen. »Sagen wir mal so: Der Besitzer war mein erster, mein treuester Freier und er schuldet mir einen Gefallen. Ich habe Kontakt zu ihm aufgenommen. Er kann uns den Sommer über Unterschlupf und Nahrung bieten. Alles Weitere werden wir sehen.«

Erleichtert seufzte Elisabeth. Auch wenn der Zusammenhalt der Frauen unbeschreiblich war und die Wunden ihrer Seele sich langsam zu schließen begannen, thronte über allen noch die unsichtbare Hand des Majors – mit der Gewissheit, dass er irgendwann zuschlagen und nichts außer Leichen und verbranntem Boden übrig lassen würde.

Nur noch der heutige Tag, dann würden sie sich dem langen Arm von Rosens entziehen. Nur noch heute …

Wie Rosi es angeordnet hatte, begannen die Frauen wie gewöhnlich ihr Lager herzurichten. Die Hurenmutter hatte einen Platz außerhalb gewählt. Am Horizont konnte Elisabeth Viersen ausmachen, die Remigiuskirche ragte in den blutroten Abendhimmel, als wolle sie der flimmernden Hitze trotzen. Die Anspannung wuchs mit jedem Herzschlag, der sie dem Abend näherbrachte. In den Augen der anderen Frauen erkannte sie dieselben Gefühle. Selbst Uta war still und erledigte ihre Arbeiten schweigend.

»Ich bin so glücklich.«

Elisabeth fuhr erschrocken herum und hielt sich die Hand vor die Brust. Bela hatte sich angeschlichen und ihr diese Worte ins Ohr gehaucht. Tatsächlich. Aus ihren Augen sprach eine Freude, eine Erleichterung, wie Elisabeth sie selten gesehen hatte. Jetzt musste auch sie lächeln, legte dabei aber den Zeigefinger auf Belas Lippen.

»Das kannst du sein. Ich bin ebenfalls froh, dass wir dieses Scheusal heute Nacht los sind.« Elisabeth nahm sie in den Arm. Ihre Worte waren nicht mehr als ein Wispern. »Aber lass dir nichts anmerken. Jeder Fehler wäre jetzt fatal.«

Bela blickte sie aus großen Augen an und nickte. Sie war Antonella wirklich wie aus dem Gesicht geschnitten. Ein jüngeres Ebenbild ihrer Schwester. Elisabeth konnte gar nicht anders, als sie noch einmal zu umarmen und sie so fest an sich zu drücken, als könnte sie sich von Antonella verabschieden, als wäre es nicht Bela, die sie in der Abendsonne im Arm hielt.

»Ein wahrlich nettes Bild!«

Die Köpfe der beiden fuhren erschreckt herum. Auf einem kleinen Hügel stand Leutnant Bayer und blickte auf die Mädchen herab. Seine Arme waren verschränkt, eine Hand ans Kinn gelegt, den rechten Mundwinkel leicht nach oben gezogen.

»Es ist zu schade, dass die Hurenmutter heute einen Tag Ruhe angeordnet hat«, rief der Offizier. »Zu gerne würde ich bei diesen Zärtlichkeiten einen Part übernehmen.«

»Das glaube ich Euch aufs Wort.« Es hatte nur wenige Sekunden gedauert, bis Rosi sich zu ihren Mädchen gesellt hatte. Ihre Stimme durchzog der kühle Hauch der Ablehnung, als sie die Worte sprach. »Was kann ich für Euch tun, werter Leutnant? Ihr könnt Eurem Herrn ausrichten, dass es bei meinem Entschluss bleibt. Heute werden keine Freier bedient, auch nicht von adeliger Natur.«

»Meinem Herrn?«, zischte er voller Abscheu über diese abwertende Aussage. Der Leutnant lehnte sich nach vorn, die Stirn in Falten gezogen. Dann wurde seine Stimme sanft wie ein Band aus Seide. »Aber nein, Euer Freund, Hauptmann Falkensted, schickt mich. Anscheinend möchte er mit Euch ein paar Worte wechseln. Ihr sollt zu ihm kommen. Er befindet sich in der Lichtung des kleines Forstes, dort drüben.« Dabei nickte er in Richtung des Dickichts zu ihrer Rechten.

Der Blick der Hurenmutter verschärfte sich, während sie sich die Hände abwischte. »Wieso kommt er nicht zu uns?«

Der Leutnant drehte sich um, lächelte milde. »Das

entzieht sich meinem Wissen, schließlich bin ich nur ein Diener, der die Anweisungen seines Herrn befolgt«, antwortete er mit einer süffisanten Spitze und entfernte sich daraufhin schnell.

»Das gefällt mir nicht«, murmelte Rosi zu Uta und Pauline. »Ich werde alleine gehen, falls irgendetwas passiert, wisst ihr, was zu tun ist.« Ihre Ansage war unumstößlich, sodass Uta hastig nickte und ihre roten Haare auf und ab wippten.

Rosi nahm ein kleines Messer an sich, verstaute es unter ihrem Rock und machte sich auf den Weg.

»Warum will Falkensted sie sprechen?«, flüsterte Bela in Elisabeths Ohr und schmiegte sich dabei eng an sie heran.

Sie zuckte mit den Schultern. »Das kann ich dir nicht sagen, Bela«, antwortete Elisabeth und verfolgte die Hurenmutter mit ihrem Blick. Es war, als drücke die eiserne Hand des Unbehagens ihre Brust zusammen, sie musste sich auf ihre Atmung konzentrieren. »Allerdings gefällt mir das ganz und gar nicht. Vielleicht will er sie warnen. Unter Umständen müssen wir sofort aufbrechen.«

Elisabeth blickte sich um. Die anderen Frauen stellten sich allem Anschein nach dieselben Fragen. In kleinen Grüppchen hatten sie alle ihre Augen auf den Forst gerichtet. Die Dämmerung war angebrochen, nur wenige der blutroten Strahlen fielen noch über die mächtigen Wipfel der Bäume.

»Ich werde es mir ansehen«, sagte Elisabeth schließlich mit fester Stimme und machte bereits die ersten Schritte in Richtung des Waldes.

»Dann komme ich mit«, entfuhr es Bela und das Mädchen fasste sie an der Schulter.

»Das wirst du nicht.« Elisabeth spürte, wie ihr ganzer Körper brannte. Sie würde es sich niemals verzeihen, sollte diesem zarten Wesen etwas angetan werden.

»Und wenn es eine Finte war? Unsere Mutter ablenken, damit Major von Rosen mich holen kann?«, fragte sie leise und Angst in der Stimme.

Elisabeth fuhr sich durch die Haare. Damit könnte sie richtig liegen. Sie las in Belas Augen, wie viel Furcht sie vor diesem Mann hatte.

»Außerdem fühle ich mich bei dir am sichersten, Eli«, fügte sie hinzu.

»Gut, aber sei ganz leise, wir werden uns in den Wald schleichen und uns das Ganze aus der Entfernung anschauen. Vielleicht müssen wir uns anpirschen und schnell flüchten, also zieh die Schuhe aus und hol zwei grüne Umhänge.«

Das Mädchen nickte eifrig und tat, wie ihm geheißen. Geschickt verbargen sie sich vor den Blicken der anderen Frauen und machten einen kleinen Bogen, damit niemand sie sehen konnte. Die Anspannung wuchs mit jedem Zoll, den sie sich langsam vom Lager entfernten. Unter ihren nackten Füßen spürten sie weiches Moos.

Als sie die ersten Schritte in das Dickicht setzten, fiel ihnen das Atmen leichter, als wäre die Luft gefiltert. Trotzdem lag eine bedrückende Stille über ihnen, hier und da knackte ein Ast, einige Waldtiere nahmen Reißaus und ihr Geraschel war kurzzeitig überall zu hören. Aus der Zeit, als sie in den Wäldern übernachtet hatte, wusste Elisabeth, dass es hier merklich kühler war. Kurz fanden die Erinnerungen den Weg zurück in ihren Geist. Doch sie erlaubte sich keine weiteren Überlegungen und verdrängte sie.

»Wirf den Umhang über und eile dich«, sagte sie leise zu Bela.

Ihre Gesichter waren unter dem dunklen Grün kaum mehr zu erkennen, als sie sich langsam der Lichtung näherten, von der der Leutnant gesprochen haben musste. Sie suchten sich eine höhere Position, von wo aus sie die gesamte Fläche gut überblicken konnten, und kauerten sich auf die Erde. Der Boden war weich und feucht, sein Duft drang in Elisabeth Nase.

»Eli, ich glaube, unter mir krabbelt etwas …«

»Sch«, flüsterte Elisabeth und hielt Belas Hand. »Sei still. Schau, da ist Mutter Rosi.«

Die Hurenmutter erreichte soeben den Waldschlag. Sie setzte sich auf einen der Baumstümpfe und ließ argwöhnisch ihren Blick schweifen.

»Da ist niemand«, zischte Elisabeth und hielt, ohne es zu wollen, die Hand Belas fester.

»Doch, dort.«

Vom entgegengesetzten Ende der Lichtung näherte sich Hauptmann Falkensted mit zweien seiner Männer. Diese Gesichter kannte Elisabeth, auch sie hatten in der Kempener Stadtwache gedient. Überrascht breitete der Mann die Arme aus.

»Roswitha, was kann ich für Euch tun?«

Allein dieser Satz ließ das Blut in Elisabeths Adern gefrieren. Wie konnte er nicht wissen …?

»Ihr habt mich rufen lassen. Leutnant Bayer brachte mir die Botschaft, dass Ihr mich hier sehen wollt«, entgegnete Rosi voller Verwunderung und erhob sich. Ihre Wachsamkeit stieg. Die Hand der Frau rutschte unter ihren Rock. Auch Hauptmann Falkensted legte seine Finger um den Säbel und seine Augen suchten das Gebiet ab. Er ging einige Schritte auf Rosi zu. »Ich habe Euch nicht rufen lassen. Dies kann nur …«

»… bedeuten, dass ich mit Euch reden wollte!«

Die raue Stimme des Majors hallte auf der Lichtung wider. Einige Vögel erhoben sich flatternd aus den Baumkronen, als wollten sie die kommenden Geschehnisse nicht mitansehen. Mit langsamen Schritten kam von Rosen aus seinem Versteck und stellte sich breitbeinig auf einen Baumstamm.

»Es ist eine Falle«, sagte Bela hektisch und zerrte an Elisabeth. »Wir müssen ihr helfen.«

Schon wollte das Mädchen auf Rosi zustürzen, doch Elisabeth hielt sie zurück. Im Augenwinkel bemerkte sie, dass immer mehr Soldaten an der Seite des Majors

Stellung bezogen. Sie entzündeten Fackeln, die einen roten Schein auf die Lichtung warfen. Allen voran Leutnant Bayer, dessen hochtrabendes Grinsen nichts als Bosheit ausdrückte.

»Warte«, zischte Elisabeth und legte den Arm um Bela. »Es wäre dein sicherer Tod.«

Rosi entfuhr ein Lachen. Es wirkte unglaublich fehl am Platz in dieser Situation, sodass Elisabeth mit großen Augen die Hurenmutter anstarrte.

»Ein Hinterhalt, um eine alte Frau zu täuschen«, stellte sie scheinbar amüsiert und mit lauter Stimme fest. »Wirklich ganz große Kriegskunst, Herr Major.«

Beinahe entschuldigend hob er die Arme.

»Gelernt ist gelernt, meine Liebe«, antwortete er mit derselben Intensität. Er machte einen Schritt nach vorn und landete geschickt auf dem Boden. Dann ging er auf Rosi zu. »Nun, ich habe diesen Ort ausgewählt, um unsere Bedingungen neu zu verhandeln. Hauptmann Falkensted wird dabei als Zeuge fungieren.«

Elisabeth biss sich so hart auf die Lippen, dass es schmerzte. Der Geschmack von Blut legte sich auf ihre Zunge. Dieses widerwärtige Monster. Vergiftete Worte, schön verpackt.

»Wir wissen beide, dass wir nicht deswegen hier sind«, entgegnete Rosi so laut, dass es alle hören konnten.

Hauptmann Falkensted stellte sich vor die Frau, von den beiden Soldaten flankiert. »Ein schönes

Arrangement haben Sie uns da bereitet«, brüllte der Hauptmann voller Zorn in Richtung seines Vorgesetzten. »Und wie geht die Sache aus?«

Von Rosen lächelte. »So mag ich meine Soldaten, immer geradeheraus, dem Feind direkt ins Auge blickend.« Er kam einen Schritt vor, nur mehr wenige Zoll trennten die Männer. »Auf diese Weise habe ich übrigens auch dieses kleine Kuhdorf … wie hieß es gleich …?« Der Major legte einen Finger an die Nase und tat, als überlege er.

»Kempen, werter Major«, half Bayer und gesellte sich zu der Gruppe.

Während die Worte der anderen laut ausgesprochen wurden und Elisabeth sie gut verstehen konnte, musste sie sich konzentrieren, um den Leutnant zu vernehmen.

»Richtig, vielen Dank«, spie von Rosen spöttisch aus. »So habe ich auch Kempen ausgelöscht. Nun ja, ein paar seiner Bewohner scheinen überlebt zu haben.« Er musterte Hauptmann Falkensted von oben bis unten und zückte seinen Säbel. »Diesen Fehler werde ich nun korrigieren.«

Hauptmann Falkensted tat es ihm gleich. Die Klingen funkelten im feurigen Schein der Fackeln.

»Das wird leider nicht so einfach, wie Ihr Euch das vorstellt. Ich weiß nicht, ob es Euch bereits aufgefallen ist, aber die Männer vertrauen mir.«

Elisabeth konnte ein Nicken des Majors erkennen.

»Oh, das ist mir durchaus bewusst. Deshalb hattet Ihr einen nicht zu kittenden Disput mit der Frauenwirtin Roswitha.« Mit seiner Klinge deutete er auf die Frau. »Diese hat Euch daraufhin auf gemeinste Weise niedergestreckt und wollte aus Habgier all Eure Ersparnisse rauben. Leutnant Bayer hat alles beobachtet, wollte Euch zu Hilfe eilen, doch leider war seine Mühe vergebens.« Er drehte sich um und wies seine Männer an, näher zu kommen und ebenfalls ihre Waffen zu zücken.

Es waren mehr als zwei Dutzend. Elisabeth stockte der Atem. Sie hatten nicht die geringste Chance gegen diese Übermacht.

Mit einem breiten Grinsen drehte der Major sich zu der kleinen Gruppe. »Natürlich müssen die übrigen Huren für diese Missetat bestraft werden. Leutnant Bayer erhält aufgrund seines heldenhaften Eingreifens Euren Posten und darf sich mit meiner Erlaubnis in den umliegenden Ortschaften Frauen besorgen. Das dürfte das Gemüt der Männer beruhigen.« Die Hände hinter dem Rücken verschränkt lehnte er sich ein Stück nach vorn. Diese Worte waren an Rosi gerichtet. »Natürlich ohne zu löhnen, versteht sich.«

Die Frau schüttelte angewidert den Kopf. »Ihr seid ein Scheusal. Und selbst auf Euren monatlichen Anteil möchtet Ihr verzichten.« Ihr Lachen triefte vor Verachtung. »Das hätte ich Euch gar nicht zugetraut.«

»Macht Euch deswegen keine Sorgen, Hurenmutter. Ich denke, dass Ihr und Eure Mädchen in den letzten Tagen und Wochen ein hübsches Sümmchen angehäuft habt. Die Taler gehen natürlich an mich. Da man das unflätige Verhalten der Frauen bestrafen muss, werden diese von mir in eine nahe gelegene Krankenstube eingewiesen.« Der massige Körper des Mannes schüttelte sich vor Stolz ob seines Plans. »Der hiesige Vikar hat mir versichert, dass er sich der armen Seelen annimmt und diese den letzten Teil ihres Lebens sicher im Gewahrsam der Kirche verbringen werden. Er hat sogar um ein paar kräftige Frauen gebeten, damit sein Arzt seine Studien weiterführen kann. Es wird den Huren also an nichts mangeln.« Er lächelte finster. »Zumindest in der kurzen Zeit, wo sie noch auf dieser Welt verweilen …«

Elisabeths Kehle war staubtrocken. Doch was sollte sie tun? Von Rosens Männern waren allgegenwärtig, in diesem Moment hörte sie lärmende Geräusche, die der Wind an ihre Ohren herantrug. Die Männer mussten bereits mit dem Sturm auf das Lager der Huren begonnen haben.

Von Rosen kam noch einen Schritt näher an Rosi heran. Elisabeth musste sich konzentrieren, um die Worte des Majors zu verstehen.

»In all meiner Güte werde ich mich sogar dazu bereit erklären, einem ganz besonderen Mädchen

Schutz zu bieten. Um die kleine Bela werde ich mich ... persönlich kümmern.«

Kalter Schweiß legte sich auf ihren Rücken, in ihrer Hilflosigkeit drehte sie sich zu Bela. Das Mädchen starrte mit offenem Mund auf die Lichtung herab. Egal, was in den nächsten Minuten geschah, von Rosen würde Bela nicht bekommen. Sie zog das Mädchen näher an sich.

Elisabeth beobachtete, wie Rosis Lippen zitterten. »Dafür ist Euch die Hölle gewiss.«

Der Major lachte auf. Ein dunkles, schallendes Lachen.

»Nun, das kann sein. Aber bis dahin werde ich viel Freude mit dem Mädchen haben.«

Dies war genug. In einer Bewegung zog Rosi die Klinge unter ihrem Rock hervor und stach dem Major ins Gesicht. Ein heller Schrei des Mannes erfüllte die Lichtung. Schnell fing er sich und stieß seinen Säbel in ihren Bauch. Hauptmann Falkensted reagierte sofort, wollte ihr zu Hilfe eilen. Doch zwei Soldaten des Majors waren schneller. Sie warfen sich in seinen Weg. Falkensted zog seinen Säbel über die Brust des ersten Soldaten, donnerte den Ellenbogen in das Gesicht des zweiten. Augenblicklich waren er und seine Männer umzingelt von den Soldaten des Majors. Die klirrenden Geräusche der aneinanderschlagenden Klingen erfüllten den Waldschlag. Elisabeth konnte dennoch die feste Stimme Rosis ausmachen.

Sie kniete vor dem Major, eine Hand auf den blutenden Bauch gepresst. »Ihr werdet den Mädchen nichts antun, hört Ihr!« Mit letzter Kraft schaffte es die Frau auf die Füße und torkelte dem überraschten Major entgegen. Ihre Augen blitzten hasserfüllt. Erneut holte sie aus und trieb dem überraschten Major das Messer noch einmal ins Gesicht. Getroffen schrie er auf. Er drehte sich kurz, sodass Elisabeth das von Blut überzogene Gesicht des Mannes sehen konnte. Doch seine Wunden schienen nur oberflächlich, mit einem gellenden Schrei holte er aus und rammte seinen Säbel erneut zwischen die Rippen der Hurenmutter. Ein letztes Mal bäumte sie sich auf, immer noch die Augen auf den Major gerichtet, ihr Messer erhoben. Sie ließ die Klinge fallen, ging erst in die Knie, dann fiel sie auf den weichen Moosboden.

»Nein!« Belas schmerzdurchtränkter Schrei war so laut, dass er selbst im Lager von ihrer Pein künden musste. Elisabeth wollte ihr noch den Mund zuhalten, sie greifen, fest an sich drücken. Doch das Mädchen hatte sich bereits losgerissen und stürmte auf die Lichtung.

»Bela, nein!«, rief Elisabeth und hetzte ihr hinterher.

Schnell hatte Bela den Leichnam der Hurenmutter erreicht und drehte ihn voller Tränen auf den Rücken. Bitterlich klagend hielt sie Rosis Kopf, mit den Händen immer wieder über ihre Wangen streichelnd. Amüsiert beobachtete von Rosen die Situation. Breitbeinig stand er da, den blutigen Säbel drohend in der Hand. Es schien, als würde er jede Sekunde genießen. Elisabeth wollte sie von der Lichtung wegziehen, zerrte an ihrer Kleidung, doch das Mädchen klammerte sich fest an die Hurenmutter, als würde ihr Leben davon abhängen.

»Sie ist tot«, hauchte Elisabeth ihr ins Ohr. »Lass uns schnell verschwinden.« Ihre Stimme zitterte gewaltig.

Im Augenwinkel erkannte sie, wie sich der Kreis um den Hauptmann und seine Leute langsam schloss. Falkensted kämpfte wie ein Löwe, zog aus dem ledernen Wams ein Messer und warf es einem der Angreifer in die Brust, einem anderen trieb er seinen Säbel in den Bauch. Als seine beiden Mitstreiter fielen, war er eingekesselt.

»Gebt auf, Hauptmann. Vielleicht gönne ich Euch einen anständigen Tod«, grollte der Major, die Augen nicht von den beiden Mädchen nehmend.

Lüstern musterte der Mann Bella. »Seht, sogar die Huren kommen aus freien Stücken zu mir«, schrie er in Richtung des Hauptmanns. Stechend fiel der Blick des Majors auf Elisabeth. »Für dich besteht unter Umständen noch Hoffnung. Vielleicht halte ich dich als Nebenmädchen, wenn sie mir zu langweilig wird.«

»Nein!« Die Worte des Hauptmanns waren mit Kampfgeschrei verwoben.

Er versuchte eine Schneise zu schlagen, um die beiden Frauen zu erreichen. Wut stand ihm ins Gesicht geschrieben, als er einen weiteren Mann zur Strecke brachte. Plötzlich veränderte sich Falkensteds Miene und sein Antlitz erstarrte. Erst Sekunden später erkannte Elisabeth, warum. Leutnant Bayer trat hinter dem Hauptmann hervor. Er hatte seine Klinge in den Rücken des Mannes gerammt, ein finsteres Lächeln umspielte seine Lippen. Falkensted klappte augenblicklich zusammen.

»Gut, mein lieber Bayer«, jubelte von Rosen und wollte nach Belas Haaren greifen.

Geistesgegenwärtig schnappte Elisabeth sich Rosis Dolch. »Lasst sie in Ruhe«, schrie sie aus Leibeskräften und stürzte sich auf den Mann.

Dann durchbrach ein beißender Schmerz ihren Körper. Sie blickte in die Augen des Majors. Sie waren ruhig, beinahe ausdruckslos. Als Elisabeth an sich heruntersah, war die Spitze des Dolchs im linken Unterbauch eingedrungen. Die Verletzung war nicht tief, reichte jedoch aus, um sie auf den Boden zu zwingen, während von Rosen die Klinge aus ihrem Körper zog. Hastig legte sie ihre Hand auf die Stelle. Im Fackelschein war das dünne Rinnsal Blut beinahe schwarz.

»Zu schade«, flüsterte er mehr zu sich selbst. »Dein Leben hättest du noch retten können.«

Jegliche Luft schien ihr genommen. Ihre Beine wollten ihr nicht mehr gehorchen. Es tat weh, so unbeschreiblich weh. Sie spürte die massige Hand des Majors an ihren Haaren, dann drückte er sie zur Seite und Elisabeth fiel zu Boden. Der Offizier war über ihr. Verschwommen sah sie, wie er seinen massigen Stiefel hob und ihn mit voller Wucht gegen ihren Kopf donnerte. Ein dumpfer Schmerz durchzog ihren Körper. Es war, als hätte ein Pferdetritt sie an der Stirn erwischt.

Sie wollte etwas sagen, aufstehen. Doch die Mühen waren vergebens. Ihre Hände verkrampften sich um den Griff des Dolches.

»Bringt die Verwundeten mit den übrigen Huren nach Viersen. Vikar Weisen erwartet sie bereits«, schrie von Rosen seinen Männern zu. »Die Leichen verbrennt ihr noch hier auf der Lichtung.«

Elisabeth konnte nicht sagen, ob sie bereits tot war oder noch auf dieser Welt verweilte. Bela musste sich auf sie geworfen haben, ihre kalten Hände befühlten ihr Gesicht. Doch die Geräusche drangen nur noch leise an Elisabeths Ohren, als würden sie aus einer anderen Welt stammen. Das Wehklagen von Bela schien allgegenwärtig. Mit aller Macht zwang sich Elisabeth, die Augen zu öffnen. Major von Rosen hatte das Mädchen an den pechschwarzen Haaren gefasst, zog es von ihr weg.

»Und endlich gehörst du mir«, hörte Elisabeth den Mann noch sagen.

Er fasste mit beiden Händen ihren Kopf, drückte ihr einen Kuss auf den Mund. Bela ließ sich das nicht gefallen. Sie biss in seine Lippen.

Ein dunkler Schrei hallte auf der Lichtung wider. Von Rosens holte mit seiner mächtigen Pranke aus, donnerte seine flache Hand in ihr Gesicht. Bela landete direkt neben Elisabeth, sodass sie die verheulten Augen des Mädchens sah. In ihnen war so viel Angst zu lesen, so viel Schmerz und Pein, dass Elisabeth ihre Hand ausstrecken wollte, um sie ihr zum Trost zu reichen. Jedoch wollte ihr kein Muskel gehorchen.

»Wir werden viel Zeit haben«, grollte von Rosen. »Ich werde dir schon noch Manieren beibringen.«

Immer mehr Dunkelheit senkte sich über Elisabeth herab. Der hilflose Blick Belas verschwamm, irgendwann konnte Elisabeth nur noch Umrisse erkennen.

»Eli, hilf mir …, bitte.«

Nicht du auch noch. Ich kann dich nicht auch noch verlieren. Bitte, bleib bei mir. Bitte.

Einer ihrer Finger bewegte sich in Belas Richtung. Es war der letzte, ohnmächtige Versuch, sie zu berühren.

»Eli …«, weinte Bela voller Qual.

Im letzten Moment glaubte sie, Antonellas Gesicht zu erkennen, das wehklagend neben ihr im weichen Moos lag. Es wurde fortgerissen und mit ihm gingen auch die letzten Strahlen des Lichts.

Kapitel 12

- Schatten der Vergangenheit -

Erschöpft schulterte Maximilian die beiden Jutesäcke, bevor er die letzten Fuß zum Kloster schritt. Es war bereits spät in der Nacht, als er endlich die geweißelte Fassade des Gebäudes erblickte und mit seinem vom Vikar ausgehändigten Schlüssel die Tür öffnete.

Sofort stach ihm der beißende Gestank in die Nase, als wäre er gegen eine unsichtbare Wand aus Exkrementen gelaufen. Die letzten Tage strengten ihn – gelinde gesagt – mehr an, als alles, was er bisher erlebt hatte. Die knochenharte Arbeit in Vaters Schmiede kam ihm dagegen wie purer Müßiggang vor.

Vor fünf Tagen hatte das Kloster ein offener Karren erreicht. Voll mit Leichen und Menschen, die kurz davor waren, Leichen zu werden. Früh am Morgen hatte er den jubilierenden Schrei von Doktor Sylar vernommen, als dieser mit prüfendem Blick zwischen tot und lebendig unterschied und schließlich Dutzende von Männern und Frauen in die Krankenstube getragen wurden. Maximilian hatte an diesem Tag unter den Argusaugen von Schwester Agathe die Flure im Obergeschoss putzen müssen. Nur ab und zu hatte er die Gelegenheit gehabt, einen Blick aus dem Fenster zu werfen. Dabei beobachtete er, wie ein zweiter, diesmal geschlossener Wagen vor den Toren des Klosters hielt. Zwischen Geschrei und Wehklagen drangen die Stimmen der Frauen durch das Fenster an seine Ohren, während er mit der Bürste über den Boden fuhr. Seit diesem Zeitpunkt war die Tür zur Krankenstube geschlossen. Schwester Agathe hatte bitterlich geweint und sich in den letzten Tagen mehrere Wortgefechte mit dem Vikar geliefert. War das Verhältnis der beiden seit seiner Ankunft unterkühlt gewesen, zeigte sich zwischen ihnen nun der offene Hass.

Maximilians Finger schmerzten, über seine Schultern zogen sich dicke Striemen von der Schlepperei, als er in die Küche schritt und den Schwestern die beiden Säcke auf den Tisch wuchtete. Wie emsige Bienchen waren die drei Frauen damit beschäftigt, das Essen für die Bedürftigen vorzubereiten. Leider war dies ein arbeitsreicher Nebeneffekt der Ereignisse vor fünf Tagen. Jetzt, da die Krankenstube aus allen Nähten zu platzen schien, musste er täglich Nahrung von umliegenden Höfen herbeiholen. Ihm war nicht bewusst, wie Vikar Weisen dieses Arrangement bewerkstelligt hatte, schließlich hatte in dieser Zeit niemand etwas zu verschenken, ja nicht einmal zu verkaufen. Doch Maximilian hatte aufgehört, die Beziehungen und Überredungskünste des Vikars zu hinterfragen. Der Geistliche schien überall seine

Kontakte zu haben, einen Großteil seiner Korrespondenz pflegte er mit den einflussreichsten Männern der Region, andere Schriftstücke bekam selbst Maximilian nicht zu Gesicht. Was ihm durchaus recht war. Zu tun gab es genug.

Nachdem er seine Glieder gestreckt hatte, schritt er langsam durch die mit Fackeln beleuchteten Gänge der Abtei. Die Uhr der Kirche hatte bereits zur achten Stunde geschlagen und die Nonnen würden bald das letzte Gebet des Abends sprechen, wenn sie nicht das Essen zubereiteten oder Doktor Sylar assistierten. Als Maximilian an der mit Eisen beschlagenen Tür der Krankenstube vorbeikam, stoppte er unwillkürlich.

Hier war der Ursprung dieses ekelhaften Gestanks, der sich in das Kloster gefressen hatte wie eine Plage. Alle Räume, die Wände, ja sogar die Kleidung stanken nach Verwesung, nach Schmerzen und Tod. Und dann diese Schreie. Maximilian ging unsicher auf die befestigte Tür zu. Doktor Sylar war praktisch nirgendwo anders mehr zu finden. Er hatte frohlockt, als er die Patienten gesehen hatte, und schien Tag und Nacht hinter dieser Tür zu verbringen. Im gleichen Maße, wie die Euphorie des Arztes zunahm, hatte Schwester Agathe sichtlich abgebaut. In den letzten fünf Tagen hatte sie bei der Speisung der Patienten helfen müssen. Dies war die einzige Aufgabe, welche der Vikar ihr noch zugestand. Als Maximilian sie nach der Ausgabe der Nahrung gesehen hatte, hatte sie aggressiv gewirkt, wie ein verletztes Tier, das man in die Ecke gedrängt hatte. Ihre Augen glühten vor Wut. Es war beinahe zu einem Ritual geworden, dass die Nonne den Vikar immer wieder in seiner Schreibstube aufsuchte und um ein Gespräch bat.

Ein spitzer Schrei ließ Maximilian zurückweichen. Auch das hatte in dem Gemäuer der Abtei zugenommen. Diese Schreie. Zu jeder Tageszeit suchten sie sich den Weg durch die Gänge in sein Gehör. Mittlerweile begleiteten sie ihn wie selbstverständlich bei seiner Arbeit und in seinen Träumen. Vikar Weisen hatte ihm erklärt, dass die Arbeit von Doktor Sylar nun mal eine gewisse Art von Schmerz mit sich bringe, den die armen Seelen bis zur Heilung ertragen mussten.

Noch einige Sekunden lauschte er den Geräuschen, dann machte er sich auf in die Schreibstube des Vikars. Es gab genug Arbeit zu erledigen. Vor der Tür stockte er in seiner Bewegung.

»Ihr seid ein Scheusal, nur auf Euer eigenes Wohl bedacht«, drang Schwester Agathes Stimme spitz an seine Ohren.

»Es ist zum Wohle der Abtei und des Herrn, könnt Ihr das nicht verstehen?«, schrie Vikar Weisen ungewohnt laut zurück.

Dann ging die Tür auf. Das Gesicht der Schwester war rot wie die Abendsonne. »Der Herr hat diesen Ort verlassen, schon vor langer Zeit, als Ihr Euch den Posten des Vikars gesichert habt. Trotzdem werde ich für Eure Seele beten. Leider glaube ich, dass Ihr sie längst dem Teufel vermacht habt«, keifte sie, warf Maximilian einen bitterbösen Blick zu und eilte wutentbrannt davon.

Vor der offenen Tür stehend, sah Maximilian, wie der Vikar mit funkelnden Augen an seinem Schreibtisch lehnte. Graue Federkiele lagen in dunkler Eisengallustinte am Boden, ein paar Bögen Papier waren wild im Raum verstreut.

»Du musst die Unordnung entschuldigen. Schwester Agathe und ich hatten wieder einmal einen Disput.« Er stöhnte auf, fuhr sich über das verschwitzte Gesicht. »Du hast es ja mitbekommen.«

Maximilian nickte. »Ich habe die Vorräte geholt, wie Ihr wolltet.«

Schnell setzte Vikar Weisen ein freudiges Lächeln auf. Er erhob sich und klopfte dem jungen Mann auf die Schulter.

»Sehr gut, auf dich kann man sich verlassen.« Dabei legte er seinen Arm um ihn und führte ihn zu der Sitzbank. Seufzend ließ der Mann sich neben ihm nieder.

»Maximilian, dir wird nicht entgangen sein, dass wir in den letzten Tagen mit der Arbeit kaum hinterher kommen.«

»Die Verletzten aus der Armee des Majors von Rosen«, schlussfolgerte Maximilian. »Des Hessen«, fügte er zähneknirschend hinzu.

»Ich kann deine Abneigung zur Gänze verstehen. Aber du weißt, dass wir für jede Seele ein beträchtliches Sümmchen erhalten. Du hast die Zahlen ja selber abgeschrieben. Leider erfordert diese Mehrarbeit natürlich ein hohes Maß an Muskelkraft, um der Lage Herr zu werden. Schwester Agathe indes steht nicht mehr zur Verfügung. Nach ihrer letzten Verfehlung musste ich sie auf ihre Stube schicken. Dort kann sie im Gebet über ihre Taten und Worte nachdenken. Wegen ihrer Unverbesserlichkeit ist unter Umständen sogar ein Ausschluss aus dem Orden erforderlich.«

Maximilian blickte dem Mann tief in die Augen.

»Ein Ausschluss? Sie hat ihr ganzes Leben hier verbracht. Wo soll Schwester Agathe denn hin?«

Der Vikar zuckte mit den Schultern, atmete hörbar. Anscheinend hatte er sich die Entscheidung nicht leicht gemacht. »Das weiß nur Gott, mein Junge.«

Maximilian nickte verstehend und für einen Moment hatte er Mitleid mit der Frau, die ihn so drangsaliert hatte.

»Trotz der unschönen Ereignisse muss der Krankenbetrieb im Kloster natürlich aufrechterhalten werden. Doktor Sylar arbeitet Tag und Nacht, wie dir bewusst sein dürfte. Er steht vor einer bahnbrechenden Entdeckung, wie er mir berichtete.« Der Vikar lachte leise auf und klopfte Maximilian abermals auf die Schulter. »Du weißt ja, wie er ist, ich habe nicht viel von dem verstanden, was er mir zu erklären versuchte.«

Maximilian konnte sich ein Lächeln nicht verkneifen.

»Du musst nun Schwester Agathes Aufgaben erledigen. Morgens wirst du dich nicht mehr um die handwerklichen Belange des Klosters kümmern, sondern zu den Essenszeiten die Nahrung in die Krankenstube bringen – und natürlich auch zu Schwester Agathe, die ihre Stube nicht mehr verlassen darf.«

»Ich verstehe, Herr.«

»Natürlich tust du das«, sagte Weisen und erhob sich, um ein paar Briefe zu sortieren. »Ich schätze deine Gabe, dich schnell auf neue Situationen einzustellen. Dies ist ein Gottesgeschenk, wofür du dankbar sein solltest.«

Sichtlich berührt nestelte Maximilian an seinem Hemd. »Vielen Dank, das ist sehr freundlich von Euch.«

»Du musst dich nicht bei mir bedanken, das ist dein eigener Verdienst. Du hast dich zweifelsohne für höhere Aufgaben empfohlen und glaub mir, Maximilian, diese werden kommen. Ich brauche noch ein wenig Zeit.«

Maximilian verstand nicht und zog die Stirn in Falten. Der Geistliche war doch bereits Vikar eines der einflussreichsten Klöster am Niederrhein. »Herr, was meint Ihr?«

»Alles zu gegebener Zeit, mein Junge. Alles zu gegebener Zeit.«

Über die Schulter blickte der Vikar ihm in die Augen, griff einen Schlüssel von seinem Tisch und warf ihn Maximilian zu.

»Dies ist der Zugang zur Krankenstube. Was du dort sehen wirst, wird dich vielleicht wanken lassen. Dieser Anblick ist beileibe nicht schön. Trotzdem vertraue ich dir und ich bin mir sicher, dass du auch diese Aufgabe zu meiner vollsten Zufriedenheit erledigen wirst.«

Maximilian befühlte den eisernen Schlüssel wie einen Schatz. »Vielen Dank, Herr.«

»Und jetzt geh und bereite die Speisung der Kranken vor. Doktor Sylar ist bereits informiert.«

Eilig stand Maximilian auf. »Ja, Herr.«

Selten hatte jemand seine Fähigkeiten derart gewürdigt, wie der Vikar es tat. Es war eine Wohltat, für ihn zu arbeiten. In seinem Tagwerk fand Maximilian Ruhe vor den Träumen, welche ihn in den letzten Wochen begleitet hatten. Und auch wenn der Schmerz des Verlustes nicht vollends aus seinem Geist verbannt war, hatte er das Gefühl, endlich das Richtige zu tun. Trotzdem loderte in seinem Verstand ein kleines Flämmchen auf, der dunkle Hauch des Zweifels, der ihn tief in seinem Inneren zur Vorsicht mahnte.

Den Weg in die Küche legte er euphorisch zurück. Die Schwestern hatten bereits einen großen Topf Suppe zubereitet. Eine dünne Brühe aus Kraut und Rüben, in der einige alte Brotkrumen schwammen.

Maximilian eilte sich, zu der Krankenstube zu gelangen, öffnete die Tür und trat ein. Beinahe warf ihn der Gestank zurück, er zwang sich jedoch, weiter durch den Mund zu atmen und trat in die Räumlichkeiten.

Hier sah es noch schlimmer aus, als er es sich vorgestellt hatte. Alle Liegen waren voll mit Soldaten, die dem Tode näher waren als dem Leben. Auf dem Boden war Stroh ausgelegt worden, auf dem etliche Männer in verkrümmter Position und in ihrem eigenen Unrat lagen, manchmal nur mit einem Leibchen bedeckt. Drei Schwestern, die er kaum kannte, hasteten augenblicklich zu ihm, nahmen den großen Topf an sich und machten sich daran, die Brühe in kleinere Schalen zu füllen.

»Ah, Maximilian, da bist du ja«, sagte Doktor Sylar beiläufig, während er einen Patienten behandelte.

Das schweißgebadete Gesicht des Doktors glänzte im zuckenden Schein der Fackeln. Mit einer kleinen Eisenstange befühlte er die offene Kopfwunde eines Mannes. Der Soldat stöhnte vor Schmerzen, als der Arzt den Druck auf die Schläfe erhöhte und den Stab weiter einführte.

»Das ist gut«, flüsterte er mehr zu sich selbst. »Ein sehr schöner, tiefer Stich. Hervorragend, um das Gehirn zu erreichen.«

Die Augen des Soldaten zuckten unruhig, der Mund war halb geöffnet und unverständliche Laute drangen über seine Lippen. Schließlich erhob sich der

Arzt. »Ich denke, dass der Vikar dich über alles Weitere informiert hat. Wir können hier wirklich jede helfende Hand gebrauchen.« Dabei legte er seine Finger auf Maximilians Rücken und führte ihn in den hinteren Trakt der Krankenstube. »Ich habe deine Tat vor wenigen Wochen nicht vergessen und ich bin dir immer noch zu Dank verpflichtet.«

»Das habe ich gerne gemacht, Doktor …«

»Ja, ja, Schnee von gestern, wir wissen es«, unterbrach der Arzt Maximilian und fuchtelte mit der freien Hand. Anscheinend war er sehr in Eile und diese Ansammlung von Patienten schien das reinste Vergnügen für den Mann zu sein. »Ich bin froh, dich hier zu haben. In diesen speziellen Räumen sind renitentere Fälle, wie du ja bereits weißt. Einem großen, starken Mann, wie du es bist, dürfte es leicht fallen, diese Frauen zurückzuhalten, sollten sie dich angreifen wollen. Einige von ihnen sind … Ach, mach dir ein eigenes Bild.«

Maximilian tat, wie ihm geheißen, und lugte durch die mit Gitterstäben versehenen Holztüren. Er konnte eine kleine rothaarige Frau ausmachen. Sie lag gefesselt auf der Liege, ihr Mund war geknebelt. Ihr Körper war von Wunden übersät. Der Verband an ihrem Kopf war von Blut durchtränkt. Bei den anderen Zellen bot sich ihm ein ähnliches Bild. Er sah eine schlaksige Brünette, die sich mit einer Hand den Bauch hielt, daneben noch weitere Frauen mit ähnlichen Verletzungen.

»Wo sind die anderen Insassen dieser Zellen hin?«

»Aber mein lieber Maximilian, dass sind keine Zellen«, antworte Doktor Sylar beinahe ein wenig erbost. »Es sind Unterkünfte für unsere besonderen Fälle, vergiss das bitte nicht. Die vorherigen Patienten sind leider verstorben. Ich konnte ihnen nicht mehr helfen.«

Maximilian blickte argwöhnisch auf den kleinen Mann herunter. »Alle gestorben? Zufällig, bevor die hessische Armee ihre Verwundeten und diese Frauen hierher brachte?«

Entwaffnend erhob der Arzt seine Arme und begann hektisch seine Brille zu reinigen. »Gottes Wege … Du weißt ja.«

Maximilian nickte kurz, er verstand. Einen kurzen Moment war er wieder der Alte und seine Hände formten sich zu Fäusten. Zu lange hatte er weggesehen und war der Handlanger dieser Machenschaften gewesen.

»Ich würde dich bitten, das Essen an die Patienten in diesen Zimmern zu verteilen. Diese Aufgabe möchte ich nicht den Schwestern aufbürden und auch ich habe … schlechte Erfahrungen dabei gemacht. Lass dich von dem dummen Zeug, das über ihre Lippen dringt, nicht in die Irre führen. Sie sind im Wahn und wissen nicht, was sie sagen. Die Fieberträume haben von ihnen Besitz ergriffen. Antworte ihnen einfach nicht. Hier der Schlüssel für die Zellen, dieser hier ist für die Ketten, falls du ihn brauchst, gib ihn mir später einfach zurück.«

»Ich verstehe«, entgegnete Maximilian und befühlte die kleinen Schlüssel. War die Überreichung durch den Vikar noch eine Auszeichnung gewesen, wog diese nun tonnenschwer in seiner Hand.

»Gut, an die Arbeit. Es gibt viel zu tun.«

Sofort war Doktor Sylar verschwunden. Obwohl Maximilian nicht ganz wohl dabei war, in diese beklemmenden Zellen einzutreten, füllte er Brühe in eine Schale und öffnete die erste.

Das rothaarige Mädchen war schlimm zugerichtet. Ein Auge war zugeschwollen, der Verband rot und ihre Arme und Beine übersät mit Schnittwunden. Nur mit viel Mühe konnte man sich vorstellen, wie viel Schönheit die Frau einmal besessen haben musste. Vorsichtig löste er den Knebel, was die Patientin mit einem schmerzvollen Stöhnen quittierte. Es dauerte einige Zeit, bis sie dazu bereit war, den Holzlöffel in den Mund zu nehmen, sodass er ihr die Suppe einflößen konnte.

»Wo bin ich?«, wollte sie mit dünner Stimme wissen. Ihre Augen suchten unruhig den Raum ab. »So antworte doch, bitte.«

Maximilian hielt sich an die Anweisungen des Arztes und versorgte sie lediglich mit Nahrung.

»Mein Name ist Pauline«, startete die Frau einen neuen Versuch, als die Schüssel beinahe leer war. »Wie heißt du? Bitte rede mit mir.« Maximilian reagierte jedoch nicht und schob ihr den Knebel wieder in den Mund.

Bei den anderen Frauen sah es nicht anders aus. Sie alle waren von Furcht gepeinigt, erzählten von einer Armee, viele riefen im Fieberwahn nach einer Rosi. Doch Maximilian konzentrierte sich beflissen auf seine Aufgabe, ließ keinen anderen Gedanken zu, als diese Pflicht zu erfüllen. Mehrmals musste er sich dazu anhalten, nicht auf die Wunden der Frauen zu blicken und auch den Gestank verdrängte er aus seinem Geist. Obwohl Doktor Sylar sie anscheinend versorgt hatte, sah es für einige von ihnen nicht gut aus. Sie alle hatten Schläge auf den Kopf bekommen und kauerten gefesselt in ihren Räumen.

Es dauerte mehr als eine Stunde, bis er am letzten Raum angelangt war. Die Nonnen waren schon zu Bett gegangen. Lediglich Doktor Sylar saß noch über einen Patienten gebeugt. Gerade setzte er eine Säge an, um ihm den Unterarm abzutrennen. Der Soldat war stramm ans Bett gebunden, schien nicht mehr wirklich in dieser Welt zu sein, doch nun, als er die Säge sah, schrie er bitterlich. Eilends nahm Maximilian die letzte Schale, öffnete die Tür der Zelle und trat ein. Das Gesicht der Frau war zur Wand gerichtet. Ihre Arme waren mit Ketten an einen Eisenring gebunden. Sie lag auf Stroh gebettet, nur ein grüner Umhang und ein zerschlissenes Kleid spendeten ihr Wärme. Ihre blonde Mähne hob und senkte sich langsam auf ihrem Brustkorb. Als Maximilians Augen sich an die Dunkelheit gewöhnt hatten, konnte er sie besser erkennen. Das Kleid der Frau war am Bauch aufgerissen. Doktor Sylar hatte einen strammen Verband um die Wunde gelegt. Die Verletzung schien nicht allzu schlimm zu sein. Es war nur ein kleiner, roter Punkt auf dem Leinenstoff zu erkennen. Maximilian hatte solche Verletzungen schon oft gesehen. Dies war nichts anderes als eine Kriegswunde, zugefügt durch die scharfe Klinge eines Säbels. Aber diese Frau hatte Glück, sie würde es überleben, dessen war er sich sicher.

Langsam trat Maximilian näher und strich der Frau die Haare aus dem Gesicht. Als wäre sie gerade aus einem Traum erwacht, drehte sie sich zu ihm.

Plötzlich hielt er inne. Das konnte nicht sein. Sein Verstand musste ihm einen Streich spielen. War er verrückt geworden?

Maximilian stellte die Schale mit der Brühe ab, mit weit aufgerissenen Augen schreckte er vor der Frau zurück, als hätte sie eine ansteckende Krankheit. Selbst im fahlen Schein der Fackel konnte er die durchdringenden blauen Augen erkennen.

»Elisabeth«, flüsterte er.

Auch sie zuckte zusammen, genauso überrascht, ihn zu sehen. Ihre Muskeln spannten sich, sie rückte noch ein wenig näher an die Wand. Dabei rasten ihre Augen erst durch den Raum, bevor sie ihn schließlich fixierten. Sie versuchte sich von den Ketten loszureißen, wenige Augenblicke später krümmte sie sich vor Schmerzen.

Durch den Knebel drangen unverständliche Laute an Maximilians Ohren. Eine Hand legte er wie von Seilen gezogen an seine Lippen.

»Das ist nicht möglich. Du bist tot. Du musst tot sein«, hauchte er tonlos.

Dieser Raum schien zu klein zu werden, die Wände kamen auf ihn zu. Alles drehte sich auf einmal. Ohne Orientierung polterte er gegen die Tür, hatte Mühe, sie zu öffnen. Hastig schlüpfte er über die Schwelle, warf die Tür zu und schloss ab. Seine Atmung raste, während er durch die Krankenstube eilte.

Kurz blickte Doktor Sylar auf. »Ich weiß, ist kein schöner Anblick, Junge. Hab Dank und gute Nacht!«, rief er ihm noch hinterher.

Als er durch die leeren Gänge der Abtei jagte, konnte Maximilian wenigstens den Gestank hinter sich lassen. Die Gemäuer wurden zu klein, viel zu klein für ihn. Er öffnete das Eingangstor und setzte den ersten Schritt in die warme Nacht hinaus. Er rannte wie von Sinnen, die in Dunkelheit gehüllten Häuser sausten an ihm vorbei. Seine Gedanken überschlugen sich, als er außer Atem den alten Bauernhof und somit das Ende des Dorfes erreichte. Erst jetzt blieb er stehen, fiel auf die Knie und rammte die Hände in den feuchten Boden.

»Wie ist das möglich?«, hauchte er atemlos und schrie aus voller Kraft dem Himmel entgegen.

Seine Stimme verhallte in der Nacht. Irgendwo bellte ein Hund. Maximilian meinte, eine Stimme zu hören, doch er war allein. Nur die funkelnden Sterne bezeugten stumm seine Tränen. Als würde die Vergangenheit ihn einholen und nach ihm greifen, seine Kehle fassen und immer weiter zudrücken. Dunkle Relikte früherer Tage kehrten zurück in die Gegenwart und rissen die Wunden seiner Seele auf. Vor seinem inneren Auge sah er Lorenz und wie ihn Elisabeth, diese Schlange, in den Tod geschickt hatte. Ihretwegen war Lorenz losgezogen, um seine Geliebte Antonella zu befreien. Durch ihre Bosheit und Eifersucht hatte er seinem Bruder – seinem eigenen Fleisch und Blut – die Klinge in den Bauch gerammt. Sie allein hatte Antonellas Versteck an die Bewohner Kempens verraten.

Maximilians Zähne mahlten vor Wut aufeinander. Er hatte angenommen, dass Elisabeth den plündernden Hessen zum Opfer gefallen war, dass sie längst in der Hölle schmorte. Und nun war sie hier.

Das Gesicht zu einer Fratze aus Zorn verzogen, stand er auf. Er würde das Werk vollenden, würde sie dahin schicken, wo sie hingehörte.

Die Hand fuhr über seine Taschen. Er hatte völlig vergessen, Doktor Sylar den Schlüssel für die Zellen zurückzugeben. Der Arzt würde bald die Krankenstube verlassen und ein wenig Ruhe in seinem Bett suchen. Ein Lächeln umspielte seine Lippen. Gut, das würde die Sache erheblich einfacher machen. Noch einmal blickte er in den schwarzen Nachthimmel.

Für dich, Lorenz.

Wenn dies ein Traum war, wünschte sie sich so schnell wie möglich, daraus zu erwachen. In der Hölle musste es besser sein als hier. Tagelang hatte Elisabeth im Fieberwahn gelegen, nur bruchstückhaft erinnerte sie sich daran, wie ein kleiner, dicklicher Mann von Zeit zu Zeit in diese Zelle eingetreten war und an ihrem Bauch herumgedoktert hatte. Obwohl sich ihr Befinden von Tag zu Tag gebessert hatte, hatte er kein Wort mit ihr gesprochen. Und immer noch brummte ihr Kopf fürchterlich. Die Nonne, welche ihr in den letzten Tagen das Essen gereicht hatte, war jedes Mal in stillen Gebeten versunken. Leise weinend hatte sie ihre Lippen bewegt, während sie Elisabeth fütterte. Dies alles war vergessen.

Als sie plötzlich in das Gesicht des Mannes blickte, der anstelle der Nonne ihre Zelle betreten hatte, schien der Schleier aus brennenden Schmerzen verschwunden.

Maximilian.

Maximilian, der mitverantwortlich für den Tod ihrer Schwester war.

Sie dachte, dass er bei dem Angriff ums Leben gekommen sei. Doch er lebte, schlimmer noch, er war hier. An seinem Gesichtsausdruck hatte sie erkannt, dass er genauso überrascht wie sie selbst war. Diese Überlegungen verdrängten für einen Moment die Erinnerung an die schrecklichen Ereignisse vor Kempen. Doch als die Schreie langsam erstarben und durch ein schmerzvolles Stöhnen ersetzt wurden, fanden diese Gedanken den Weg zurück in Elisabeths Verstand. Eine der Frauen summte durch den Knebel ein trauriges Lied. War es Pauline? Elisabeth schloss die Augen.

Rosi war tot. Genau wie Hauptmann Falkensted. Und auch die kleine Bela hatte sie nicht beschützen können. Sie war jetzt in der Hand des Majors. Dabei hatte Elisabeth versprochen, dem Mädchen würde kein Leid geschehen. Sie hätte die List des Offiziers durchschauen müssen. Dieser Bastard von einem Mann. Tränen der Wut stiegen in ihr auf, sie zerrte an den Eisenketten, welche sie auf dem Stroh hielten. Das musste ein Traum sein, ein schrecklicher, immerwährender Albtraum.

Sie wandte ihr Gesicht zur Tür, als sie das metallische Klacken des Schlosses vernahm, und sah in die glühenden Augen Maximilians, der mit einer Fackel in der Hand hereintrat. Seine Schritte waren langsam und bedächtig, als er auf sie zukam. Während er den Knebel löste, sah sie einen Dolch im Hosenbund aufblitzen. Augenblicklich wurde ihr bewusst, warum dieser Mann hier war.

»Du bist am Leben«, zischte Maximilian, ließ die Fackel in eine Halterung gleiten und verschränkte die Arme. Seine Augen waren rot vor Tränen.

»Genau wie du!«, antwortete Elisabeth ebenfalls voller Zorn.

»Wie hast du es geschafft, dem Tod zu entkommen? Solltest du dich nicht eigentlich selbst richten, so viel Schuld, wie du auf deine Schultern geladen hast?«

Elisabeths Mundwinkel zuckten. Sie deutete mit einem Kopfnicken auf ihr Handgelenk. »Glaub mir, das habe ich versucht. Doch ich wurde gefunden, die Mutter eines Hurentrosses und ihre Mädchen haben mich bei sich aufgenommen und mir ein neues Leben geschenkt.«

»Dann haben wir ja etwas gemein.« Maximilian hob den Arm, die weißen Narben waren im Fackelschein gut zu erkennen.

Elisabeth versuchte, sich aufzurichten. Ihre Augen blitzten angriffslustig. »Zu schade, dass es nicht geklappt hat. Und du bist Löw geworden?«

Er hasste dieses Wort. »Dies ist die Krankenstube eines Klosters. Die Verwundeten des Krieges werden hier versorgt.«

Spöttisch lachte Elisabeth auf und zerrte demonstrativ an den Ketten. »Ein Kloster? Darauf wäre ich beileibe nicht gekommen. Eure Nonnen scheinen mehr Folterknechte als Gottesdiener zu sein.«

Maximilian lächelte verächtlich und löste ihre Ketten. Sie sollte anscheinend auf ihren Füßen stehen, wenn er ihr den Dolch in die Rippen stach. »Erheb dich.«

Es tat unendlich gut, ihre Gelenke von dem reibenden Metall befreit zu wissen. Für einen Moment schmerzte es, als sie sich erhob, dann sah sie ihm tief in die Augen. »Sie summt mein Todeslied, oder?«

Maximilian drehte den Kopf. Tatsächlich drang eine ihm unbekannte Melodie, gesungen von einer schönen Stimme, an seine Ohren.

»Dann tu, wofür du hier bist, Maximilian.« Die Worte kamen gepresst und voller Hass über ihre Lippen. »Ich habe versagt, genau wie du. Wäre es nicht deine Aufgabe gewesen, deinen Bruder vom Gemetzel fernzuhalten? Du hättest ihn zur Vernunft bringen müssen, stattdessen habt ihr einen aussichtslosen Krieg gegen die Hessen geführt und Soldaten gespielt. Hättest du ihn nicht zurückhalten können, als er aufbrach, um meine geliebte Schwester zu retten?«

»Deine geliebte Schwester?« Jetzt konnte sich Maximilian nicht mehr halten. »Das aus dem Mund der Prinzessin, die alles besaß. Gib mir nicht die Schuld, dass du sie verraten hast. Wer war es, der sie dem Pöbel zum Fraß vorwarf? Wer war geblendet von so viel Eifersucht?« Jeder Muskel seines Körpers war gespannt, als sich seine Finger um den Griff des Dolches legten, dessen Klinge rötlich glänzte. »Beantworte meine Frage, wer hat sie auf dem Gewissen, Elisabeth? Wer?«

»Ich!«, schrie sie und breitete die Arme aus. »Darum tu es endlich. Es ist meine Schuld, dass sie tot ist, genau wie es deine Schuld ist, dass Lorenz nicht mehr unter uns weilt.« Voller Zorn schritt sie auf ihn zu, nahm die Hand, die den Griff des Dolches umfasste, und führte sie zu ihrem Hals. Ihre Augen funkelten. »Ja, ich habe es gehört, jeder Bewohner sprach davon. Ich habe nichts anderes als den Tod verdient. Tu mir einen Gefallen: Stoß die Klinge danach auch in deine Brust, damit diese Erde gleich von zwei Sündern befreit ist.«

Er wollte zustechen. Es wäre so einfach. Doch ihre Worte entsprachen der Wahrheit. Sollte er sie töten, musste er auch sich selbst richten. Egal, was Vikar Weisen sagte. Sein ganzer Leib zitterte vor Hass. Er fasste mit der linken Hand ihren Kopf, drückte ihr die Klinge an die Kehle.

»Tu es endlich!«, zischte Elisabeth. Ein paar Tropfen Blut suchten sich von ihrem Hals den Weg nach unten. »Tu es!«

Sie hatte es verdient. Er wartete einen Moment – einen Moment zu lange. Er konnte es nicht. Maximilian warf den Dolch mit voller Wucht gegen die Mauer, bevor er einige Schritte zurückwich. Die

Hände vor das Gesicht gelegt, ging er in die Hocke und lehnte sich an die Wand.

»Denkst du, ich wollte, dass sie stirbt? Dass sie beide sterben?«, spie er aus.

»Auch ich erleide jeden Tag hundert Tode«, antwortete Elisabeth ruhig. »Wenn ich mein Leben für das deines Bruders oder meiner Schwester geben könnte, glaub mir, ich würde es tun.« Ihre Stimme war durchzogen von Trauer. »Ich hatte ein Auge auf Lorenz geworfen und habe durch meine blinde Eifersucht alles verloren. Es ist noch nicht zu spät, Maximilian. Die Klinge liegt dort.«

»Die Ketten halten dich nicht mehr zurück. Beende es selbst, wenn du möchtest.«

Elisabeth schüttelte den Kopf, dann schwiegen sie eine Weile.

»Also sind wir beide Sünder. Unser Tod würde daran nichts ändern.«

»Aber es wäre gerecht.«

Maximilian lachte spöttisch und stand auf. »Es fällt mir schwer, an diese Art von Gerechtigkeit zu glauben. Du hast deine Schwester verloren, ich meinen Bruder. Nichts auf dieser Welt vermag diese Verbrechen zu sühnen, nicht einmal unser Tod.«

Elisabeth schlang die Hände um ihren eigenen Körper, als suche sie Wärme. »Ich will sie zurück, Maximilian. Ich kann nicht ohne sie.«

»Auch ich fühlte so«, schluchzte Maximilian leise.

Bei Elisabeth brachen alle Dämme. Ihr Weinen erfüllte die gesamte Krankenstube, als sie sich um seinen Hals warf. In diesem Moment war ihr Hass gleichgültig, all der Schmerz, den sie erlitten hatte, war zweitrangig. Selbst das Brennen der Wunde war nicht von Bedeutung. Elisabeth spürte die Hitze seiner Wangen und seine warmen Tränen in ihrem Gesicht. »Es tut mir leid um deinen Bruder«, hauchte sie in sein Ohr.

»Es tut mir auch um deine Schwester leid. Ich bete, dass Antonella und Lorenz im Himmel vereint sind und auf ewig zusammen sein können.«

»Das ist auch mein Wunsch«, wisperte Elisabeth.

Kapitel 13

- Im Schmerz vereint -

Ihr Körper glühte, alles um sie herum schien zu verschwimmen. Sie presste seinen Leib so fest an ihren, dass ihm die Luft wegbleiben musste. Dutzende Gedanken schossen auf einmal durch ihren Geist. Nichts schien mehr einen Sinn zu ergeben. Die aufgewühlten Gefühle wurden übermächtig, vernebelten alles um sie herum. Grenzen zwischen Traum und Realität zerflossen. Es gab kein Richtig und Falsch mehr, als sie seine Wange küsste und sich den Weg zu seinen Lippen suchte.

Maximilian hielt sie im Arm, drückte sie fest an sich, als könne er die Vergangenheit zurückholen und aus ihr eine bessere machen. Ihr Körper kochte, ihre Wangen schienen zu brennen. Er spürte Elisabeths Tränen, die nur langsam versiegten. Dies war zu viel, viel zu viel. Als hätte der Allmächtige die Schatten der Vergangenheit über sie gelegt. Seine Gefühle übermannten ihn, es herrschte Chaos in seinem Geist, er konnte keinen einzigen klaren Gedanken mehr fassen. Als Elisabeth mit ihren warmen Lippen die Haut seines Gesichts berührte, spürte er seine Erregung.

Sie drückte sich noch ein wenig dichter an ihn. Zärtlich legte sie ihre Lippen auf die seinen. Erst zögerlich erwiderte er ihren Kuss. Gleichgültig, warum es gerade hier passierte – sie waren im Schmerz vereint.

Die Welt um sie herum schien stillzustehen. Elisabeths Finger suchten sich den Weg unter Maximilians Hemd, während er sie fest in den Armen hielt. Schnell hatte sie den Stoff über seinen Kopf gezogen und bedeckte seine Brust mit Küssen.

Hatte das Feuer der Lust gerade noch klein gelodert, wurde es nun mit jeder Berührung zu einem alles verglühenden Inferno, verzehrend und durchzogen von süßem Schmerz, sodass jeder Kuss schreckliche Pein und höchste Lust gleichzeitig bescherte.

Elisabeths Hände wanderten über seinen Rücken, sie bohrte die Fingernägel in seine Haut, zog Maximilian mit sich herab, als sie sich auf das Stroh legte. Er spürte den Schmerz, der seine Begierde nur noch mehr anstachelte. Er fasste ihren Kopf, biss ihr in den Hals, als er sich auf sie legte. Schnell hatte er ihr den Umhang und die Träger ihres Kleides abgestreift. Ihr Busen wippte im gleichmäßigen Takt ihrer Atmung, der helle Schein der Fackel legte sich golden auf ihre Haut. Seine Fingerspitzen glitten herab, bis sie an ihrem Verband angekommen waren.

Ihre Blicke trafen sich.

»Es ist in Ordnung«, hauchte Elisabeth und zog wieder ihn an sich heran. Ein langer Kuss folgte, dabei fuhr sie mit ihrer Hand die Seiten seines Körpers entlang, streichelte über die ausgebeulte Hose. Ein gedämpftes Stöhnen entrang sich seiner Kehle, als sie die Stelle zu massieren begann. Dabei griff sie mit der anderen Hand in die Haare seines Hinterkopfs und zog ihn nach hinten. Wenige Sekunden ließ er sie gewähren, ehe er begann, an ihren Knospen zu saugen. Dabei fasste er Elisabeths Handgelenke und drückte sie in das Stroh. Sanft brach sich das Licht an ihren steifen Brustwarzen, während Maximilian ihren Busen mit Küssen bedeckte. Der Venushügel zwischen ihren festen Schenkeln schimmerte. Hastig zog Elisabeth seine Hose herab, seine Haut glänzte und seine Bauchmuskeln kamen im Schein der Fackel erst richtig zur Geltung. Behutsam wanderten ihre Finger hinab, bis sie seinen steifen Penis erreichten, und umspielten den Schaft. Elisabeths Augen glänzten, während sie ihren Daumen immer wieder um das dünne Bändchen und die Öffnung gleiten ließ. Mit der Berührung dieser beiden Stellen schien sie ihn in den Wahnsinn treiben zu können. Nach und nach erhöhte sie den Druck. Sie ließ sich Zeit mit ihrem Spiel, während sich seine Atmung beschleunigte und das Stöhnen lauter wurde. Sein Penis zuckte nun bedrohlich, war zu voller Größe aufgerichtet, ein Tropfen löste sich von der Spitze und legte sich schimmernd über die Eichel. Elisabeth fasste Maximilian im Nacken, zog ihn auf sich und führte seinen

Penis ein. Sie umschlang ihn mit ihren Beinen, wollte ihn vollends in sich spüren. Ihre Brustwarzen rieben an seiner Haut, das Stroh stach sie in den Rücken, als sie sich langsam seinen Bewegungen hingab. Jetzt spürte auch Elisabeth seine Arme um ihren erhitzten Leib. Sie stöhnte, wand sich unter seinem vor Kraft strotzenden Griff. Immer schneller stieß sein Becken vor und zurück. Dann senkte sich sein Gesicht auf das ihrige herab und ihre Lippen berührten sich. Ihr Herz schien auszusetzen und sie bohrte ihre Finger in die Haut seines Rückens, als sie gemeinsam in die süße Erlösung des Höhepunktes abglitten.

Von der Wucht des Orgasmus erfasst, schmiegten sich ihre Körper aneinander, bis Maximilian sich schließlich zur Seite drehte. Elisabeth kuschelte sich an ihn und legte ihren Kopf auf seine Brust. Endlich hatte sich seine Atmung normalisiert, ihr Haupt hob sich mit jedem Atemzug. Nach unendlich lang anmutenden Minuten des Schweigens blickte sie ihm in die Augen.

»Was da gerade passiert ist …«

»Ich weiß«, unterbrach sie Maximilian. »Ich kann es selber nicht fassen. Wir waren mit unseren Gedanken einfach nicht hier, haben uns von den Gefühlen übermannen lassen.«

Sie nickte wortlos, während er über ihre Wunde fuhr. Doktor Sylar hatte ganze Arbeit geleistet. Der

Einstich hatte sich nicht entzündet, noch einige Tage und lediglich eine Narbe wäre davon noch übrig.

»Wie ist das passiert?«, fragte er.

Einen Moment war sie in ihren Gedanken versunken. »Dazu muss ich dir die gesamte Geschichte erzählen«, hauchte sie dann, den Blick nicht von ihm abwendend. »Und danach möchte ich deine hören.«

»Einverstanden.«

Als sie von ihren Erlebnissen berichtet hatten, blickten die beiden zu Boden.

»Hauptmann Falkensted war also noch am Leben«, flüsterte Maximilian mehr zu sich als zu Elisabeth. »Der alte Haudegen aufseiten des Feindes. Unglaublich. Und dieses Mädchen, Bela, ist nun in der Hand des Majors?« Er bemerkte, wie schwer es für sie war, darüber zu reden.

»Falkensted hat versucht, uns zu beschützen. Leider waren seine Bemühungen vergebens.« Sie strich ihm über das Gesicht und blickte in die gleichen blauen Augen, die auch Lorenz besessen hatte. »Du kennst von Rosen nicht, dieser Mann ist ein Scheusal. Er ist mit Vikar Weisen einen unheiligen Pakt eingegangen.«

Ungläubig schüttelte Maximilian den Kopf. »Das kann nicht sein. Der Vikar ist ein anständiger Mann, das kannst du mir glauben. Ich habe nichts als Güte von ihm erfahren.«

»Du kannst den Menschen immer nur vor die Stirn gucken. Ihre wahren Gedanken bleiben uns verborgen. Du siehst doch, dass ich nicht im Wahn bin, genau wie die anderen Frauen es nicht sind. Maximilian, du musst uns helfen. Ich kann die Fehler der Vergangenheit nicht ungeschehen machen, aber ich kann versuchen, neue zu vermeiden.«

»Was willst du damit sagen?«

»Die anderen Huren befinden sich ebenfalls hier?«

Er nickte. »Soweit ich das beurteilen kann.«

Aus dem Gedächtnis zählte er die Frauen auf und welche Verletzungen sie hatten. Oftmals entfuhr Elisabeth ein erleichterter Seufzer. Es schien tatsächlich so, dass sämtliche Huren des Trosses noch am Leben waren. Doktor Sylar lag allem Anschein nach viel daran, die Frauen zu heilen. Aus welchen Gründen auch immer.

»Ich muss sie hier herausbringen, Maximilian. Alle. Anschließend bleibt mir keine andere Wahl: Ich muss versuchen, Bela zu retten.«

Ein weiteres Mal schüttelte er den Kopf, erhob sich eilig und zog sich seine Kleidung an. »Willst du einfach zu Major von Rosen gehen und ihn dazu zwingen? Es tut mir leid, dass … Es war ein Fehler. Vielleicht hätte ich …«

»… mich einfach töten sollen?«, fiel ihm Elisabeth ins Wort. Ihr Blick war eisig, enttäuscht.

»Nein, du musst mit dieser Schuld leben, genau wie ich. Ich meinte, dass wir beide besser nicht miteinander …«

»Nein, das hätten wir nicht tun sollen.« Kurz sah sie zur Seite. »Du wirst uns also nicht helfen? Möchtest einfach zusehen, wie wir hier im Kerker verrecken?«

Maximilian nahm die Fackel und den Dolch an sich und drehte sich zu ihr. »Es ist eine Krankenstube. Hier werdet ihr gepflegt, bis ihr gesund seid.«

»Unsere armen Seelen werden das restliche Leben im Gewahrsam der Kirche verbringen. Zumindest die kurze Zeit, die wir noch auf dieser Welt verweilen werden, das sagte Major von Rosen. Es heißt nichts anderes, als das wir bis zu unserem Tod vor uns hinsiechen werden. Möchtest du das zulassen?« Nackt warf sie sich vor ihn auf den Boden. Auf Knien hielt sie seine Hand, die blonden Haare verdeckten dabei ein Auge. Sie flehte ihn an: »Ich weiß, dass ich nichts als den Tod verdient habe, aber bitte, gib mir die Gelegenheit, wenigstens einen Teil meiner Schuld zu begleichen. Wenn ich Bela aus den Fängen des Majors befreien könnte, hätte ich zumindest eine Sache in meinen Leben richtig gemacht. Danach kannst du mit mir machen, was du willst. Nur diese eine Sache, bitte.«

Er wusste nicht mehr, was er denken sollte. Langsam befreite er sich aus ihrem Griff. Er konnte die Augen nicht von dem Mädchen nehmen, das mit schmerzend bitterlichem Ausdruck vor ihm kniete. »Es tut mir leid, ich kann es nicht. Noch nicht. Dafür brauche ich Zeit. Wir können nicht einfach die Huren aus der Krankenstube mitschleifen und in von Rosens Lager marschieren. Wo sollen wir hin? Was sollen wir essen? Dafür brauchen wir einen Plan … und Zeit.«

Mit diesen Worten verließ er den Raum und schloss die Tür hinter sich. Er verbat sich einen letzten Blick durch die Gitter.

»Es ist zu einfach, oder? Du hast ein gutes Leben hier, warum das aufgeben?«, ertönte die Stimme Elisabeths.

Hastig drehte er den Schlüssel um und verließ die Krankenstube mit schnellem Schritt.

Kapitel 14

- Verlorene Wahrheiten -

Ihre Worte ließen ihn nicht mehr los. Es war schrecklich und gleichzeitig schön zu wissen, dass Elisabeth im selben Gebäude war. Wenn auch unter furchtbaren Bedingungen. Die Dämmerung kündete bereits den nächsten Tag an, als Maximilian sich vom Bett erhob, ans Fenster trat und den Nebel beobachtete, der durch die Gärten waberte.

Ihre Berührungen, ihre Küsse …

Maximilian schloss die Augen und atmete tief ein. Mit den Fingern massierte er seine Schläfen. Was hatte er getan? Warum dieser Sinneswandel? Hatte er nicht noch vor wenigen Stunden dieses Mädchen umbringen wollen? Es konnte nicht nur die Wärme ihrer Haut sein, die seinen Geist verwirrt hatte und jeden Gedanken, außer den an ihre Nähe, verbat. Die früheren Gefühle, die Zuneigung, die er damals in Kempen für sie empfunden hatte, waren immer noch so stark, dass er sich außerstande sah, sie zu unterdrücken. Er wollte nicht, dass sie in einer dreckigen Zelle ihr Ende fand. Würde er sie und dic Huren befreien, müsste er mit seinem Mentor brechen. Im Kopf wiederholte Maximilian ihre Worte über den Vikar. Natürlich war er dieses Abkommen mit Major von Rosen eingegangen. Alles zum Wohl der Kirche, wie jener sagte. Sie brauchten das Geld der Kurie für die Kranken, es mangelte an allen Ecken und Enden. Maximilian hatte es mit eigenen Augen gesehen. Aber war der Vikar wirklich so grausam und sperrte Menschen ein, weil sie von Rosen ein Dorn im Auge waren, weil er für jeden von ihnen Geld bekam? Dieser Gedanke war unvorstellbar.

Es gab nur eine einzige Möglichkeit, die Wahrheit herauszufinden.

Maximilian wusch sich in aller Ruhe in den Gärten, zog neue Kleidung an und ging direkt in die Küche. Die Nonnen waren zu den Laudes aufgebrochen. Alle, bis auf eine. Nur noch drei Mägde waren hier versammelt und bereiteten die erste Mahlzeit des Tages vor.

»Ich soll das Essen für Schwester Agathe holen«, sagte Maximilian und versuchte, seine Stimme fest und selbstbewusst klingen zu lassen.

Ungläubig blickten sich die jungen Frauen an.

»Ich weiß nicht, ob das richtig sein kann«, sagte eine dicke Magd mit puterrotem Gesicht.

»Diese Anweisung kommt direkt von Vikar Weisen«, fügte er hinzu.

Daraufhin nickte die Magd. Endlich setzten sich die Frauen in Bewegung und stellten eine Schüssel mit Brei auf den massiven Tisch, dazu ein altes Stück Brot, welches ihn mehr an einen Stein als an etwas

Essbares erinnerte. Maximilian nickte zum Abschied, schritt zur breiten Treppe, die in das Obergeschoss führte. Noch nie war er diese Stufen hinaufgegangen, er musste sich beinahe dazu zwingen. Die Schlafsäle der Nonnen waren leicht auszumachen. Er konnte einen Blick in die Zimmer werfen, da fast alle Türen offen standen. Nur eine einzige war geschlossen, die ihm sofort ins Auge fiel. Kurz sah er sich um, ehe er, ohne anzuklopfen, die Tür öffnete. Aus seiner Kehle drang ein erleichterter Seufzer, als er Schwester Agathe erblickte. Still saß sie auf ihrem Bett, tief in Gebete versunken. Anscheinend bekam sie nicht einmal mit, wie er sich ihr näherte.

Vorsichtig streckte er die Hand aus und berührte ihre Schulter. Ein spitzer Schrei hallte in ihrem Gemach wider. Ihr Schrecken währte aber nur wenige Augenblicke.

»Du Handlanger des Teufels«, zischte sie aus geschlossenen Zähnen. »Ist dir denn gar nichts heilig? Wie kannst du es wagen? Der Allmächtige wird dich für diese Sünde bestrafen, er wird dich foltern und dir die schlimmsten Qualen zufü…«

»Ist mir bewusst«, winkte Maximilian schroff ab und drückte ihr die Schüssel und das Brot in die Hände. »Hier ist Euer Essen. Ich brauche Eure Hilfe.«

Tatsächlich schien sie über so viel Unverfrorenheit überrascht. »Wer schickt dich?«

»Niemand. Das ist es ja. Ihr sagtet, dass Ihr Unregelmäßigkeiten in den Kassen entdeckt hättet. Was wisst Ihr noch?«

Mit bebender Unterlippe erhob sich die Nonne, schritt zum kleinen Fenster und blickte in die aufgehende Morgensonne. »Du glaubst nicht allen Ernstes, dass ich auf diese Finte hereinfalle. Der Vikar schickt dich, um mich auszufragen. Braucht er einen Zeugen, um mich von Doktor Sylar in die Zellen sperren zu lassen, damit er es vor den Schwestern rechtfertigen kann?«

»Nun, streng genommen sind es keine Zellen …«

»Ich weiß sehr wohl, wie ich die angebliche Krankenstube des Arztes zu bezeichnen habe, junger Schmied.« Sie drehte sich zu ihm um, ihr Ton war schneidend. »Hinter dieser Tür regiert der Irrsinn, ich habe es mit eigenen Augen gesehen. Gesunde Menschen werden für grausame Experimente missbraucht. Sie werden mundtot gemacht und dafür bekommt er, dieser Ketzer, dieser Antichrist, auch noch Geld. Wenn es nach Vikar Weisen ginge, wäre ich eine dieser armen Seelen, welche in der Krankenstube Höllenqualen erleiden.« Sie blickte erneut aus dem Fenster, als würde sie etwas am Himmel suchen.

Maximilian näherte sich ihr ein paar Schritte. »Ihr wisst davon?«

Schwester Agathe schnaubte verächtlich. »Natürlich, die Wände des Klosters wirken zwar dick, doch sie tragen jedes Wort an das richtige Ohr. Glaub mir, so sehr mich der Vikar auch verteufelt, ich habe noch Freunde unter den Schwestern, die nicht vom rechten Weg abgekommen sind.«

»Wieso geht Ihr nicht einfach? Dafür ist es nicht zu spät.«

Ein weiteres abfälliges Schnauben ließ ihn ihre Antwort erwarten. »Das würdest *du* machen, richtig? Deshalb kannst du nicht verstehen, warum ich hier bleibe. Wo soll ich denn hin? Nein, junger Bursche. Wenn dieses Kloster untergeht, falle auch ich. Das Schicksal dieser Gemäuer und das meine sind unzertrennbar miteinander verknüpft.«

Maximilian wartete einen Moment ab, ehe er es erneut versuchte: »Ihr spracht die Kassen an, was hat es damit auf sich?«

»Und schon wieder glaubt der Vikar, dass er mich auf so eine einfache Weise in die Irre führen kann. Kein Wort wird über meine Lippen dringen.«

»Schwester Agathe, ich bitte Euch. Ich weiß, dass Ihr mich nicht ausstehen könnt. Allerdings hat sich alles geändert, seit ...«

Die Frau drehte ihren Kopf. War da ein Hauch von Interesse in den Augen zu erkennen? »Seit wann?«

Es gab keinen Grund mehr, zu lügen. »Seit sie jemand Bestimmten eingeliefert haben.«

Die Augen der Nonne verengten sich zu Schlitzen. »Geht es um eine der Huren?« Sie musterte ihn von oben bis unten. »Ja, das steht dir gut zu Gesicht. Wer ist sie? Eine Verwandte? Eine frühere Bekanntschaft? Sag bloß, du hast dich in sie verliebt?«

Das dumpfe Läuten der Glocke war nicht zu überhören. Bald würden die Gänge der Abtei voll mit Nonnen sein, die ihr Tagwerk verrichteten. Ihm lief die Zeit davon. Wachsende Panik schnürte ihm den Hals zu. Mehrmals musste Maximilian durchatmen, bevor die Worte über seine Lippen drangen.

»Früher einmal vielleicht. Ich weiß es nicht. Wir kennen uns, doch ich weiß nicht, was ich für sie empfinde. Versteht mich bitte, ich muss wissen, was mit den Bedürftigen passiert.«

Die Nonne schüttelte den Kopf. »Meine Lippen bleiben versiegelt, besonders für einen Diener Babylons.«

Ein paar Augenblicke blieb es still in dem Raum.

»Schwester Agathe, ich habe sie nicht getötet.«

Kurz war eine Regung zu erkennen, ein Zucken ihrer Gesichtszüge. »Wovon sprichst du?«

»Das Mädchen, welches der Vikar tot sehen wollte. Amelie. Sie ist am Leben. Es stimmt, dass ich sie jagte, dass ich sie beim Bauernhof ihrer Eltern antraf. Doch sie trug den Namen meiner Schwester und ihre Stimme klang ehrlich. Sie erzählte mir Dinge über den Vikar … Ich wusste nicht, ob ich sie glauben sollte.«

»Du hattest Zweifel«, stellte Schwester Agathe fest.

Maximilian wandte sich ab. »Es ist etwas anderes, Soldaten auf dem Feld zu töten, als ein wehrloses Mädchen zu ermorden.« Er rieb sich mit den Händen durch das Gesicht, blickte kurz zur Tür. »Schließlich ließ ich sie gehen. Dem Vikar zeigte ich die entstellte Leiche einer anderen Frau. Er hat mir die Finte abgenommen. Wo Amelie jetzt ist, kann ich nicht sagen.«

Die Nonne sah ihn durchdringend an, genau, wie sie es bei ihrem ersten Treffen getan hatte. »Anderseits, mein Leben ist sowieso verwirkt. Ob ich heute oder morgen sterbe, wird dem Herrgott gleichgültig sein, wenn ich an seiner Pforte klopfe. Ich habe die Hoffnung aufgeben.« Sie schien ihm mitten in die Seele zu blicken, ihre Augen fixierten ihn förmlich. »Du bist eine arme, gequälte Seele, mein Junge. Allerdings scheint der Herr dich noch nicht aufgegeben zu haben. Das Schicksal der meisten Menschen, welche die Krankenstube betreten, ist bereits besiegelt. Doktor Sylar hat freie Hand, er darf mit den Patienten umgehen, wie es ihm beliebt. Gerade die Gesunden sind interessant, um seinen Wissensdurst ein wenig zu stillen. Er ist beseelt von dem Gedanken, die Menschen eines Tages von ihren Schmerzen zu befreien. Des Weiteren nimmt die Pflege eines Kranken zu viel Zeit und Geld in Anspruch, als dass sie sich für den Vikar lohnen würde. Einige gesunde Leiber braucht der Arzt also für seine Forschung, die armen Seelen, deren Körper schwach und krank sind, lässt er sterben.«

Maximilian schlug die Hände vor dem Gesicht zusammen. »Es tut mir leid, Schwester, aber ich verstehe nicht, was hat das zu bedeuten?«

Sie lachte auf. »Bist du wirklich so schwer von Begriff? Die Namen der Toten lässt der Vikar noch etliche Wochen lang in den Büchern stehen. Auf diese Weise erhält er Geld von der Kurie, für die Verpflegung der Kranken. Die Kasse des Klosters erreicht dieses Geld aber nicht. Nur für die wahre Pflegedauer der Patienten in der Krankenstube zahlt Vikar Weisen ein, der beachtliche Rest wandert in seine eigene Tasche.«

Vielleicht waren es der Schlafmangel oder die sich überschlagenden Ereignisse, aber auf einmal schwirrte Maximilians Kopf. »Was will er mit dem ganzen Geld?«

»Das, mein Junge, kann ich dir nicht sagen. Obwohl ich mit aller mir gegebenen Kraft versucht habe, dieses Geheimnis zu lüften, blieb es mir verborgen.«

»Und Ihr irrt nicht?«

»Was die Kasse angeht, habe ich noch nie geirrt.«

Bei dem festen Klang ihrer Stimme war es schwer, ihr nicht zu glauben.

»Habt Ihr Euch an die Kurie gewandt?«, wollte Maximilian wissen.

Ein trauriges Lächeln war auf den Lippen der Frau zu erkennen. »Natürlich nicht. Ich kann es nicht beweisen, und mein Wort allein zählt nicht viel. Vikar

Weisen hat viele Freunde in Köln, vielleicht sogar in Rom, und stetig kommen neue hinzu. Es wäre ein willkommener Grund, mich wegen Torheit in die Krankenstube abzuschieben. Was meinst du, wie er den Posten als Vikar bekommen hat? Denkst du, es ist Usus, dass ein Mann Vorsteher eines Ordens von Franziskanerinnen wird, wo eigentlich eine Äbtissin die Geschicke leiten sollte? Nein, diese Ehre hat er sich erkauft, mit süßen Versprechungen und noch mehr Talern. Sieh dir seine Unterlagen an, seine privaten Notizbücher. Er behütet sie wie einen Schatz. Wenn du die Wahrheit wirklich suchst, wirst du dort fündig werden.«

Ein weiteres Mal schlug die Glocke. Bald würden die Nonnen aufbrechen …

Sein Verstand arbeitete jetzt rasend schnell. Es gab nur eine Möglichkeit, die Wahrheit herauszufinden. Er fasste einen riskanten Plan, den er aber nicht allein durchführen konnte. Scheitern war wahrscheinlicher als Gelingen. Trotzdem musste er es versuchen. Wenn das Kloster wirklich in diese Machenschaften verwickelt war, musste etwas geschehen. Er spürte, wie sein Herz schneller schlug, hörte das Blut in seinen Adern rauschen. Ein längst verloren geglaubtes Gefühl, welches ihn früher jede Sekunde begleitet hatte, doch seit Lorenz' Tod verschollen gewesen war. Erst die Worte Elisabeths hatten es wiedererweckt. Sein Sinn für Gerechtigkeit loderte wie ein Feuer auf.

»Ich brauche Geld, Schwester.«

Ihre Augenbrauen schnellten nach oben. »Geld? Wofür? Damit du dich mit deiner Hure davonmachen kannst?«

»Nein, aber ich muss die Wahrheit herausfinden. Es ist die einzige Möglichkeit. Solltet Ihr recht haben, werdet Ihr sowieso keine Münzen mehr benötigen.«

»Nonnen besitzen kein Geld, aber ich werde sehen, was sich machen lässt.«

»Habt Dank, Schwester Agathe.«

Sie lachte auf. »Nun geh, Junge, und liefere mich deinem Herrn aus.«

Hastig öffnete er die Tür, hielt in der Bewegung inne und drehte sich noch einmal zu der Nonne um, die mittlerweile gedankenversunken aus dem Fester starrte. »Vielleicht ist nicht alle Hoffnung vergebens, Schwester Agathe.«

Sie drehte sich zu Maximilian um. »Wenn der Allmächtige mir ein Wunder schenken würde, ich wäre bereit, es anzunehmen. Genau, wie ich für den Tod bereit bin.«

Mit einen Nicken schloss Maximilian die Tür und spurtete die Treppe hinunter. Gerade rechtzeitig erreichte er die unteren Gänge. Aus den Augenwinkeln bemerkte er einige Nonnen, die ihr Gebet beendet hatten und sich auf den Weg in die Schlafräume machten.

Dieses Gespräch hatte weit mehr als einen fahlen Nachgeschmack hinterlassen. Unsicherheit vermischte sich mit Angst, als er an die Tür der Schreibstube des Vikars klopfte. Weisen erwartete ihn bereits.

»Du bist spät«, wunderte sich der Vikar, während er Dokumente sortierte.

»Verzeiht, Herr, ich habe verschlafen.«

»Gut, auch das kann einmal passieren. Wir sind alle Menschen. Wie ist deine gestrige Arbeit in der Krankenstube verlaufen? Doktor Sylar war eben hier und hat sich freudig über dein Werk geäußert.«

Maximilian rang sich ein Lächeln ab, als er sich auf der Holzbank niederließ. »Vielen Dank. Genau darüber wollte ich mit Euch reden, wenn Ihr erlaubt.«

Interessiert sah der Vikar auf. »Nur los, junger Schmied.«

»Diese Frauen in den Kerkern, was passiert mit ihnen?«

Vikar Weisen verschränkte die Hände, legte sie auf seinen Hinterkopf und ließ sich in die Lehne zurückfallen. »Nun, die Huren in unserer Obhut werden natürlich von Doktor Sylar behandelt. Und so Gott will, werden sie irgendwann gesund.«

»Und dann werden sie entlassen?«

Der Vikar nahm einen Federkiel, tunkte ihn in Tinte und schreib etwas in eines seiner wertvollen Notizbücher. »Nein, sie dürfen den Rest ihres Lebens in unserer Obhut verbringen. Das war die Übereinkunft mit Major von Rosen.«

»Und die anderen Patienten werden gesund gepflegt, dabei spielt es keine Rolle, wie lange es dauert, oder?«

Erneut blickte der Vikar auf, seine Stimme klang beinahe ein wenig entrüstet. »Aber natürlich. Sie werden gepflegt, bis sie vollends genesen sind. Dann dürfen sie die Abtei mit Gottes Segen verlassen.«

»Und den Frauen passiert wirklich nichts?«, vergewisserte er sich.

Ein herausforderndes Lächeln umspielte seine Lippen. »Wieso, gefällt dir eine der Huren ganz besonders? Möchtest du mit ihr vielleicht ein wenig mehr Zeit allein verbringen? Vielleicht mit der blonden Schönheit in der letzten Zelle?« Das Grinsen des Vikars wurde breiter.

»Herr, wieso sollte ich ... Woher wisst Ihr?«

»Rolf, ich meine Doktor Sylar, hat mir erzählt, dass du nach dem Besuch bei ihr aufgewühlt wirktest«, erklärte der Vikar. »Außerdem berichtete Sylar mir, dass sie weder in Ketten war noch einen Knebel trug. Du siehst, ich erfahre derlei Dinge.«

Auch wenn der Arzt fahrig wirkte, er schien ein hervorragender Beobachter zu sein und ein loyaler Freund des Vikars. Maximilian nahm sich vor, Sylar ab jetzt mit einer gewissen Vorsicht zu begegnen. Er durfte den Vikar nicht wissen lassen, dass er Elisabeth kannte. Mit gespielter Belanglosigkeit zuckte er mit den Schultern.

»Sie ist eine Hure wie jede andere. Dies hat nichts zu bedeuten.«

»Gut, gut. Dann kannst du ja jetzt deine Arbeit in der Krankenstube aufnehmen.«

»Da ist eine weitere Frage, die ich mir stelle.«

Der Vikar streckte zwei Finger aus und kreiste mit der Hand, um ihm zu bedeuten, seine Zweifel zu formulieren. »Nur zu, mein Freund.«

»Wenn wir so viele Kranke beherbergen und sie gesund pflegen, müsste es um unsere Situation doch besser bestellt sein. Die Kurie müsste der Abtei somit große Beträge zukommen lassen.«

»Worauf willst du hinaus?«, wollte der Vikar mit sanftmütigem Ausdruck wissen.

»Bei meinen Abschriften entdeckte ich, dass die Einnahmen sehr gering sind für eine derart große Anzahl an Bedürftigen. Vielleicht gab es einen Fehler bei der Übertragung der Zahlen ...« Maximilians Blick senkte sich für einen Augenblick auf die Notizbücher des Vikars herab.

Verstehend nickte der Mann. »Auch die Kurie ist knapp an Geldern zu diesen Zeiten. Bedenke, viele Jahre des Kriegs liegen zwischen dem Heiligen Stuhl und der protestantischen Liga. Es ist somit völlig natürlich, dass es allerorts an Talern mangelt.«

Vikar Weisen machte keine Anstalten, das Gesagte weiter auszuführen, also wandte Maximilian sich zum Gehen.

»Maximilian, da ist noch etwas«, rief ihm Weisen hinterher. »Sei so gut und gib Doktor Sylar den Schlüssel für die Zellen jedes Mal zurück, wenn du die Essensausgabe beendet hast. Dir ist es gestern anscheinend entfallen.«

Nur mit Mühe konnte Maximilian den Kloß im Hals lösen, um zu sprechen. »Ja, Herr.«

»In drei Wochen werde ich aufbrechen in das Lager des Majors von Rosen. Ich möchte, dass du mich begleitest, als meine rechte Hand sozusagen. Am 24. des Junimonats sollen die restlichen Truppen unter General Eberstein Viersen erreichen. Dadurch werden noch mehr Verwundete den traurigen Weg in unsere Krankenstube finden. Auch werde ich mit dem Major wichtige Verhandlungen führen, sollte nichts dazwischenkommen. Ich möchte, dass du all meine Sachen für eine längere Reise zusammenstellst und verstaust, also Schriftstücke, meine Bücher, Kleidung sowie Nahrung für ein paar Tage. Du wirst alle Vorbereitungen treffen – hast du verstanden?«

»Jedes Wort, werter Vikar.«

Der Gang in die Küche und die Krankenstube fiel ihm sehr schwer. Doktor Sylar begrüßte ihn hastig, wie er es immer tat, und war bereits mit einem Patienten beschäftigt. Drei Nonnen versorgten die Wunden anderer Verwundeter; den Gestank, der sich von diesem Zentrum der Schreie ausbreitete, nahm Maximilian kaum wahr.

Als er die Frauen in den Zellen versorgte, sprach er ihnen Mut zu und versuchte ihnen in knappen Sätzen verständlich zu machen, dass die anderen Huren nur wenige Fuß entfernt lagen. Bevor er in Elisabeths Zelle ging, bat er den Arzt, sich die eine oder andere Verletzung einmal genauer anzusehen. Dann war es an der Zeit, die letzte Tür zu öffnen. Elisabeth stand aufrecht, den Umhang schützend um den Körper gelegt und beobachtete, wie sich die Sonne ihren Weg durch den Tag bahnte. Anscheinend war es Doktor Sylar zu viel Mühe, sie wieder zu fesseln. Ihr blondes Haar fiel in Locken über ihre Schultern. Erst als Maximilian den Schlüssel drehte, sah sie sich um.

»Wir haben nicht viel Zeit«, sagte er direkt zu Beginn und drückte ihr die Schale mit dem Essen in die Hände. Dann erzählte er in kurzen Sätzen von den beiden vorangegangenen Gesprächen.

»Ich hätte nicht gedacht, dass du zurückkommst«, entgegnete Elisabeth mit hoffnungsvollem Blick. »Was gedenkst du nun zu tun?«

Maximilian kaute auf seiner Unterlippe. »Ich weiß es nicht, ich brauche Gewissheit. Es gibt so viele Hinweise, so viele Gedanken, die mich beschäftigen. Wenn ich an Schwester Agathes Worte denke oder an Senta. Vieles scheint offensichtlich zu sein – und gleichzeitig so unglaublich.«

»Senta? Das Mädchen, welches du verschont hast?«

Mit großen Augen blickte Maximilian sich um und packte sie kräftig an den Schultern. »Sei doch leise. Dem Vikar ist bereits aufgefallen, dass ich viel Zeit in deiner Zelle verbracht habe. Sollte irgendwer mehr darüber erfahren, bin ich des Todes. Aber nein, Senta war das Mädchen, das ich dem Vikar für die nächtliche Absolution bringen musste.«

Sie legte eine Hand über ihre Lippen und verkniff sich ein Lachen, was ihr jedoch nur schwer gelang. »Ihr Männer … Hast du wirklich geglaubt, dass er ihr die Absolution erteilt?«

Maximilian stöhnte leise auf. »Vielleicht wollte ich es glauben«, flüsterte er in sich gekehrt. »Ich muss die privaten Notizen des Vikars durchstöbern.«

Elisabeth schüttelte den Kopf, stemmte die Hände in die Hüften. »Und wann wird das sein? Jeder Tag, an dem Bela in den Fängen dieses Monsters ist, ist zu viel.«

»Was das angeht, habe ich ebenfalls Neuigkeiten. Vikar Weisen wird sich bald mit Major von Rosen treffen. In drei Wochen. Ich bin mir sicher, dann ergibt sich eine Gelegenheit, einen Blick in seine Bücher zu werfen.«

Ihr Blick war voller Sorge. »Von Rosen ist also immer noch hier«, wisperte Elisabeth und ging nervös in der Zelle auf und ab. »Dieses Ungetüm! Das bedeutet, dass Bela ebenfalls bei ihm ist. Aber drei Wochen? Das ist zu lang, Maximilian.«

»Sobald ich die Gewissheit habe, dass Vikar Weisen tatsächlich die Gelder der Kirche in die eigene Tasche wandern und die Kranken absichtlich sterben lässt, versuche ich, euch hier rauszuholen. Doch ich muss wissen, was er mit dem Geld vorhat.«

Elisabeth fasste die Schale fester, tunkte zwei Finger in den Brei und begann zu essen. »Dann kann es bereits zu spät sein, wenn das, was du sagst, stimmt.«

»Es tut mir leid, aber ich kann niemanden einfach so ans Messer liefern, der mir die Kraft gegeben hat, zu überleben. Solltest du oder Schwester Agathe falsch liegen, kann das den ganzen Niederrhein mit in den Abgrund reißen. Bedenke die Abmachung zwischen ihm und Major von Rosen. Wenn dieser Handel nicht mehr gilt, würden unzählige Unschuldige sterben.«

Stille senkte sich über die Zelle herab. Einzig das Herumstochern von Elisabeths Fingern im Brei gab ein schmatzendes Geräusch von sich.

»Ich verstehe«, sagte sie mit Enttäuschung in der Stimme.

»Außerdem kann ich nur noch zu den Essenszeiten hier sein«, sagte Maximilian und blickte zu Boden. »Ich muss den Schlüssel für die Zellen bei Doktor Sylar abgeben. Aber ich verspreche dir, ich werde so oft es geht hier sein und ein Auge auf euch haben.«

»Wie du meinst.« Ihre Stimme war dünn, gleichgültig. »Maximilian?«

Er blickte auf.

»Versuch es zumindest. Für Lorenz.«

Mit gesenktem Kopf verließ er die Zelle.

Kapitel 15

- Eine stille Bitte -

Direkt am nächsten Tag hatte Maximilian einen Beutel mit Talern erhalten. In einem unbeobachteten Moment hatte Schwester Agathe ihm das kleine Bündel zugesteckt. Er hatte nicht die geringste Ahnung, was sie in ihm sah, doch anscheinend vertraute sie ihm ausreichend, um diese letzte Möglichkeit, das Böse vom Kloster abzuwenden, zu ergreifen. Zumindest waren das ihre Worte.

Sein Plan war riskant. Es gab unendlich viele Gründe, warum er nicht gelingen könnte. Mehrmals war Maximilian diese in der Nacht durchgegangen. Egal, wie sehr er seinen Verstand auch bemühte, es gab keine andere Möglichkeit.

Bei Tagesanbruch machte er sich auf, um zusätzliche Nahrung zu holen. Zwar wurde das Kloster von einem Karren beliefert, aber für die unzähligen Menschen, die in der Krankenstube verweilten, musste einiges mehr herangeschafft werden. Normalerweise brauchte er etwa vier Stunden, um alle Bauern und Vikar Weisens Handelspartner zu besuchen und schließlich mit dem schwer bepackten Handkarren zum Kloster zurückzukehren. Zumindest, wenn er gemütlich ging. An diesem Morgen hetzte Maximilian über die niederrheinischen Felder. Die Folgen des Krieges waren überall zu spüren, und es wurde immer schwieriger, Nahrung zu besorgen. Die Armeen mussten sich dort ernähren, wo sie marschierten und kämpften. Leider lagerten die Heere öfter, als dass sie weiterzogen. Den betroffenen Landstrichen blieb nichts anderes übrig, als die geforderten Mengen zu liefern, soweit sie das konnten. Die Anwesenheit eines 40.000-Mann-Heeres wirkte verwüstend. Hunderte Zentner Brot und Fleisch sowie Tausende Fässer Bier pro Tag waren aus keiner Region zu pressen. Den armen Bauern blühten Gewalt und Tod. Gegen die Übermacht hatten sie keine Chance. Oft hatte Vikar Weisen Maximilian vom schrecklichen ›Schwedentrunk‹ berichtet, der angewendet wurde, wenn ein Bauer nicht spurte. Bei dieser Pein wurde dem Opfer eine stinkende Brühe aus Fäkalien eingetrichtert, die alles verätzte. Noch qualvoller wurde die Folter, wenn die Soldaten auf den Bäuchen der Opfer herumtrampelten. Maximilian wusste um die Gefahr und den Argwohn der Bauern. Auch wollte er keinem Soldaten über den Weg laufen, was seinen Plan zu einem fast unmöglichen Unterfangen machte. Trotz aller widrigen Umstände – er musste es einfach versuchen. Die grausigen Gedanken konnten seine Beine nicht lähmen, im Gegenteil, er schoss über die Felder. Immerhin musste er in wenigen Stunden zurück im Kloster sein. Es gab unendlich viel zu tun und er hatte so wenig Zeit.

Er war völlig außer Atem, als er endlich Crefeld erreichte. Das Erscheinungsbild der Stadt hatte sich geändert, auch hier war der Krieg nicht spurlos vorübergegangen. Sein Weg führte ihn durch enge Straßen und verwinkelte Gassen, dabei hatte er keine Zeit, sich die Stadt näher anzusehen. Als er Schwester Agathe von seinem Plan berichtet hatte, hatte sie ihn erst argwöhnisch angesehen, ihm schließlich aber eine passende Beschreibung gegeben. Endlich erreichte er sein Ziel. Ohne anzuklopfen, trat er durch das wuchtige Tor. Der bärtige Mann, von dem Schwester Agathe ihm berichtet hatte, verrichtete gerade sein Handwerk.

»Ich habe einen Auftrag für Euch«, sagte Maximilian.

Der Mann musterte ihn von oben bis unten. Noch bevor er etwas erwidern konnte, warf Maximilian den Beutel mit Münzen auf seinen Tisch.

Zehn Tage dauerte es, bis sein Auftrag endlich erfüllt worden war. An diesem Tag musste er sich eilen, um seine Aufgaben zu erledigen. Obwohl jeder Knochen seines Körpers schmerzte und dicke Blasen sich unter seinen Fußsohlen gebildet hatten, war er unendlich glücklich, endlich das Kloster zu erreichen. Seine Hand glitt herab. Zum wiederholten Male befühlte er das kleine Bündel, das er vor wenigen Stunden aus

Crefeld erhalten hatte. Der erste Teil seines Plans war gelungen. Ihm graute es bei dem Gedanken, nun den zweiten, weitaus schwierigeren Teil anzugehen.

Wann würde er seine Chance bekommen? Immerhin war der Vikar der klügste Mann, dem er je begegnet war. Maximilian ertappte sich dabei, wie er ein Stoßgebet zum Himmel sandte. Irgendwann musste es einfach so weit sein.

Sie spürte einen weiteren Schwall in sich hochkommen, dabei schloss sie die Augen und ließ die nächsten Sekunden über sich ergehen. Ihre blonde Mähne hatte sie tief in den Kragen ihres Kleides gestopft, zumindest ein wenig Eitelkeit wollte Elisabeth sich bewahren. Die letzten Reste des Essens vermischten sich mit Wasser und tröpfelten in den Eimer in ihrer Zelle. Tränen schossen aus ihren Augen und vereinten sich mit dem braunen Gemisch. Bis sie erneut erbrechen musste, blieb ihr eine Sekunde zum Luftholen, danach warf sie der Würgereiz wieder nach vorn. Mit der rechten Hand stützte sie sich auf den kalten Steinen ab. Endlich war es vorbei – vorerst.

Elisabeth trank einige Schlucke Wasser, legte sich erschöpft auf das getrocknete Stroh und lehnte ihren Kopf gegen die Wand. Fast wie von selbst glitten ihre Finger den Unterleib herab, sie spürte die Narbe des

Einstichs, ein Mal auf ihrer vormals makellosen Haut. Ihre Finger suchten sich den Weg zwischen ihre Beine, dann zog sie ihre Hand nach oben und begutachtete jeden Zoll. Wieder nichts!

Das konnte nicht sein, das durfte nicht sein. Nicht jetzt, nicht in dieser Situation. Die letzten Tage waren verwoben mit Schmerz und dem ewigen Warten. An die Schreie hatte sie sich ein wenig gewöhnt, wurde aber immer noch jede Nacht davon geweckt. Maximilian war, sooft es ging, in ihrer Zelle gewesen und hatte sie über die Ausführung seines Plans informiert. Leider konnte er nur sehr kurz bleiben. Jede Minute, die er länger hier verbrachte als nötig, würde den Argwohn des Arztes wecken. Sein Plan war riskant, mit viel Arbeit verbunden. Sie konnte nichts anderes machen, als hier in der Zelle zu sitzen und jeden Tag zu hoffen, dass er ihr gute Neuigkeiten brachte. Anscheinend war sie die Einzige, die das Privileg besaß, sich ohne Knebel frei zu bewegen. Vielleicht war ihre frühere Bekanntschaft der Grund dafür, dass der Arzt bei seinen Rundgängen nichts sagte und stillschweigend erduldete, wie Elisabeth zusammengekauert auf dem Stroh ihre Tage verbrachte.

Bald war es so weit. Vikar Weisen würde in wenigen Nächten aufbrechen, um den Mann zu treffen, der Bela als Sklavin hielt.

Als es Nacht geworden war, blickte Elisabeth durch den kleinen Spalt, den der Arzt einmal als Fenster bezeichnet hatte, und betrachtete den Mond. Bald würde er sein volles Ausmaß erreicht haben. Noch ein paar Tage vielleicht. Ob sie bis dahin noch lebte? Noch immer hallten ihr die Worte des Majors im Ohr.

Zumindest in der kurzen Zeit, wo sie noch auf dieser Welt verweilen werden.

Was hatte er damit gemeint? Welche Absprache war zwischen dem Vikar und Major von Rosen getroffen worden? Die Unwissenheit nagte an ihr. Maximilian hatte ihr von den Studien berichtet, die Doktor Sylar durchführte. Ob auch sie Opfer seiner Experimente werden würden? Noch hatte er die Frauen gesund gepflegt, wie Maximilian ihr berichtete, doch ohne Grund würde er sie sicherlich nicht hier behalten.

Je mehr die Nacht sich in Stille verlor, desto mehr schwand ihre Hoffnung, Maximilian an diesem Tag noch einmal zu sehen. Heute Morgen waren es die Nonnen gewesen, die eine größere Kupferschüssel mit Getreidebrei und einen Eimer Wasser gebracht hatten. Das musste wohl für den Tag reichen. Anscheinend hatte das Kloster Probleme, die vielen Kranken zu versorgen. Sie seufzte. Kein Wunder, in diesen grausigen Zeiten, in denen sie sich befanden. Irgendwann hörte sie fremde Männerstimmen aus der Krankenstube. Dann wurde es ganz ruhig. Anscheinend hatte der Arzt für den heutigen Tag seine Arbeit beendet. Elisabeth war sich sicher, Maximilian würde nicht mehr kommen. Er hatte sich offensichtlich mit der

Situation abgefunden, wollte wegsehen. Ein Verhalten, das er vor einigen Monaten schon vortrefflich beherrscht hatte. Anstatt seinen Bruder von Dummheiten abzuhalten, war er ihm ohne Weitblick gefolgt, bis die Katastrophe nicht mehr aufzuhalten gewesen war. Andererseits gab es keinen Grund, sich zu bedauern. Sie war für Antonellas Schicksal verantwortlich. Es war die gerechte Strafe für ihre Sünden.

In diesem Moment spürte sie, wie ein weiterer Schwall des dicken Haferbreis sich in ihrem Hals hochdrückte. Elisabeth musste sich mehrmals räuspern, trank einen Schluck Wasser und beugte sich zur Sicherheit über den Eimer. Wieder griff sie unter ihren Rock und begutachtete eilends ihre Hand. Immer noch nichts …

Als die Tür geöffnet wurde, erschrak sie. Obwohl an ihren Fingern nichts zu sehen war, versteckte sie intuitiv die Hand hinter ihrem Rücken.

»Es tut mir leid«, presste Maximilian im Flüsterton hervor und schloss die Tür hinter sich so leise wie möglich. »Die Habseligkeiten des Vikars reisebereit zu machen und weitere Vorbereitungen zu treffen, nehmen meine gesamte Zeit in Anspruch.«

»Aber du bist hier«, stellte Elisabeth zu ihrer eigenen Überraschung fest. »Hast du, wonach du suchtest?«

Ein triumphierendes Lächeln umspielte seine Lippen, als er die Fackel in den Wandständer steckte und unter sein Hemd griff. Zum Vorschein kamen drei kleine, in Leder eingebundene Notizbücher. »Normalerweise lässt er die Bücher nie aus den Augen, doch ich hatte Glück. Es scheint, als plane er eine längere Reise, nicht nur in das Lager des Majors. Wir müssen vorsichtig sein.«

»Warum?«, wollte Elisabeth wissen und rückte ein Stück zur Seite, damit Maximilian sich neben sie ins Stroh setzen konnte.

»Anscheinend ist der Vikar argwöhnisch geworden. Immer wieder stellte er mir in den letzten Tagen Fragen über dich und deine Herkunft. Nun, vielleicht bin ich mit meinen Äußerungen zu weit gegangen.«

»Hat er etwas gemerkt?«

Maximilian kratzte sich nachdenklich am Kinn, ging im Kopf die letzten Gespräche durch. »Nein, ich denke nicht, aber er ist vorsichtig.«

Einige Male schluckte Elisabeth, versuchte dieser ewigen Übelkeit Herr zu werden. »Das ist gut. Was steht in den Büchern?«

Hastig schlug Maximilian die letzten Seiten des neuesten Buches auf und überflog die Texte. In fein säuberlicher Schrift hatte der Vikar alles aufgezeichnet. Im dritten Buch waren nur mehrere Dutzend Seiten beschrieben. »Hier sind alle Eingelieferten mit Namen aufgelistet. Dazu die Kosten jedes Einzelnen für die Dauer der Unterbringung.« Er blätterte weiter. »Ein paar private Details über seine neuen Kleider, nichts Wichtiges. Doch, hier. Eine Notiz, dass

Rolf Sylar noch mehr gesunde und kräftige Körper für seine Experimente benötigt. Bei seinen Forschungen am Kopf des Menschen würden die Kranken und Schwachen einfach zu schnell wegsterben.« Er sah erstaunt zu Elisabeth. »Dies ist also der Grund, warum er die Frauen pflegt!« Als er die nächste Seite aufschlug, traf es ihn wie ein Schlag. »Das gibt es nicht, das kann nicht sein.«

Elisabeth kam ganz nah an seinen Oberarm, legte den Kopf auf seine Schulter »So sag, was steht dort?«

Seine Lippen bewegten sich beim stummen Lesen, dann erst flüsterte er die Worte:

Und nun denke ich, dass bald meine Zeit gekommen ist. Die Haken sind ausgeworfen, Kontakte und Beziehungen über Jahre geknüpft. Es ist jetzt an mir, die Ernte für meine jahrelange Arbeit unter den widrigsten Bedingungen einzufahren. Mit dem Geld aus der Kurie konnte ich die letzten Zweifler in Köln überzeugen. In den nächsten Tagen werde ich mir die Unterstützung des Majors von Rosen sichern. Wenn die hessisch-französische Armee auf Köln marschiert und der Druck auf das Haus Wittelsbach wächst, ist es so weit. Diese bayerischen Hunde haben viel zu lange den Sitz ihr Eigen nennen können. Nur ich vermag es noch, diese Wucht aufzuhalten, und meine Fürsprecher werden sich schließlich regen. Bald ist es so weit. Bald ist die Mitra mein.

Elisabeth traute ihren Ohren kaum. »Kann er das ernst meinen? Die Mitra? Er will Erzbischof von Köln werden?«

»Sieht ganz so aus«, antwortete Maximilian und blätterte weiter. »Deshalb soll ich alle seine Sachen reisefertig machen.« Er nahm sich wenig Zeit, um die nächsten Seiten zu überfliegen. Mehr brauchte er auch gar nicht. Er hatte alles verstanden.

»Hat sie recht behalten? Die Nonne?«

Maximilian schlug das Buch zu, lehnte seinen Kopf gegen die Wand. »Ja, es ist alles aufgezeichnet. Absichtlich lässt er die Menschen sterben, lässt ihre Namen aber in den Listen stehen, die er zum Erzstift nach Köln schickt. In die Bücher der Abtei trägt er jedoch die wahre Anzahl der Kranken ein, den Rest des Geldes steckt er in den eigenen Geldbeutel.«

»So konnte er über die Jahre ein Vermögen anhäufen«, schlussfolgerte Elisabeth nachdenklich. »Mit den Talern vermochte er es, sich Fürsprecher in Köln, in der ganzen Kurie, vielleicht sogar in Rom zu kaufen. Er hat nun überall Freunde und mit der Unterstützung der Hessen …«

»… will er Erzbischof werden«, beendete Maximilian ihren Satz.

Sie starrten fassungslos in den Raum.

»Was wirst du jetzt tun?«, wollte sie wissen.

»Ich stehe zu meinem Wort. Dieser Mann hat mich

geblendet. Ich kann nicht anders, als wenigstens zu versuchen, das Richtige zu tun. Zumindest jetzt noch. Das bin ich ihm schuldig.«

»Du meinst Lorenz?«

»Er hätte es gewollt«, wisperte Maximilian.

Gerne hätte Elisabeth noch etwas gesagt, doch ein metallisches Scheppern durchbrach die Stille. Es drang aus der Krankenstube. »Ist der Arzt zurückgekehrt?«

Maximilian blickte zur offenen Tür der Zelle und erhob sich eilends. »Anscheinend«, flüsterte er mit dem Anflug von Panik in der Stimme. »Ich habe ihm den Schlüssel für die Zellen geklaut, vielleicht sucht er danach … Jedenfalls: Am 23. Juni, in fünf Tagen, wird Vikar Weisen aufbrechen. Einen Tag später soll das gesamte Heer des Generals Eberstein Viersen erreichen. Dann haben wir keine Möglichkeit mehr, zu fliehen.«

Aus weit aufgerissenen Augen blickte Elisabeth ihn an, als er die Fackel an sich nahm und die Türklinke bereits in der Hand hielt. »In fünf Tagen also?«

»Es ist die einzige Möglichkeit, euch alle sicher hier herauszubringen. Danach ist es zu spät.« Schnell verstaute Maximilian die Bücher unter seinem Hemd. Anschließend schlich er aus der Zelle und schloss leise die Tür.

Fünf Nächte noch. Entweder war sie dann tot oder in Freiheit. Elisabeth presste sich die Hand auf den

Bauch. Egal, was in fünf Tagen passieren würde, sie musste überleben.

»So spät noch wach?«, wollte Doktor Sylar wissen, als Maximilian aus der Zelle trat.

»Natürlich. Ich habe nach unseren Patienten gesehen. Sie machen einen guten Eindruck. Dafür habe ich mir erlaubt, Euren Schlüssel für die Zellen auszuborgen. Er lag auf dem Tisch.«

Der Arzt tastete seine Taschen ab, schüttelte schließlich den Kopf. »Bei so viel Arbeit wird man schon mal ein wenig zerstreut. Ich dachte, ich hätte ihn mitgenommen.« Er nahm den Schlüssel von Maximilian entgegen, lugte argwöhnisch in den Trakt mit den geschlossenen Zellen. »Du warst bei ihr, oder?«

»Bei wem meint Ihr?«

»Bei dieser Blonden, die letzte Tür auf der rechten Seite.«

»Oh, ja. Unter anderem. Sie hat über Schmerzen in ihrem Unterleib geklagt.«

Nachdenklich säuberte der Arzt seine Brillengläser. »So? Das kann ich mir kaum vorstellen. Die Wunde ist hervorragend verheilt. Es war lediglich ein kleiner Stich, mit wenig Blutverlust, zwar schmerzhaft, aber keine große Sache.«

Maximilian rang sich ein Lächeln ab. »Nun, Ihr seid der Arzt.«

Doktor Sylar setzte seine Brille auf und erwiderte das Lächeln. »Es ist gut, dass ich dich hier finde. Vikar Weisen möchte dich beim nächsten Glockenschlag bei sich in der Schreibstube sehen. Es scheint sehr dringend zu sein. Warte, ich begleite dich. Ein paar Worte wollte ich ebenfalls mit ihm wechseln.« Doktor Sylar schloss die Tür der Krankenstube.

Maximilian musste handeln, und zwar schnell. Die Zeit rann ihm wie Wasser durch die Finger. Dieser Heuchler von Vikar. Noch immer hatte Maximilian nicht verdaut, was er soeben gelesen hatte. Er hatte sich blenden lassen. Berauscht von den Worten des Vikars war die Stimme der Vernunft versiegt. Er hatte sich Sand in die Augen streuen lassen, sodass er nicht mehr klar sehen konnte. Er war getäuscht worden von schönen Sätzen. Doch am Ende waren sie nur eins: ein Mummenschanz.

Der Vikar war ein Mann, den es auf keinen Fall zu unterschätzen galt. Unsicher sah Maximilian sich um, als er die Treppe ins Obergeschoss nahm. Plötzlich hielt er inne. War da ein Geräusch? Ein Maunzen in der Dunkelheit?

Nein, das konnte nicht sein. Sein Verstand spielte ihm wieder mal einen Streich. Er versuchte seine Atmung zu beruhigen, dann machte er die nächsten Schritte auf der steinernen Treppe. Diese Aufgabe konnte er nicht allein erledigen. Er brauchte Hilfe …

»Maximilian, da bist du ja endlich«, eröffnete der Vikar voller Freude das Gespräch und gebot ihm, sich zu setzen. »Bald ist es so weit. Sind alle Vorbereitungen getroffen?«

»Natürlich, Herr. Ich habe Eure Kleidung bereits verstaut, Eure Bücher werden folgen.«

Mit einem Kopfnicken deutete er in Richtung der fünf großen Truhen, welche neben dem Regal standen. Etliche Bücher und Schriftstücke hatte Maximilian schon eingeräumt, nur noch wenige Wälzer zierten das Holz der massigen Regale.

»Ja, ich habe gesehen, welche Arbeit du geleistet hast. Leider kann ich meine Notizbücher nicht mehr finden. Eigentlich ist ihr Platz auf meinem Schreibtisch.«

Auf einmal schien das Bündel unter seinem Hemd Tonnen zu wiegen. »Ich habe sie bereits verstaut, ganz unten in der ersten Truhe.«

»Zeig sie mir«, befahl der Vikar scharf und beugte sich wieder über Dokumente auf seinem Schreibtisch.

Maximilian kniete sich mit dem Rücken zum Vikar hin, wühlte in der Truhe und blickte verstohlen über die Schulter. Als der Mann besonders tief in die Schriftstücke vertieft zu sein schien, griff er unter sein Hemd und holte die Bücher hervor. »Hier, Herr.«

Sein Herz setzte aus. Von der Reaktion des Vikars hing alles ab. Einfach alles.

Vikar Weisen blickte kurz auf. »Danke, ich wollte sichergehen, dass auch sie den Weg nach … nun ja, ich wollte einfach sicher sein. Sie sind von unvorstellbarem Wert für mich, musst du wissen.«

Schleunigst packte Maximilian die ledernen Bücher ganz nach unten und füllte die Truhe erneut.

»Bedeutet sie dir viel?«, wollte der Vikar wissen.

Immer noch mit dem Einräumen der Bücher in die Truhe beschäftigt, hielt Maximilian einen Moment inne. »Was meint Ihr?«

»Doktor Sylar berichtete mir, dass du erneut bei dem Mädchen warst«, sagte er. »Ist sie nicht vielleicht ein wenig mehr für dich als eine Hure wie jede andere?«

Die stechenden Blicke des Mannes konnte er in seinem Rücken spüren. Maximilian erhob sich langsam, suchte schließlich die Augen des Vikars.

»Nein, Herr. Ich wollte einfach nach dem Rechten sehen, wie bei den anderen auch.«

Es schien, als wolle Weisen in ihn hineinblicken, mitten in seine Seele. Einen Mundwinkel hatte er nach oben gezogen, lässig stützte er sein Kinn auf die Finger.

»Gut. Ich kann es dir nicht verübeln. Ich sah sie zwar nur kurz, als sie in das Kloster gebracht wurde, allerdings stach sie mir in sofort ins Auge. Sie ist wahrlich ein hübsches Kind, nicht wahr?«

Maximilian versuchte seine Stimme gleichgültig klingen zu lassen, zuckte mit den Schultern. »Es wird wohl stimmen. Die Krankenstube beherbergt derzeit sehr viele schöne Frauen.«

Noch ein paar Sekunden musterte der Vikar ihn, ehe er ihm zustimmte. »Da hast du recht, junger Schmied.«

Sein Blick brannte sich noch immer in die Augen Maximilians, als es an der Tür klopfte.

»Kommt herein«, sagte er nach etlichen Momenten und erhob sich, während Maximilian die Truhe verschloss.

Drei groß gewachsene Landknechte betraten die Schreibstube. Maximilian musste ein Stück zur Seite gehen, damit sie sich vor dem Schreibtisch des Mannes aufbauen konnten. Ihre Gesichter waren ausdruckslos. Die sonnengegerbte Haut und Narben auf Armen und Wangen ließen darauf schließen, dass das Töten seit Längerem ihr Handwerk war. Die Säbel der Männer glänzten im Fackelschein mit ihren polierten Brustharnischen um die Wette. Wanderarbeiter des Todes, wie der Vikar sie genannt hatte.

»Major von Rosen war so freundlich und hat mir diese kräftigen Männer zur Unterstützung überlassen. Man kann nie wissen in diesen Zeiten«, sagte er und nickte den Männern zu. »Sie werden die nächsten fünf Tage hier im Kloster an meiner Seite verbringen und uns am Abend des 23. Juni sicheres Geleit garantieren.«

»Ich verstehe«, entfuhr es Maximilian.

Noch einmal traf ihn der bohrende Blick des Vikars. Dabei streichelten dessen Finger sein Kinn. Es schien, als würde er nachdenken, tief in Gedanken verloren sein.

»Heute Abend habe ich noch einiges zu erledigen für die lange Reise«, sagte er endlich. »Diese Männer werden mich eskortieren, du bist also am Abend allein im Kloster. Ich verlasse mich auf dich, dass es zu keinen … Unregelmäßigkeiten kommt. Vielleicht möchtest du dich noch von denen verabschieden, die dir am Herzen liegen. Es ist durchaus im Bereich des Möglichen, dass wir dieses Kloster für eine längere Zeit nicht zu Gesicht bekommen.«

Maximilian schüttelte mit dem Kopf. »Ich muss mich von niemandem verabschieden. Aber, werter Vikar, wo soll die Reise hingehen, wenn mir die Frage erlaubt sei?«

»Das, mein junger Freund, werden wir sehen. Wer kann sagen, wo es uns hin verschlägt? Wenn du uns jetzt bitte entschuldigen würdest, ich bin mir sicher, du hattest einen sehr anstrengenden Tag. Begib dich zur Nachtruhe, ich muss mit den Männern noch einiges besprechen.«

Mit einer angedeuteten Verbeugung verließ Maximilian die Studierstube. Unsicherheit überkam ihn. Es war beinahe unmöglich, in den bernsteinfarbenen Augen des Mannes zu lesen. Sie waren genauso undurchdringlich wie aufmerksam, und ihnen schien nichts zu entgehen.

Mit gesenktem Haupt schritt er am Kreuz vorbei, welches ihm bei seiner Ankunft so viel Angst gemacht hatte. Erneut erfasste ihn die Furcht und wieder warf es drohend einen Schatten genau auf sein Gesicht. Doch diesmal blieb er stehen. Maximilian schloss die Augen. Seine Lippen bewegten sich, als er still betete.

Kapitel 16

- Gottes Wege -

23. Juni 1642 – Johannisnacht

Heute war es so weit. Es ging um nicht weniger als ihr Leben und das der Frauen, die ihr ans Herz gewachsen waren. Kurz malte Elisabeth sich aus, wie es Bela in der Zeit wohl ergangen war. Sie war der Willkür des tyrannischen Majors völlig ausgeliefert. Dieses kleine Mädchen mit der zerbrechlichen Stimme und den tiefen Augen, aus denen man schwerlich zu lesen vermochte, könnte bereits nicht mehr unter ihnen weilen. Blanke Wut kochte in Elisabeth hoch, wenn sie daran dachte, dass allein ein gut platzierter Schlag des Mannes reichen würde, um sie in den Tod zu schicken. Von Rosen war ein unberechenbares Monster, ein Vulkan, der jede Sekunde auszubrechen drohte. Und sie hatte versprochen, Bela zu schützen, ja, alle Frauen zu beschützen. Anscheinend begleitete sie der dunkle Mantel des Todes. Vielleicht hatte das Dorf damals gar nicht falsch gelegen – abgesehen davon, dass nicht Antonella die Hexe war, sondern sie.

Mit voller Wucht schlug sie gegen die Wandsteine. Sie spürte den Schmerz. War man noch nicht verrückt, wenn man hier eingeliefert wurde, so stand man nach wenigen Wochen an der Schwelle zum Wahnsinn. Ein kleines Rinnsal Blut lief ihr Handgelenk entlang. Nein, sie war noch nicht tot, und auch der Sensenmann war nicht ihr Begleiter. Wie von Seilen gezogen glitt ihre Hand herab und ruhte schließlich auf ihrem Bauch.

»Wo Tod ist, da ist Leben«, flüsterte sie.

Als der Schlüssel umgedreht wurde, schrak sie zusammen.

»Geht es dir gut, ich habe Stimmen gehört?«, wollte Maximilian mit besorgtem Gesichtsausdruck wissen.

Elisabeth rang sich ein Lächeln ab. »Es ist alles in Ordnung. Die Geräusche hallen von den Wänden wider in diesen alten Gemäuern.«

Die Abendsonne neigte sich am Horizont, als Maximilian die Fackel in den Ständer steckte. »Bist du bereit?«

Elisabeth nickte. »Ich hatte viel Zeit, um mich zu erholen. Auch wenn das Essen jeden Tag weniger wurde, fühle ich mich stark genug für die bevorstehende Nacht.«

»Gut«, erwiderte Maximilian und stemmte die Hände in die Hüften. »Morgen werden die Truppen des Generals Eberstein die Tore Viersens erreichen. Wir müssen uns sputen.«

»Und wohin sollen wir gehen?«

Eine berechtigte Frage, über die sich Maximilian in den letzten Tagen den Kopf zerbrochen hatte. So sehr er auch überlegt hatte, er war immer zu demselben Schluss gekommen. Sie kannten niemanden, hatte nicht viel Geld. Wenn alles gut ging, würden sie ein Tross von 15 Personen sein, mit ihm als einzigem Mann. Ein gefundenes Fressen für marodierende Soldaten. Vor allem, da Major von Rosen den Befehl gegeben hatte, sich Frauen aus den Dörfern zu suchen, seit die Huren nicht mehr zur Verfügung standen. Er räusperte sich mehrmals, das Wort wollte nur schwer über seine Lippen kommen. »Kempen.«

Elisabeth zuckte zusammen, doch es war eigentlich keine Überraschung für sie. Es war ihre einzige Möglichkeit. Auch wenn das bedeutete, den Schatten der Vergangenheit direkt ins Antlitz zu blicken. »Kempen also.«

Sie schwiegen einen Moment, bis Maximilian erneut das Wort ergriff. »Der Vikar wird von drei Soldaten bewacht. Bei Sonnenuntergang wollte er letzte Besorgungen machen, gegen Mitternacht will er aufbrechen. Ein Karren steht bereit. Pferde werden später gesandt. Wir müssen also warten, bis er die Abtei verlassen hat, erst dann bin ich mit Doktor Sylar alleine.« Er blickte aus dem Fenster. Die letzten Strahlen der glühenden Sonne drangen durch die Gitterstäbe. »In weniger als einer Stunde werde ich wiederkommen und dann beginnt es.«

Dunkelrot zuckte die Flamme und zauberte tanzende Schatten an die Wand. Irgendwo tropfte Wasser. Das Geräusch schien für diese paar Sekunden allgegenwärtig zu sein.

»Ich muss dir noch etwas sagen, Maximilian.« Elisabeths Stimme zitterte, Angst und Unsicherheit waren mit jedem ihrer Worte verwoben. Die Finger lagen schützend auf ihrem Bauch. »Ich ... ich glaube, dass ich dein Kind unter meinem Herzen trage.«

Maximilian drehte den Kopf. Wieder vergingen einige Momente schweigend.

»Wie ... wie meinst du das?«

Sie blickte scheu in das Stroh und nestelte an einem Halm. Ihre Stimme war nicht mehr als ein Flüstern. »Ich weiß es einfach. Mein Monatsfluss blieb aus.«

»Du hattest eine Verletzung, hast einen Tritt gegen den Kopf bekommen, vielleicht rührt es daher.«

»Sag kein Wort mehr, bitte«, hauchte sie. »Ich weiß es einfach.« Sofort begann es, in seinem Körper zu brennen, und der Raum drehte sich.

Seine Stimme war nicht feindselig, sondern ruhig und bedächtig. »Du hast etliche Wochen als Hure gearbeitet, ist es nicht möglich, dass einer der ...«

»Nein«, schluchzte sie. »Rosi hat immer darauf geachtet, dass wir ... Es ist von dir, ich spüre es. Ich kann dir nicht sagen, warum, aber ich weiß, dass es von dir ist.« Langsam rollten Tränen über ihre Wangen und die Finger, mit denen sie sich durch das Gesicht fuhr, begannen zu zittern. »Es tut mir leid.«

Mit geöffnetem Mund hob Maximilian die Hand. Als würde die Zeit langsamer verstreichen, legte er die Hand wie in Zeitlupe auf ihren Bauch, fuhr über den Stoff des verdreckten, zerrissenen Kleides. Jede Silbe war so leise gesprochen, dass selbst das Tröpfeln des Wassers sie mühelos übertönen konnte. »Du trägst mein Kind.«

Sie nickte unter Tränen. Dann nahm er sie vorsichtig in den Arm.

»Es wird alles gut, Elisabeth. Das verspreche ich dir. Bald lassen wir das alles hinter uns. Ich werde dich beschützen. Dich und unser Kind.«

Mit seinen Worten waren alle Dämme gebrochen. Sie hatte sich geschworen, nicht zu weinen, war sich nicht einmal sicher, ob sie ihm ihre Schwangerschaft mitteilen sollte. Doch irgendetwas in ihr, eine stärker werdende innere Stimme, schenkte Elisabeth die Gewissheit, dass es weder die Verletzung noch ein anderer Mann war. Die Frauen, allen voran Uta und Pauline, hatten ihr alles über eine Schwangerschaft erzählt. Eine Frau fühlt, wenn sie ein Kind bekommt, hatte Uta gesagt. Doch dass sie bereits jetzt dieses Wissen anwenden musste, daran hätte Elisabeth im Traum nicht gedacht.

Die Arme um Maximilian geschlungen, weinte sie an seiner Schulter. Es war zu viel. Einfach viel zu viel.

In diesem Moment war alles andere gleichgültig. Er wurde Vater, verdammt noch mal. Während er Elisabeths Atem an seinem Hals spürte, drückte er sie fest an sich. Ohne es zu wollen, lächelte er. Seine Augen weiteten sich und zum ersten Mal seit langer Zeit weinte er vor Freude.

»Ich hole dich hier raus«, flüsterte Maximilian. »Und diese Frauen. Ihnen geht es gut, ihre Wunden sind nicht entzündet, sie können alle gehen.«

Elisabeth wischte sich über die geröteten Wangen. »Werden wir es schaffen, Maximilian?«

Noch einmal legte er die Hand auf ihren Bauch. »Wir müssen.«

Selten hatte er Worte so ernst gemeint wie in diesem Augenblick. Langsam ging er zur Tür. An der Schwelle hielt er inne, drehte sich noch einmal um und lächelte sie an. Sie trug ein Kind unter ihrem Herzen. Sein Kind. Das Herz pochte wild in seiner Brust und mit jedem Schlag wurden alle verbliebenen Zweifel leiser. Nichts würde ihn aufhalten, diese Frau und sein ungeborenes Kind zu beschützen. Nichts und niemand.

Ein leises Klacken in seinem Rücken ließ ihn sich misstrauisch umsehen. Wie konnte die Tür der gegenüberliegenden Zelle einfach so aufspringen?

Maximilian blickte in die Dunkelheit des Ganges, hatte die Klinke noch in der Hand. Auch Elisabeth erhob sich und starrte mit offenem Mund in die Finsternis.

»Meinen herzlichen Glückwunsch.«

Das konnte nicht sein. Ungläubig schüttelte Maximilian den Kopf.

Vikar Weisen trat langsam über die Schwelle ins Licht, hatte beide Hände ineinandergelegt und lächelte freudestrahlend. Momente später bemerkte Maximilian die Soldaten hinter dem Mann. Angriffslustig hatten sie ihre Säbel gezückt.

»Elisabeth, ich bin froh, der Erste zu sein, welcher der werdenden Mutter gratulieren darf«, sagte der Vikar in seiner typisch charismatischen Art. »Eine Schwangerschaft ist immer etwas Besonderes.«

War es vor wenigen Minuten ganz still im Trakt der Krankenstube, begann es nun zu rumoren. Man hörte Ketten aneinanderschlagen, wilde Laute drangen durch die Knebel. Aus allen Zellen kamen Geräusche.

»Oh, hört«, flüsterte der Vikar, erhob einen Finger und lehnte sich nach vorn. »Anscheinend möchten sich die übrigen Huren den Glückwünschen anschließen.« Der Vikar kam näher und klopfte Maximilian auf die Schulter. »Aber auch der Vater soll in diesen Minuten nicht zu kurz kommen. Komm mit, dieses Ereignis sollte begossen werden. Ich glaube, ein Krug meines besten Weins wurde noch nicht eingepackt.«

Aus Maximilians Augen sprühte Hass. Er zog die Tür von Elisabeths Zelle ins Schloss, drehte den Schlüssel hastig um und stellte sich vor sie. »Wenn Ihr Elisabeth auch nur ein Haar krümmt …«

»Aber, aber, junger Schmied. Solche Worte passen nicht zu einem fröhlichen Anlass wie diesem. Ich verspreche dir, dass deiner Geliebten nichts geschieht, bis wir uns wieder hier einfinden.«

Die drei Soldaten näherten sich bedrohlich und ihre Klingen waren nur mehr wenige Fuß entfernt. Trotzdem. Sollten sie noch einen Schritt in seine Richtung machen, würde er sich auf sie werfen. Auch wenn es seinen sicheren Tod bedeutete. Seine Hände ballten sich zu Fäusten, waren bereit für den ersten Schlag.

Als hätte der Vikar seine Gedanken gelesen, erhob er eine Hand und die Männer stoppten. »Aber bitte«, entfuhr es ihm entrüstet. »Warum denn diese Gewalt? Wir wollen erst einmal miteinander reden und etwas trinken.«

»Woher wisst Ihr es?«

»Eine gute Frage. Warum habe ich mir die Mühe gemacht, eine der Frauen in eine andere Zelle zu sperren, mich selbst mit den Männern in ein stinkendes Loch gesetzt und dort viel zu lange ausgeharrt? Mal ganz unter uns, du hattest recht. Diese Unterkünfte sind ekelhaft. Aber um dir deine Frage zu beantworten: Du warst es, der mich zu dieser Tortur bewog.«

Maximilian zog die Stirn in Falten, seine Hände entspannten sich. »Ich verstehe nicht.«

»Das ist äußerst schade«, entgegnete der Vikar mit enttäuschter Stimme. »Ich dachte, du hättest in deiner Zeit hier mehr gelernt. Aber gut, überlege selbst.

Wie oft hast du mich nach dem Ablauf des heutigen Abends gefragt? Wolltest genau wissen, wann wir aufbrechen? Dass ich dir erzählt habe, ich müsse noch einiges erledigen, war eine List; ich wollte sehen, wie du reagierst. Daraufhin hast du dich verraten.«

»Ich habe nichts gesagt.«

»Nicht mit Worten, junger Schmied. Deine Augen waren es. Du taugst nicht zum Lügner. Bist nicht als unehrlicher Mensch geboren.« Der Vikar fixierte ihn, wie er es vor fünf Tagen getan hatte. Als würde er mitten in seine Seele blicken. »Aufgrund von Doktor Sylars Vermutung konnte ich mir denken, dass zwischen euch beiden mehr ist. Als du angebissen hattest, musste ich nur noch warten. Dass ich allerdings Zeuge einer derart erfreulichen Nachricht werde, habe ich nicht erwartet.«

»Wieso brachtet Ihr mich nicht einfach um, wenn Ihr Euch so sicher wart?«

Der Vikar lachte auf. »Weil ich mit dir noch etwas vorhabe, junger Schmied.«

Maximilian rechnete damit, in den nächsten Sekunden sein Leben zu verlieren. Allerdings würde er nicht kampflos aufgeben. Zumindest der Vikar würde mit ihm in den Tod gehen. Und wenn er ihm mit bloßen Händen den Hals umdrehen müsste. »Und wie geht es jetzt weiter?«

Als wäre er ein begriffsstutziger Schüler, der eine Frage gestellt hatte, deren Antwort längst klar war, zuckte Weisen mit den Schultern. »Wie ich bereits sagte: Wir betrinken das freudige Ereignis.« Dann legte er seinen Arm um die Schulter Maximilians. »Im Zuge dessen werde ich dir ein interessantes Angebot unterbreiten. Elisabeth können wir sicherlich ein paar Augenblicke hier alleine lassen. Während der Schwangerschaft braucht man viel Ruhe, habe ich mir sagen lassen.«

Kapitel 17

- Des Teufels Angebot -

»Dies soll ein besonders guter Tropfen sein«, erklärte der Vikar mit einem breiten Grinsen und fast kindlicher Freude, als er die Becher füllte. »Ich habe ihn für besondere Anlässe aufgehoben und ich nehme an, dass dies einer ist.« Seine Augen funkelten, als er sich auf dem Stuhl hinter seinem Schreibtisch niederließ. Maximilian und der Vikar waren allein, die drei Landsknechte warteten draußen.

Weisen erhob den Becher. »Also, auf dich, deine Geliebte und dein Kind.« Als wäre ihm plötzlich ein Einfall gekommen, lehnte er sich nach vorn. »Oder besser: auf Neuanfänge.«

Maximilian nahm mit ausdrucksloser Miene den Becher entgegen und ließ sich auf den Platz in der Ecke fallen, wo er unzählige Stunden verbracht hatte. Dann nahm er einen Schluck. »Meine Henkersmahlzeit besteht also aus bestem Wein.«

»Aber, aber, wer sagt denn so etwas?« Der Vikar klang schockiert und nippte. »Wahrlich ein guter Tropfen. Das mag ich an dir, Maximilian. Du denkst, wie ein Mann denken sollte. Geradeaus, direkt, ohne Kompromisse. Aus diesem Grund muss dies auch nicht das Ende sein, im Gegenteil – jemanden wie dich kann ich brauchen. Ich nehme an, du kannst dir denken, wo die Reise hingeht?«

»Ins Lager des Majors«, log er.

»Natürlich, um genauer zu sein ins Gasthaus, wo er residiert. Aber danach?«

Es war immer dasselbe Bild. Während die einfachen Soldaten in Schlamm und Kot schlafen mussten, nächtigten die Offiziere in den umliegenden Gasthäusern, weit entfernt von dem bestialischen Gestank der Heereslager.

»Ich nehme an, in die Abtei«, sagte Maximilian ruhig, die schwarzen Haare verdeckten dabei ein Auge. Er hielt es nicht für nötig, dem Vikar zu sagen, was er wusste.

Auf einmal erlosch das charmante Lächeln des Vikars. Weisen wurde nachdenklich, wiegte den Wein im Becher und beobachtete, wie die Flüssigkeit sich bewegte. »Weißt du, ich habe lange auf diese Nacht hingearbeitet. Jahre habe ich damit verbracht, Kontakte zu knüpfen, Leute zu bestechen, sie mir gewogen zu machen. Diese Gelegenheit kommt kein zweites Mal. Jetzt ist der richtige Zeitpunkt, um zu handeln, um aus diesem Drecksloch zu entfliehen. Endlich ist mein Ziel zum Greifen nahe.« Die Pupillen des Mannes glühten, als er einen weiteren Schluck nahm und Maximilian dabei anblickte. »Major von Rosen ist nur ein weiterer Teil in diesem Plan. Die französisch-hessische Armee wird so viel Druck auf das Kurfürstentum Köln ausüben, bis es keine andere Möglichkeit mehr geben wird, als den bayerischen Fürsten abzusetzen. Das wird ein Machtvakuum zur Folge haben, das ich zu nutzen gedenke.«

»Werden Bischöfe nicht vom Papst direkt ernannt?«

»Mach dir über die Einzelheiten keinen Kopf. Meine Verbindungen reichen bis nach Rom. Alles Weitere muss nicht deine Sorge sein.«

Maximilian nahm noch einen Schluck. »Ihr wollt also Bischof werden.«

»Erzbischof, um genau sein.« Der Vikar fuhr sich durch die Haare, überlegte kurz. »Ich hoffe, dass mir die Mitra steht, sie soll schwierig zu tragen sein und bei jedem Windstoß den Halt verlieren.« Im nächsten Moment schüttelte er den Kopf. »Nichtsdestotrotz benötige ich dort Männer, denen ich vertrauen kann.«

Bei diesem Gedanken musste Maximilian auflachen. »Wie kommt Ihr darauf, dass gerade ich ein Mann bin, dem Ihr vertrauen könntet? Immerhin wollte ich Euch verraten. Wer sagt, dass ich es kein zweites Mal versuche?«

»Politik, junger Schmied. In meinen Händen befindet sich ein Faustpfand, das mir garantiert, dass du ein loyaler Diener bist.«

Maximilian verstand sofort, worauf er hinauswollte. Dieser Bastard! »Elisabeth«, flüsterte er.

»Sie und dein ungeborenes Kind. Es gibt einen Grund, warum ich die drei grobschlächtigen Männer von der Tür nicht einfach bitte, dich und diese Hure umzubringen. Damit wäre ich ohne große Anstrengung zwei Mitwisser los. Ich verwandle Feinde in Freunde und du wirst einer meiner treuesten werden. Das kann ich dir versprechen.«

»Wieso sollte ich?«

»Dieses Angebot ist einmalig. Ich werde sogar für euren Unterhalt sorgen. Deine Geliebte, du und das Kind werden mit nach Köln kommen; während du als meine rechte Hand fungierst, kann sie sich um den Haushalt kümmern. Ihr wärt zusammen, würdet ein einträgliches Leben am Hof führen. Eine richtige kleine Familie im Schoß der Kirche.« Der Mann lehnte sich nach vorn, seine Stimme wurde leise. »Ist es nicht das, was du willst?«

Maximilian überlegte einen Moment. Das Angebot war wahrlich großzügig. »Ich habe zwei Bedingungen: Die Huren müssten freigelassen werden, außerdem gibt es ein Mädchen in den Händen des Majors. Elisabeth würde nicht ohne sie gehen.«

»Ich denke nicht, dass diese Entscheidung einer Frau obliegen sollte. Und nein, dieses Angebot gilt nur für dich und Elisabeth. Es wäre dumm von mir, den Major zu vergrätzen. Ich versprach, dass die Frauen die letzten Tage ihres Lebens hier verbringen werden, und daran gedenke ich mich zu halten. Doktor Sylar will kräftige Frauenkörper für seine Studien und diese bekommt er auch.«

Keine Frage, der Vikar plante jeden seiner Züge genau. Es gab keine Möglichkeit, zu verhandeln. Die Worte Elisabeths hallten in seinem Kopf wider. Niemals würde sie ohne die Frauen und Bela gehen. Maximilian leerte das Glas.

»Was ist, wenn ich ablehne?«, wollte er wissen.

»Eine vortreffliche Frage«, antwortete der Vikar und erhob sich. »Komm mit, ich werde es dir zeigen.«

Gemeinsam gingen sie zurück in die Krankenstube. Schon beim Öffnen der Tür ertönten Elisabeths Rufe, noch immer glich der Lautstärkepegel einem Tollhaus. Es schepperte aus jeder Ecke.

Vikar Weisen öffnete die Tür zu Elisabeths Verlies. »Solltest du dieses Angebot nicht annehmen, wird dir und Elisabeth genau dasselbe Schicksal zuteil wie den anderen Huren. Doktor Sylar wird zwei weitere, gesunde Körper für seine Untersuchungen haben.«

Als hätte der Arzt die Worte vernommen, erschien er mit den Gerätschaften und stellte sich neben den Vikar.

»Was für ein Angebot?«, wollte Elisabeth wissen. Ihr Körper war angespannt, glühte vor Wut.

»Wir sollen mit ihm nach Köln kommen, würden für ihn arbeiten.«

»Und die Frauen und Bela?«

Mit hinter dem Rücken verschränkten Armen sah der Vikar freundlich in die Zelle, als wollte er Elisabeth einen guten Morgen wünschen. »Nicht Teil der Vereinbarung, meine Liebe.«

»Ich gehe nicht ohne die Frauen, nicht ohne Bela«, giftete sie. »Ich habe es versprochen.«

Als ob die Frauen sie anschreien wollten, das Angebot anzunehmen, nahmen die Geräusche zu.

Maximilian sah sich um. Die drei Soldaten hatten sich hinter ihn gestellt, ihre Hände an den Griffen der Säbel. Rechts von ihm blitzte das Besteck von Doktor Sylar im Schein der Fackeln. Die Augen des Arztes wirkten müde, er schien abgekämpft, trotzdem war Maximilian sich sicher, dass Doktor Sylar liebend gern sofort damit beginnen würde, Stäbe in die Köpfe der Frauen zu bohren.

»Und? Was sagst du?«

Er könnte sie verraten, das Angebot allein annehmen. Er müsste nur zustimmen und würde den Rest seiner Tage ein wohlbehütetes Leben führen. In Schande.

Die Zeit schien langsamer zu laufen.

»Maximilian, was sagst du?«, wollte der Vikar erneut wissen.

Es gab nur eine Möglichkeit. Schnell drehte er sich, schlug die Hand eines Soldaten vom Griff des Säbels und nahm ihn an sich. Ohne zu zögern, rammte er die Waffe in den Hals des Soldaten. Der Mann verzog das Gesicht, griff sich an die Kehle und sackte gurgelnd zusammen. Etwas Blut spritzte in Maximilians Gesicht. Er fixierte den Nächsten, wollte zum Hieb ausholen. Die anderen beiden Soldaten reagierten schnell, zu schnell für Maximilian. Mit voller Wucht versetzte der eine ihm einen Schlag mit dem Griff seines Säbels gegen den Hinterkopf, der andere donnerte seine Faust in Maximilians Magen.

Ihm wurde schwarz vor Augen, jegliche Luft schien aus seinen Lungen zu entweichen, als er prustend auf die Knie sank. Der Griff um den Säbel löste sich, sein Schädel dröhnte und warmes Blut lief über seinen Nacken. Er hörte sie seinen Namen rufen. Dann spürte er die Hände Elisabeths um seinen Hals und wollte nach ihr fassen, doch der Vikar hielt sie zurück. Schnell hatten die Männer seine Arme auf den Rücken verdreht. Die Beine wollten das Gewicht seines Körpers nicht mehr tragen. Die Landsknechte mussten ihn stützen, griffen in seine Haare und zogen seinen Kopf nach hinten. Maximilian spürte eine Klinge an seinem Hals.

»Noch nicht«, brüllte der Vikar und funkelte ihn aggressiv an. »Damit ist deine Entscheidung getroffen. Dies ist ein Gotteshaus, junger Schmied, und du vergießt Blut? Nun denn, Rolf, wenn ich bitten dürfte.«

Als der Arzt die ersten Schritte in Richtung Elisabeth machte, entfuhr ihr ein heller Schrei.

Maximilian wollte sich aufrichten, zog mit der ihm noch verbliebenen Kraft an seinen Bewachern, doch ihr Griff war hart wie Granit. Er hatte versagt. Vor seinen Augen würde Doktor Sylar eines seiner Experimente an Elisabeth durchführen und damit nicht nur sie töten, sondern auch sein ungeborenes Kind. Noch ein letztes Mal bäumte er sich auf, vergebens. Plötzlich drang ein allzu bekanntes Geräusch an seine Ohren. Die Tür zur Krankenstube wurde geöffnet und im Augenwinkel bemerkte er eine Gestalt, die sich schnellen Schrittes der Gruppe näherte. Nur mit großer Mühe konnte er seinen Kopf in die Richtung drehen. In diesem Moment flammte Hoffnung in ihm auf.

»Schwester Agathe«, begann der Vikar, als sie sich vor ihm aufbaute. Elisabeth stieß er in die Zelle. »Habe ich Euch nicht die Order gegeben, in Eurer Stube zu beten? Ihr habt mit dieser Angelegenheit nichts zu tun. Also gebiete ich Euch …«

Mitten im Satz verstummte er. Erst Augenblicke später erkannte Maximilian, warum. Durch die Tür trat erst eine Nonne, dann eine weitere, immer mehr Frauen betraten den Raum. In ihren Augen lag eine ruhige Gewissheit, gepaart mit einem Hauch von Abscheu, als sie sich schützend vor die Zellen stellten. Mit Unverständnis blickten sie auf die Leiche des Soldaten. Fast alle bekreuzigten sich, einige bewegten tonlos ihre Lippen zu einem stillen Gebet. Nach wenigen Momenten hatten sich fast fünfzig Nonnen in dem schmalen Gang eingefunden. Die Soldaten traten einen Schritt nach hinten, ihre Rücken waren bereits an die Steinmauer gepresst.

Fragend blickte der Vikar in die Runde, rang sich ein Lächeln ab. »Werte Schwestern, wollt Ihr Euch nicht zur Nachtruhe begeben? Diese Angelegenheit soll Eure Kreise nicht stören«, versuchte er zu besänftigen.

Die Nonnen blickten ihn ruhig an. Der Habit verbarg ihre ineinandergefalteten Hände, und sie rückten noch ein Stück näher zusammen. Der Vikar war mittlerweile eingeschlossen von den Frauen, der Raum wirkte beengt und auf einmal wurden sogar die Huren in den Zellen ruhig. Keine der Nonnen gab Weisen eine Antwort.

»Meine lieben Schwestern«, sagte der Vikar mit aufkommender Wut. »Dies ist wirklich nicht Eure Angelegenheit. Als Euer Vikar gebiete ich Euch, ins Bett zu gehen und diesen Vorgang auf sich beruhen zu lassen.« Sichtlich nervös blickt er sich um. »Ich versichere Euch, dass dieses traurige Ereignis ausschließlich zum Wohle des Klosters geschieht.«

Noch immer keine Antwort der Frauen, die Stille breitete sich immer mehr aus.

Das Gesicht des Vikars war rot angelaufen, eine Ader pochte wild an seiner Schläfe. Wütend suchte er den Blickkontakt mit den Frauen. »Was ist hier los, verdammt?«

Ruhig machte Schwester Agathe, die aus den Nonnen allein durch ihre Größe hervorstach, einen Schritt in die Richtung des Vikars, wobei sie sich zwischen den anderen Nonnen hindurchquetschen musste. Dann zog sie langsam ihre Hände aus dem Gewand. Zum Vorschein kam ein gerolltes Papier, zusammengehalten von einem Siegel.

»Das Zeichen des Erzbistums«, flüsterte der Vikar, als er das Schriftstück an sich nahm.

»Es ist für Euch«, sagte Schwester Agathe. »Gerade mit einem Boten eingetroffen.«

Sofort riss der Vikar das Wachssiegel auf und entrollte die Nachricht. Murmelnd überflog er das Geschriebene, seine Stimme wurde lauter. »›… den uns vorliegenden Umständen werdet Ihr abgesetzt.‹«

»Des Weiteren wird über Eure Exkommunikation entschieden und Ihr werdet des Verrats und der Veruntreuung von Kirchengeldern angeklagt«, ergänzte Schwester Agathe. »Ihr werdet nicht festgesetzt, weil der ehrenwerte Erzbischof Ferdinand von Bayern keine Truppen entsenden kann, da dieses Gebiet sich in Feindeshand befindet. Ihr könnt Euch selber denken, welche Strafe auf Euer Vergehen steht, und dass der Erzbischof sehr darauf bedacht ist, diese zu vollstrecken.«

»Das ist ungeheuerlich«, presste Vikar Weisen aus zusammengekniffenen Zähnen hervor. Seine Augen rasten über das Dokument. »Was bildet Ihr Weibsbilder Euch ein? Ich befehle Euch, sofort in die Schlafsäle zu gehen!«

Niemand leistete seinen Worten Folge. Die Nonnen standen still und musterten den Mann mit Abscheu und Verachtung.

Schließlich war es Schwester Agathe, die das Wort ergriff. »Ich habe mir erlaubt, Eure Habseligkeiten bereits aus der Abtei Sancti Pauli Bekehrung entfernen zu lassen. Ihr habt lange genug des Teufels Werk hier ausgeführt.« Sekundenlang bedachte sie den Vikar mit einem strafenden Blick, dann drehte sie ihren Kopf langsam zu Doktor Sylar. »Auch Eure Zeit ist abgelaufen. Ihr werdet das Kloster sofort verlassen.«

Hilflos nestelte Doktor Sylar an seinen Werkzeugen, blickte den Vikar an. Seine Stimme war dünn, flehend. »Was sollen wir tun?«

»Wir tun gar nichts!«, schrie der Vikar mit hochrotem Kopf und drehte sich zu den Soldaten um. »Tötet ihn! Und danach jede, die nicht auf der Stelle diesen Raum verlässt.«

Jedes Augenpaar war nun auf die beiden Landsknechte gerichtet, die ihre Säbel an Maximilians Kehle hielten. Unsicher blickten sie in die Gesichter der Nonnen.

Maximilian spürte den Druck der Klinge, aber auch die Unsicherheit der beiden Männer, die ihn nach wie vor festhielten.

»Wollt ihr wirklich euer Seelenheil riskieren?«, fragte Schwester Agathe und ging einen Schritt auf die Männer zu. Ihre Augen waren zu Schlitzen verengt, keine Angst war in ihnen zu lesen, als sie die Landsknechte musterte. »Für euch ist es nicht zu spät, auch wenn ihr Geschöpfe des Krieges seid. Der Herr ist ein liebender, ein verzeihender Gott.« Mit einem Kopfnicken deutete sie in Richtung des Vikars. »Wenn man nicht mit den Mächten des Bösen im Bunde steht.«

Ihre Worte verfehlten die Wirkung nicht. Die Klinge an Maximilians Hals verlor allmählich an Druck, schließlich ließen die Soldaten ihn los.

»Das kann nicht sein«, brüllte der Vikar und stürzte aus der Krankenstube. »Ihr unnützen Bauern! Das letzte Wort ist noch nicht gesprochen!«

Mehrmals musste Maximilian husten, ehe er Elisabeth an sich ziehen konnte. Vorsichtig strich sie über seinen Hinterkopf und hielt ihm anschließend ihre vom Blut rot gezeichnete Hand vor das Gesicht.

»Du bist verletzt.«

»Gleichgültig«, sagte er und lächelte. »Befreit die Frauen, wir haben nicht mehr viel Zeit bis zum Morgengrauen.«

Als die Zellentüren geöffnet wurden, schnellte der Geräuschpegel nach oben. Bei jeder weiteren Frau, die aus der Dunkelheit geholt wurde, entfuhr Elisabeth ein erlösender Seufzer. Endlich waren alle Dirnen befreit. Ihre Gesichter waren übersät von Dreck, die Kleider zerrissen, aber sie waren wohlauf.

»Wie geht es jetzt weiter?«, wollte Elisabeth wissen.

In diesem Moment drang ein Klirren an ihre Ohren. Hastig verließen sie die Krankenstube. Ein Feuer loderte in den Gängen der Abtei. Anscheinend hatte jemand eine Fackel durch ein Fenster geworfen.

»Löscht die Flammen!«, schrie Schwester Agathe und rannte in Richtung der Gärten.

Maximilian und Elisabeth stürzten aus dem Haupteingang. Die Schwestern hatten die Besitztümer des Vikars fein säuberlich auf einen Karren geladen. Doktor Sylar stand unbeteiligt daneben, nicht imstande, auch nur einen Finger zu rühren. Zwischen Kisten, Truhen und Kleiderstapeln versuchte der Vikar gerade, eine Fackel zu entzünden. Maximilian rannte die wenigen Schritte und schlug ihm das Holz aus der Hand. Er erwartete einen Schlag, doch der Mann setzte sich lediglich auf eine Kiste und blickte ihn aus hasserfüllten Augen an. Erst jetzt schafften es die beiden Landsknechte aus dem Kloster und stellten sich unsicher neben den Vikar.

»Warum?«, fragte er zunächst leise, wurde dann immer lauter. »Warum, junger Schmied? Du hättest alles haben können! Ein langes und glückliches Leben, ich hätte dir alles gegeben! Aber du wählst ein Dasein mit deiner Dirne und dem Bastard, den sie in sich trägt. Ihr werdet in Entbehrung euer Leben fristen, jeder Tag wird ein neuer Kampf ums Überleben sein, in der Ungewissheit, ob man die Nacht durchstehen wird.«

Mittlerweile hatten auch die Nonnen und Huren den Weg nach draußen gefunden. Anscheinend war das Feuer gelöscht.

»Weil so ein Leben immer noch besser ist, als unter *Eurer* Fuchtel zu stehen«, antwortete Maximilian stolz.

»Denkst du?« Er holte das Dokument mit dem kurfürstlichen Siegel hervor, sein Blick schoss zu Schwester Agathe. »Und mit Euch bin ich noch nicht fertig! Welcher Grundlage entspringt diese Behauptung? Ihr habt nur einen Zeugen, mehr nicht.«

Die Schwester sah sich um, es waren alle Frauen vor den Toren der Abtei versammelt. Einige hielten Fackeln in die Höhe, sodass ihre Gesichter züngelnd im Halbschatten lagen.

»Ihr selbst habt Euch verurteilt. Mit Euren Büchern, werter Herr Weisen. Ich habe diese vor einigen Tagen dem Erzbischof zukommen lassen.«

Der Mann schüttelte den Kopf, Unverständnis und Abscheu sprachen aus jedem seiner Worte. »Das ist nicht möglich, ich habe sie mit meinen eigenen Augen gesehen.« Hastig öffnete er mit dem Schlüssel die Truhe, wühlte zwischen den Wälzern und Schriftstücken, bis er die drei in Leder eingebundenen Bücher fand. Triumphierend hielt er sie in die Höhe. »Seht

Ihr, sie sind hier, nicht in Köln, Eure Anschuldigungen sind haltlos.« Er begann, in den Büchern zu blättern, und seine Stimme wurde mit jedem Herzschlag leiser. »Es ist alles hier aufgezeichnet …«

»Sie sind leer«, sagte Maximilian und stellte sich vor Weisen. »Es war eine ganz schöne Arbeit, sie gebraucht aussehen zu lassen. Doch die Crefelder Buchbinder haben gutes Handwerk geleistet, findet Ihr nicht?«

Das Gesicht des Vikars verwandelte sich in eine hässliche Fratze. Voller Zorn zog er den Säbel eines Soldaten und holte aus. »Du kleiner Bastard, ich werde dich …«

Maximilian wich erschrocken zurück. Er war zu weit gegangen, hatte nicht damit gerechnet, dass Weisen selbst die Hand gegen ihn erheben würde. Überrumpelt ließ Maximilian sich auf den Boden fallen und hob den Arm zum Schutz, als die Klinge in der Nacht aufblitzte. Doch der Schlag Weisens wurde gestoppt. Um den Griff des Säbels hatte sich eine Hand gelegt, so riesig und mit kleinen Narben übersät, wie Maximilian sie nur von einem einigen Menschen kannte.

»Aber, aber, wer wird denn Gewalt anwenden wollen?«, brummte Jakob.

Maximilian konnte nicht glauben, dass sein alter Freund tatsächlich vor ihm stand. Der riesige Kerl hatte keine Mühe, den Vikar in die Knie zu zwingen. Trotz seiner jungen Jahre wurde Jakobs dunkles Haar schon lichter. In ihrer Heimatstadt war er als Taugenichts verrufen gewesen.

»Wer bist du? Scher dich weg, du hast hier nichts zu schaffen!«, brüllte Weisen und ballte die andere Hand zur Faust.

»Das würde ich nicht machen«, drohte Jakob ruhig.

Weisen lächelte. »Du kannst keinen Mann der Kirche schlagen.«

Jakobs Antwort war eine donnernde Faust, mit der er die Nase des Vikars brach. »Wieso nicht?«

Dann streckte der Hüne Maximilian die Hand hin und zog ihn an seine massige Brust. »Eisenklopper! Ich hätte nicht gedacht, dich jemals wiederzusehen.«

Noch bevor Maximilian auf seinen alten Spitznamen reagieren konnte, erklang die von Schmerz durchzogene Stimme Weisens. »Tötet sie. Tötet sie alle!« Dabei zeigte Weisen mit der einen Hand auf Maximilian und Jakob, mit der anderen fasste er sich an seine gebrochene Nase.

Wieder war Unsicherheit in den Augen der beiden Soldaten zu lesen. Der eine zog den Säbel aus der Scheide, der andere hob seine Waffe vom Boden auf. Gerade nachdem sie den ersten Schritt gemacht hatten, hielten sie plötzlich inne. Ihre Blicke gingen über Maximilian und Jakob hinweg.

»Schlechter Einfall. Ganz schlechter Einfall.«

Auch diese Stimme war Maximilian wohlbekannt. Schnell drehte er sich um und erblickte Gustav, wie er eine Muskete auf den Wagen angelegt hatte und auf die beiden Soldaten zielte.

»Na, wen von euch beiden soll ich als Erstes erledigen?«, wollte der rothaarige Junge spöttisch wissen.

»Knall sie ab, Ratte«, schrie Jakob und lachte auf.

Das Grinsen auf Gustavs Gesicht war unverkennbar. Durch einen unbeabsichtigten Schlag Jakobs war Gustavs Oberlippe seinerzeit geplatzt und nie mehr richtig zusammengewachsen. Seitdem lispelte er ein wenig. Dank seiner Ähnlichkeit mit einer Ratte hatte sich der Name dieses Tieres schnell als Spitznamen des wortkargen Jungen verbreitet. Sein dickes dunkelrotes Haar schimmerte im Licht der Fackeln eine Nuance feuriger und ließ die spitzen Züge seines sommersprossigen Gesichts ein wenig mehr denen eines Nagetieres ähneln. Sie kannten sich, seit Maximilian sich zurückerinnern konnte, und ein weiteres Mal war Maximilian unendlich dankbar, dass er die beiden seine Freunde nennen konnte.

Noch immer funkelten Rattes Augen angriffslustig. »Also, meine Herren, was darf es sein?«

Endlich ließen die Soldaten ihre Waffen sinken, legten sie auf den Boden und machten einen Schritt zurück.

»Das darf nicht sein!«, brüllte Weisen und ließ seinen Blick über die Wand aus Nonnen schweifen, bis er bei Ratte und Jakob landete. »Wer seid ihr?«

»Freunde von Maximilian. Als er mir die Bücher übergab, bat er mich, diese beiden Männer zu benachrichtigen«, antwortete Schwester Agathe und trat nach vorn. »Weisen, schert Euch hinfort.«

Während die Nonnen ruhig hinter Schwester Agathe standen, rumorte es bei den Huren. Ihre Augen funkelten in der Dunkelheit, Maximilian konnte sich denken, was sie am liebsten mit Weisen und dem Arzt gemacht hätten. Seine Vermutung wurde bestätigt, als die Frauen auf Weisen zugingen.

»Tötet ihn!«, rief eine.

»Knüpft ihn am nächsten Baum auf!«, schrie eine andere.

Etliche Flüche und Drohungen wurden ausgestoßen, bis Schwester Agathe die Hand hob und die Frauen verstummten. »Ihr habt lange genug Unheil über dieses Kloster gebracht. Eigentlich sollte ich Euch festsetzen, aber der Herrgott wird das Urteil über Euch sprechen. Jegliche Würden sind Euch genommen, das Geld, welches Ihr unrechtmäßig an Euch nahmt, befindet sich wieder in den Schatullen der Abtei. Auch Major von Rosen wird sicherlich nichts mehr mit Euch zu tun haben wollen, jetzt, da Ihr ihm nicht mehr nutzt. Auch Eure mächtigen Freunde werden Euch fallen lassen. Ihr seid also allein und mittellos. Glaubt mir, ich werde dafür sorgen, dass jede Gemeinde am Niederrhein erfährt, was hier geschehen ist. Das gilt natürlich auch für Euch, Doktor Sylar.« Sie machte eine Pause. »Ich verabscheue Euch, ich verabscheue jede Eurer sündigen Taten. Aber das Töten liegt nicht in unserer Natur. Geht, bevor ich die Jungen bitte, Euch in eine der Zellen zu stecken. Gott allein soll über Euch richten. Und nehmt dieses Gesindel mit.«

Noch ein paar Momente schien Weisen zu überlegen. Blut war über seinen Mund und das Hemd gelaufen, als er einen Schritt in die Richtung Schwester Agathes machte, sich dann aber anders entschied.

»Zieht die Karre«, befahl er den beiden Soldaten. Mit einem letzten Blick auf das Kloster ging er in Richtung Stadtgrenze davon. Die Landsknechte zogen das quietschende Wägelchen, dem Doktor Sylar mit hängendem Kopf folgte.

Erst als die Gruppe außer Sichtweite war, kam Ratte mit langsamen Schritten und geschulterter Muskete auf Maximilian zu.

»Du bist abgehauen«, stellte er ruhig fest. »Einfach so. Wir dachten, du wärst tot. Und als plötzlich diese Schwester nach uns fragte, glaubten wir erst, dass sich der Herrgott einen Scherz mit uns erlaubt.«

»Es tut mir leid«, sagte Maximilian leise. »Ich wollte …«

»Ist in Ordnung«, unterbrach ihn Ratte, und erst jetzt bemerkte Maximilian das Lächeln auf dessen Gesicht. »Ich wollte es nur mal sagen. Es tut gut, dich zu sehen.« Mit diesen Worten umarmte der Junge

Maximilian, während Jakob seine tellergroße Pranke auf dessen Rücken niedersausen ließ.

Erst jetzt erlaubten sich die beiden Freunde einen Blick auf die Frauen. Leicht lehnte sich Ratte zu Maximilian hinüber. »Die Schwester, die uns in Kempen aufsuchte, hat uns weitestgehend ins Bild gesetzt. Sind das wirklich alles …?«

»Huren, ja«, antwortete Elisabeth und trat aus der Menge.

»Du lebst?«, entfuhr es Ratte und Jakob beinahe gleichzeitig.

Dabei konnte Maximilian die Feindseligkeit in ihren Stimmen ausmachen. Angewidert beäugten sie das Mädchen von oben bis unten.

»Wir sollten sie töten«, flüsterte Ratte leise. »Immerhin ist sie schuld, dass …« Allem Anschein nach traute er sich nicht, weiterzureden.

»Lorenz hieß er«, sagte Maximilian. »Sprich seinen Namen ruhig aus, sonst gerät er in Vergessenheit. Er starb durch meine Klinge, nicht durch Elisabeths. Außerdem trägt sie mein Kind unter ihrem Herzen.«

Als wäre Mutter Maria höchstpersönlich erschienen, schnellten ihre Blicke zu ihm herum.

»Sie ist von dir schwanger?«, stieß Ratte hervor.

»Ihr habt doch nicht etwa im Kloster …?«, entfuhr es Schwester Agathe.

Während Jakob ihm anerkennend auf die Schulter klopfte, bekreuzigten sich die Nonnen und schickten ein kurzes Gebet in den dunklen Viersener Nachthimmel.

»Wie ist das passiert?«, wollte Ratte wissen und beäugte Elisabeth, die zu der Gruppe stieß.

»Eine lange Geschichte«, erklärte Maximilian und zog sie an sich. Es tat unendlich gut, sie im Arm zu halten, sodass er alles andere für einen Moment vergaß. Schwester Agathe hatte ihr Wort gehalten. Tatsächlich hatte sie eine Nonne nach Kempen geschickt, mitten durch das Kriegsgebiet, und die einzigen Menschen um Hilfe gebeten, denen er vertrauen konnte.

»Wir haben dringlichere Probleme«, unterbrach Elisabeth seine Gedanken und funkelte die beiden an. »Wir müssen Bela retten.«

Jetzt mischten sich auch Uta und Pauline ein, stimmten Elisabeth zu, was zu einem kleinen Tumult unter den Frauen führte. Einige wollten den Gasthof stürmen, andere schlugen vor, Feuer zu legen, um Verwirrung zu stiften und sie dadurch zu befreien. In ihren Augen blitzte blanker Hass, die Vorschläge überschlugen sich.

»Seid still«, sagte Elisabeth bestimmend. »Ich habe eine Idee, wie wir es anstellen können.« Sie blickte zu Schwester Agathe. »Anscheinend seid Ihr nun die Vorsteherin der Abtei. Ich brauche Eure Hilfe.«

Minutenlang steckten sie die Köpfe zusammen, mehrmals schnaufte Schwester Agathe, bis sie schließlich zustimmte. Dann schritt die Nonne zum Eingang des Klosters. Ein komisches, beinahe groteskes Bild gab die Frauengruppe ab. Auf der einen Seite standen die Nonnen, still im Gebet versunken, auf der anderen Seite die Huren, in Gespräche vertieft. Als Schwester Agathe sich vor ihnen aufbaute, versiegte jede Unterhaltung.

»Gottes Wege sind unergründlich. Es kann kein Zufall sein, dass ausgerechnet in der Nacht, bevor Johannes der Täufer geboren wurde, uns diese Frauen um Hilfe anflehen. Es ist an uns, zu zeigen, dass endlich Gottes Weg in diesen Hallen befolgt wird. Lehrt uns nicht die Bibel, den Hilflosen zur Seite zu stehen, sie zu nähren und ihnen den richtigen Weg zu zeigen?« Diese Worte waren an die Nonnen gerichtet. »Bringt die Dirnen in unsere Waschräume, holt die schönsten Röcke aus der Kleiderkammer hervor, schneidert zur Not aus Skapulier und anderen Teilen des Habit eine ansehnliche Bedeckung. Eilt euch, meine Schwestern, nur noch bis zum Morgengrauen haben wir Zeit für diese Aufgabe.«

Kapitel 18

- Schmerzhafte Verführungen -

»Sieht schlimm aus, Eisenklopper.«

Maximilian spähte mit seinen beiden Freunden die Straße entlang, die zum Gasthof führte, und kam nicht umhin, Jakob recht zu geben. »Es müssen mindestens 20 sein, vielleicht mehr.«

»Du weißt nicht, wie viele sich von diesem Söldnerpack im Innenraum befinden«, ergänzte Ratte und drückte sich ganz nah an die Hauswand. »Außerdem drei oben auf dem Balkon.«

Ein paar Fackeln waren in dieser lauen Sommernacht von den Landsknechten entzündet worden. Die enge Straße trug das Stimmgewirr der Soldaten zu ihnen, die Männer tranken im Vorhof Bier und ließen ihre Würfelbecher auf die Tische knallen. Niemand der Bewohner wagte, das laute Treiben zu stören.

Maximilian schüttelte den Kopf und betastete die Wunde an seinem Hinterkopf. Noch immer pochte die Verletzung gewaltig, jedoch verbat er sich jeglichen Gedanken an die Schmerzen. »Vielleicht befinden sich noch ein oder zwei Offiziere im Inneren.« Elisabeth war sich sicher gewesen, dass Major von

Rosen den Gasthof für sich haben wollte. »Er duldet niemanden neben sich, hörst du – niemanden. Er will von seinen Männern als Frontkämpfer wahrgenommen werden. Seine Soldaten haben ihr Lager vor der Stadt aufgeschlagen, aber niemand soll mitbekommen, dass er sich auf weiche Kissen bettet. Aus diesem Grund hat er die Landsknechte des Gasthofes rekrutiert und nicht seine eigenen Männer.«

»Ansehen ist alles«, fasste Ratte die Aussage zusammen.

Maximilian atmete tief ein, umfasste die Muskete härter und legte seine Hand über den Säbel. Kritisch beäugte er die Waffen, die sie den Landsknechten abgenommen hatten. Seine Hand glitt unter sein Hemd, wo der Dolch ruhte, den ihm Vikar Weisen geschenkt hatte. »Es muss einfach gehen. Zu dritt kommen wir gegen diese Übermacht nicht an. Uns bleibt nur dieser eine Versuch. Sollten wir scheitern, stehen in wenigen Stunden Tausende Männer Ebersteins vor den Toren Viersens. Dann war es das. Wir müssen auf die Kunst der Frauen hoffen.«

Ein breites Lächeln zog sich über Jakobs Gesicht. »Dieser Art von Kunst wäre ich nicht abgeneigt. Hast du dir die Mädchen mal angesehen? Also einige von denen …«

»Es ist riskant«, unterbrach ihn Ratte. »Sie könnten alle dabei sterben, sollte von Rosen sie entdecken. Hoffen wir, dass er bereits schläft.«

Abfällig schnaubte Maximilian. »Er wird nicht im Tiefschlaf sein. Laut den Frauen ist er in der Regel bis in die Morgenstunden wach und … anderweitig beschäftigt.«

»Auch das ist gut für uns«, erwiderte Ratte. »Hauptsache, er steht nicht plötzlich auf dem Balkon und erkennt die Frauen.«

Jakob schlug seinen Freunden auf die Schultern, sodass sie beinahe das Gleichgewicht verloren. »Schaut, wie aufs Stichwort.«

Gleichzeitig schossen die Gesichter der beiden herum. Ein Dutzend der Huren näherte sich ihnen leise. Sie hatten alte, teils zerschlissene Kleider an, die notdürftig zusammengehalten wurden. Andere wiederum trugen ein Habit, das sie an Armen und Beinen gekürzt hatten. So war aus der alles bedeckenden Tracht der Ordensschwestern ein Kleid geworden, das viel Haut zeigte. Ihre Ausschnitte waren tief. Es war ein Sammelsurium an hastig zusammengeschneiderten Kleidungsstücken, trotzdem wirkte das Gesamtbild stimmig. Die Nonnen hatten ganze Arbeit geleistet. Unterröcke hatten die Huren weggelassen, die Träger einiger Kleider rutschten den Frauen bei jedem Schritt über ihre Schultern, der Ansatz ihres Busens war im fahlen Schein des Mondes zu erkennen. Auch der Schmutz war aus ihren Gesichtern verschwunden, die langen Haare trugen sie hochgesteckt oder offen. Angeführt wurde der Tross von Elisabeth, flankiert von der rothaarigen Pauline und Uta, die als Größte aus der Gruppe herausstach.

»Da brat' mir einer 'nen Storch«, entfuhr es Jakob. Er baute seine hünenhafte Gestalt auf, stemmte die Hände in die Hüften und leckte sich genüsslich über die Lippen. »Wenn das nicht mal ein Anblick ist.«

»Halt dich zurück, die Mädchen sind nicht dafür da, damit du einen schönen Abend hast«, scherzte Maximilian.

»Zu schade«, hauchte Ratte. Aus seinen Augen sprach die gleiche Begierde, die auch bei Jakob zu finden war.

Endlich hatte der Tross die drei erreicht.

»Wir sind bereit«, sagte Elisabeth und hob die halb leere Flasche mit Messwein in die Höhe. »Ein Abschiedsgeschenk von Schwester Agathe. Die Schwestern werden für unser Wohl beten und meinten, dass unsere List hiermit noch bessere Erfolgsaussichten hat.«

Maximilian nickte, deutete ein Lächeln an. »Sie ist eine kluge Frau.« Er räusperte sich, berührte anschließend Elisabeths Arm. Sie verstand seine Geste. Gemeinsam entfernten sie sich ein paar Schritte von der Gruppe.

»Ich fühle mich nicht wohl dabei, wenn du mitgehst«, flüsterte er und strich über ihre Wange. Die blonden Locken hatten zu alter Pracht zurückgefunden, wippend hingen sie über ihre Schultern, umrahmten das makellose Gesicht. »Wenn dir und … unserem Kind etwas passieren würde …. Ich möchte die Fehler der Vergangenheit nicht wiederholen. Ich kann nicht …«

»Sei still.« Mit festem Blick legte sie einen Finger auf seine Lippen. »Gerade weil wir die Missgriffe der Vergangenheit nicht wiederholen dürfen, muss ich es machen, Maximilian. Es gibt keine andere Möglichkeit, Bela aus den Klauen des Majors zu retten. Verstehst du mich nicht? Ich muss es einfach tun.« Langsam glitt ihre Hand herab, sie strich sich über das eigene Handgelenk und fuhr die Narbe entlang. Auf einmal verlor ihre Stimme an Festigkeit, als wäre sie gedankenverloren an einem anderen Ort, ganz weit weg. Vielleicht in Kempen, in jener Nacht auf dem von Feuer erhellten Marktplatz, als sie Antonella als Hexe beschimpfte.

»Ich habe einmal schon ein Mädchen im Stich gelassen, welches mir lieb und teuer war. Ein zweites Mal werde ich es nicht tun.«

»Elisabeth, bitte bleib hier.«

»Nein, wenn ich auch nur einen Teil meiner Taten sühnen möchte, dann muss ich es tun.«

»Es gibt keine Möglichkeit, dich davon abzubringen?«

Der Anflug eines Lächelns huschte über ihr Gesicht. Sie schenkte ihm einen atemberaubenden Augenaufschlag und schüttelte den Kopf. »Ich muss es tun, für

Antonella.« Sie griff Maximilian in den Nacken, zog ihn zu sich herunter und küsste ihn leidenschaftlich. »Wenn alles klappt, sehen wir uns im Gasthof.«

Unwohlsein und Aufregung hatten keinen Platz in ihrem Gemüt. Mit aller Macht versuchte sie, die aufkommenden Gefühle zu unterdrücken und Entschlossenheit in ihre Stimme zu legen, als sie um die Ecke bog und sich mit jedem Schritt dem Gasthof näherte. Noch einmal drehte sie sich zu der Gruppe von Frauen um und musterte jede einzelne von ihnen. In ihren Augen loderte eine stille Wut.

»Ihr wisst, was zu tun ist?«

Die Frauen nickten.

»Gut. Dann machen wir mal Lärm.«

Elisabeth setzte sich die Flasche mit Messwein an die Lippen, trank einen Schluck und verschüttete ein wenig auf ihr Dekolleté und das Kleid. Die Frauen taten es ihr nach. Elisabeth drehte sich um und machte einen energischen Schritt auf den Gasthof zu. In ihrem Rücken begannen die Frauen, Lieder anzustimmen. Pauline drückte sich fest an sie heran, gemeinsam begannen sie zu wanken und klirrend die Flaschen aneinanderzustoßen. Helles Lachen erfüllte die Straße. Niemand konnte überhören, dass über ein Dutzend Frauen, vom Alkohol in beste Laune versetzt, auf der

Straße unterwegs war. Es dauerte nur wenige Augenblicke, bis sich die ersten Köpfe im Innenhof der Gaststätte zeigten. Die Augen der Soldaten weiteten sich. Die Huren ließen sich Zeit, bis sie alle den Weg in den Innenhof gefunden hatten.

»Hallo, ihr Hübschen«, lallte Elisabeth und unterdrückte glucksend einen Lachkrampf. »Uns ist leider der Wein ausgegangen.«

Pauline schmiegte sich an Elisabeths Wange, sie schwankte, als hätte sie drei Flaschen allein getrunken. »Und da haben wir uns gefragt, ob ihr stattlichen Kerle uns nicht ein wenig aushelfen könnt.« Sie deutete einen Kuss auf Elisabeth Mund an, ein kurzes Hauchen, dann drehte sie sich wankend zu den Männern um.

Aus den Augen der Landsknechte sprach Gier. Schnell hatten sie sich um die Gruppe versammelt. Ein dicker Kerl mit Vollbart räusperte sich, musterte die Frauen von oben bis unten. »Eigentlich haben wir Order, dass niemand in die Nähe des Gasthofes kommen soll.«

»Ach, seid nicht so.« Uta ließ den Träger ihres Kleides über ihre Schulter rutschen und stolperte genau in die Arme des Mannes, der anscheinend der Anführer des Trupps war. Als wäre sie über ihr eigenes Ungeschick köstlich amüsiert, lachte sie den Mann an. »Ihr könnt doch nicht einfach uns arme Frauen wegschicken.« Geschickt ließ Uta ihre Hand am Wams des Mannes herabgleiten.

»Nun …« Der Soldat wurde sichtlich nervöser, die Männer klopften ihm auf die Schulter, flehten fast, dass sie den Frauen ein paar Schluck von ihrem Bier abgeben dürften.

Elisabeth ging einen Schritt auf den Mann zu. »Bitte«, sagte sie lang gezogen und zog einen Schmollmund, dabei spielte sie mit einer ihrer blonden Locken. »Wir frieren und haben Hunger. Aber wenn ihr uns ein wenig aushelfen könntet, wären wir sehr dankbar.«

Als der Mann noch überlegte, hatte Pauline sich bereits an zwei groß gewachsene Kerle herangeworfen. Sie hatte so getan, als würde sie das Gleichgewicht verlieren, und die Männer hatten ihr sofort geholfen. Auch die anderen Frauen waren dabei, die Nacken der Landsknechte zu streicheln, sich auf ihre Schöße zu setzen oder laut über ihre Witze zu lachen. Dabei drückten einige der Mädchen die Köpfe der Soldaten tief in ihre Dekolletés, legten ihre Wangen an die ihrigen oder tauschten bereits flüchtige Küsse aus. Elisabeth war sich sicher, es würde nicht mehr lange dauern, bis die ersten Männer ihre Hosen fallen ließen. Die Huren spielten ihre Rolle perfekt, reizten die Soldaten und meisterten den Drahtseilakt zwischen Verführung und innerer Abscheu.

Der Anführer der Landsknechte musste mehrmals schlucken, bevor er wieder sprechen konnte. Uta streichelte mittlerweile die Lendengegend des

Mannes. »Ich denke, ein paar Humpen Bier können wir entbehren.«

Als Belohnung für diese Aussage drückte Uta ihm einen Kuss auf die Wange.

Elisabeth blickte nach oben. Auf einem ausladenden Balkon standen drei Männer, mit Musketen bewaffnet. Sie lehnten sich weit über die Balustrade, um zumindest ein wenig vom Geschehen mitzubekommen.

»Guten Abend, die Herren. Wollt Ihr nicht herunterkommen?«, rief sie hinauf. Sie presste die Arme gegen ihren Busen und lehnte sich ein wenig nach vorn. »Mir ist kalt und es würde mich freuen, wenn mir jemand eine Decke bringen könnte.«

Die Männer blickten sich unsicher an. Als sie jedoch sahen, dass selbst ihr Anführer eine der Huren, Uta, auf dem Schoß hatte und ihr lachend einen Humpen Bier an die Lippen setzte, verließen sie ihren Posten.

Zufrieden blickte Elisabeth sich um. Sie spürte die Hände der Soldaten auf ihrem Po, an ihrer Taille, sie lächelte und lachte, drückte den Soldaten Küsse auf die Wangen, nur um sie im nächsten Moment mit beinahe kindlichem Glucksen wegzudrücken. Genau wie die anderen Frauen es taten. Sie boten ihre gesamten Verführungskünste auf, das Bier floss in Strömen, schnell wurden Käse und Brot gereicht. Sogar ein wenig Fleisch hatten die Soldaten besorgt. Die Stimmung wurde immer ausgelassener. Schon entblößten die ersten Frauen ihren Busen und schenkten den Soldaten innige Küsse.

Dies war der richtige Zeitpunkt.

»Mein blonder Engel«, sagte einer der Soldaten und bot Elisabeth Brot an. »Was hat dich denn hierhin verschlagen?«

»Wir sind auf der Durchreise«, lallte sie und setzte die Weinflasche an die Lippen des Mannes. »Und jetzt muss ich kurz wohin …«

Sie wollte aufstehen, doch der Griff des Mannes um ihre Taille verfestigte sich.

»Wir sitzen gerade so schön, warum gehen?«

Der Soldat war hartnäckig, ein fieser, stinkender Kerl mit einer ausgebeulten Hose. Das waren die Schlimmsten. Sie musste ihn loswerden – irgendwie.

Mit aller Kraft schlang Elisabeth die Beine um den Mann, drückte ihre Schenkel fest an ihn, hielt sein Gesicht mit beiden Händen und küsste ihn so tief und innig, als wäre er ihr Geliebter. Zärtlich massierte ihre Zunge die seinige. Dabei stellte sie sich vor, dass sie Maximilian küsste.

»Du gefällst mir«, hauchte sie anschließend in sein Ohr, bewegte dazu ihr Becken im langsamen Takt. »Vergnüg dich einen Moment mit den anderen Frauen. Bald bin ich wieder da, und ich verspreche dir, dass wir genau da weitermachen, wo wir gerade aufgehört haben. Aber dafür musst du mich loslassen.«

Sofort öffnete der Mann seine Arme. Schon lief Elisabeth los. Mit einem kurzen Blick zurück schenkte sie ihm einen Luftkuss. Als sie sich sicher war, dass die Aufmerksamkeit der Soldaten nicht mehr auf die Eingangstür des Gasthauses gerichtet war, schlüpfte sie über die Schwelle. Hier war es leer, alle Männer waren draußen und vergnügten sich. Das Stimmgewirr drang nur noch gedämpft an ihre Ohren, als sie zu einem Seitenfenster ging und es öffnete. Mehrmals sah sie sich um, bevor sie endlich das Gesicht von Maximilian entdeckte.

»Hat es geklappt?

»Was denkst du denn?«, antwortete sie augenzwinkernd. »Wir sind Huren, wenn wir etwas können, dann Männer um den Finger wickeln.«

Die drei Freunde stiegen so leise wie möglich in das Gebäude ein. Schon wollte Jakob nach oben stürmen, aber er wurde von Elisabeth am Arm gefasst. Ihre Finger konnten den massigen Oberarm nicht einmal ansatzweise umfassen, trotzdem hielt er inne.

»Wenn ihr auf Widerstand stoßt, benutzt die Säbel, nicht die Musketen. Die Mädchen machen zwar viel Lärm, aber wenn ihr einen Fehler macht, sind sie alle tot.«

Jakob nickte stumm, als Maximilian den ersten Fuß auf die Treppe setzte. Seine Freunde folgten ihm mit gezückten Säbeln, Elisabeth schlich als Letzte hinterher. Mehrere Türen gingen von dem weitläufigen Gang ab.

»Welche ist es?«, wollte Jakob wissen.

Elisabeth zuckte mit den Schultern. »Ich bin ebenfalls zum ersten Mal in dem Gasthaus. Versuch diese, es scheint das größte Zimmer zu sein«, flüsterte sie und deutete mit einem Kopfnicken auf die letzte Tür auf der rechten Seite.

Maximilian drückte die Klinke langsam herab. Mehrere Kerzen spendeten eine beruhigende Helligkeit, als sie in das Zimmer traten.

»Dies ist definitiv das Gemach des Majors«, hauchte Elisabeth tonlos, mit einem Blick auf seinen Umhang. »Doch hier steht kein Bett.«

Ratte wandte sich zur einzigen Tür, die vom Raum abging. »Er wird in diesem Zimmer sein.«

Elisabeth ahnte Schlimmes. Gedämpfte Geräusche drangen an ihre Ohren. Der Hauch eines Wimmerns, so leise, dass sie es kaum hören konnte. Als hätte jemand ihr einen Schlag in die Magengrube verpasst, hielt sie einen Moment inne, drückte eine Hand auf den Unterleib und musste sich bei Maximilian abstützen.

»Fühlst du dich nicht wohl?«

Elisabeth biss die Zähne aufeinander. »Es geht schon. Ich habe nur so ein ungutes Gefühl.«

In diesem Moment öffnete sich die Tür zum Nebenraum. Major von Rosen war lediglich mit einer Hose bekleidet, der freie Oberkörper war schweißbedeckt und er atmete schwer. Elisabeth wusste, warum er in dieser Verfassung war. Durch den Türspalt sah sie Bela. Alle Gliedmaßen von sich gestreckt, war sie ans Bett gefesselt worden.

»Was zum …« Einen Moment lang war Verblüffung in den Augen des Offiziers zu lesen, dann schien er die Situation richtig einzuordnen. Einen Mundwinkel zog er nach oben, als würde er sich über die Abwechslung freuen. Die Wunde, welche ihm Mutter Rosi zugefügt hatte, war gut verheilt. Eine lange, eitrige Narbe kündete noch von dem Kampf. In seinen Augen glühte der Wahnsinn, während er tief Luft holte. »Wachen!«

Von Rosen ging einen Schritt zurück und schloss die Tür zum Nebenraum hinter sich. Sofort stürzten Maximilian und Elisabeth auf sie zu, rüttelten am Knauf. Sie bewegte sich keinen Zoll. Elisabeth bezweifelte, dass die Landsknechte im Innenhof seinen Befehl hörten. Aber allem Anschein nach waren im Obergeschoss noch ein paar Offiziere einquartiert. Polternde Schritte waren auf den Holzdielen des Flurs zu vernehmen. Sofort warf sich Ratte gegen die Tür, doch gegen die Übermacht an Gegnern konnte er nichts ausrichten. Mit gezogenen Säbeln betraten drei Soldaten den Raum und gingen sofort auf die Gruppe los. Jakob verpasste dem Ersten einen Schlag mit dem Schaft seiner Muskete. Der Offizier krachte gegen die Wand. Im nächsten Moment konnte er dem Hieb des zweiten Offiziers ausweichen. Jakob und Ratte warfen ihre Musketen auf den Boden und lieferten sich einen Kampf mit den Soldaten. Maximilian holte zum Schlag aus. Die Offiziere waren gut in Form. Ohne Mühe konnte einer seinen Schlag parieren und Ratte zur Seite stoßen. Der Junge rappelte sich auf, stellte sich neben Jakob.

»Kümmer dich um die Tür«, sagte Maximilian, den Säbel drohend vor sich haltend.

Dies ließ sich der Hüne nicht zweimal sagen. Während die verbliebenen Offiziere sich drohend vor die Gruppe stellten, donnerte Jakob mit voller Wucht gegen die Tür. Maximilian und Ratte hatten Mühe, den Schlägen der beiden Soldaten auszuweichen. Ein weiteres Mal warf sich Jakob gegen die Tür. Endlich brach das Holz und Jakob fiel in das Schlafgemach. Sofort stürzte Elisabeth zu Bela, wollte das Mädchen umarmen, doch die donnernde Faust des Majors traf sie mitten ins Gesicht. Sie landete kurz vor dem Bett.

Von Rosen packte den am Boden liegenden Jakob an den Haaren und hielt ihm seinen Säbel an die Kehle.

»Schluss mit diesem Unsinn!«, schnaubte er geringschätzig, dabei zuckte sein Oberlippenbart. Sofort erstarb der Kampf. Mit dem Kopf deutete er in Maximilians Richtung, während sein Blick Elisabeth fixierte. »Dein Geliebter? Oder bezahlte Taugenichtse, die dir einen Gefallen schuldig sind, Hure?«

Für einen Lidschlag zogen die Taten, welche von Rosen begangen hatte, an ihrem inneren Auge vorbei.

Elisabeths Wangen begannen zu glühen, der Raum schwankte. Ihr Kopf dröhnte, als sie auf die Knie sank. Sie wollte diesen Mann tot sehen, koste es, was es wolle.

Seine Stimme triefte vor Verachtung. Von Rosens Haare formten einen lockeren Scheitel und die Narben stachen rot aus seinem braun gegerbten Gesicht hervor, während er die Gruppe musterte. Elisabeth bemerkte, dass der Mann selbst in dieser Situation diese dunkle und alles einnehmende Aura besaß.

»Was hast du mit ihr gemacht?«, giftete Elisabeth.

»Mit der kleinen Hure da? Was meinst du, was ich mit ihr gemacht habe?« Mit einem kurzen Lachen schuf er eine Pause. »Lasst es mich so ausdrücken, in den letzten Tagen habe ich mich zumindest abends köstlich amüsiert.«

Das war genug. Wut und Hass explodierten in Elisabeth. Sie sprang auf die Füße, schnappte sich einen Tonkrug und donnerte das Gefäß gegen den Kopf des Mannes. Klirrend landeten die Scherben auf dem Boden. Jakob konnte den Major wegstoßen, traf mit der Schulter Elisabeth. Im nächsten Moment fühlte sie einen dumpfen Schlag. Sie wurde gegen die Wand geschleudert und verlor für einen Moment das Bewusstsein. Ihre Wange schmerzte höllisch, als sie die Augen wieder öffnete und tanzende Sterne wahrnahm. Erst Sekunden später verfestigte sich ihr Blick. Diese kurze Ablenkung war ausreichend, damit Ratte und Jakob den Kampf gegen die Offiziere wieder aufnehmen konnten.

Mit einer Fratze aus Zorn warf sich der Major gegen Maximilian, mehrere Fausthiebe folgten. Nur mit Mühe konnte er den Angriffen des Soldaten ausweichen. Maximilian war ein guter Kämpfer, doch der Hass, mit dem von Rosen auf ihn eindrosch, kannte keine Grenzen. Schließlich konnte Maximilian nur noch seine Arme hochhalten und versuchen, den Schlägen des Mannes auszuweichen.

Jakob hatte den zweiten Soldaten beinahe niedergekämpft. Als der Offizier zum Schlag ausholte, packte er einfach sein Handgelenk und ließ ihn für einige Momente in der Luft baumeln. Ängstliche Überraschung war in seinen Augen zu lesen, bevor der Hüne seine Stirn gegen die Nase des Mannes donnerte und jener sofort zusammenbrach. Ratte indes warf alle möglichen Gegenstände auf seinen Gegner. Er kämpfte mit gemeinsten Mitteln und wartete, bis der Offizier für einen Augenblick die Orientierung verlor. In dem Moment griff Ratte eine Kerze und schleuderte sie dem Mann entgegen. Heißes Wachs tropfte ihm in die Augen, dann stach Ratte zu. Tot sank der Mann in sich zusammen.

Von Rosen rief nach mehr Wachen und stürzte dann zum Fenster. »Von einer Hure gerettet«, tönte der Major. »Aber auch das wird dir nichts nützen. In wenigen Stunden wird Ebersteins Armee hier eintreffen, und solange ich am Leben bin, werde ich dir nach deinem trachten.« Mit dem Säbel deutete er auf das Nebenzimmer. »Dann wird diese Hure wieder mir gehören und euch vier, und jeden anderen, der euch behilflich war, werde ich als Warnung für alle am nächsten Baum aufknüpfen. Genießt den Sieg, er wird nur bis zum Morgengrauen andauern.«

Mit diesen Worten packte er eine Muskete und sprang aus dem Fenster. Sofort rannte Maximilian ans Fenster, blickte hinab. »Er hat überlebt, rennt zu den Pferden.«

Auch Ratte sah hinaus. »Er will nach Süchteln und zu den Truppen aufschließen.«

»Ich werde ihm folgen«, schoss es immer noch atemlos aus Maximilian hervor.

Elisabeth streckte ihren Arm nach ihm aus. Noch bevor sie etwas entgegnen konnte, sprang auch er aus dem Fenster und war in der Dunkelheit verschwunden.

»Maximilian«, flüsterte sie.

Einige Sekunden starrte sie gebannt in die warme Nacht hinaus, bis sie sich losriss und zu Bela hastete.

Jakob war bereits bei ihr, zerschnitt ihre Fesseln und hob sie aus dem Bett. Es schien ihm nicht die geringste Mühe zu bereiten, das Mädchen zu tragen.

Elisabeth streichelte Belas Gesicht. Es war übersät von Blutergüssen. Einige waren bereits violett, glitten fast ins Schwarze ab, andere mussten gerade hinzugekommen sein, schimmerten ihr bläulich entgegen. Die Hand- und Fußgelenke waren blutig, es konnte nicht das erste Mal gewesen sein, dass er sie gefesselt hatte. Zärtlich streichelte sie über die Wange des Mädchens. Belas Lider flackerten vor Angst, als wäre sie im Fieberwahn. Dann erhob sie die Hand und befühlte das kantige Kinn Jakobs. Ihre Stimme war so dünn, dass Elisabeth sich vorlehnen musste, um sie zu verstehen.

»Er ist groß und stark, bringt mich zum Lachen, wenn ich traurig bin. Gemeinsam bauen wir ein kleines Häuschen und suchen uns einen ruhigen Platz, an dem frisches Wasser fließt und all die Grausamkeit des Krieges nicht hinkommt.«

Elisabeth erinnerte sich an diese Worte. Bela hatte sie schon einmal verwendet.

Jakobs Augen glänzten, als hielte er eine Kostbarkeit in den Armen, einen Himmelsstern, der gerade vor seinen Füßen gelandet war und den er aufgehoben hatte. »Du bist das schönste Mädchen, das ich jemals gesehen habe«, flüsterte er und konnte den Blick nicht von ihrem Gesicht nehmen. »Ich müsste den Major zweimal umbringen, damit er seine gerechte Strafe erhält.«

Daraufhin lächelte Bela und schmiegte sich an Jakobs Brust. Als würde sich der Schleier der Benommenheit lüften, streckte sie ihre Hand nach Elisabeth aus. »Eli, du bist gekommen.«

Elisabeth drückte das Gesicht des Mädchens vorsichtig an sich und küsste dessen Stirn. »Aber natürlich, ich hatte es ja versprochen.«

Knarrende Geräusche aus dem anderen Zimmer ließen die Gruppe herumfahren. Elisabeth fuhr der Schreck durch Mark und Bein, als sie den schlaksigen Leutnant Bayer erkannte. Er musste seine ganze Kraft aufwenden, um die Muskete zu halten. Zitternd schüttete er das Grain Schwarzpulver auf die Zündpfanne.

»Ihr wart tot! Ich hab es mit eigenen Augen gesehen.« Er stand mit weit aufgerissenen Lidern im anderen Zimmer.

»Leutnant Bayer, es ist vorbei, lasst uns einfach gehen«, sagte Elisabeth mit fester Stimme und stellte sich vor Jakob und Bela.

»Hauptmann Bayer, wenn ich bitten darf!«, schrie der Offizier. »Und dass es vorbei ist, das bezweifele ich stark.«

Nur mit großer Anstrengung konnte er die Waffe halten, ohne eine Gabel zu benutzen, doch aus nächster Nähe würde selbst er nicht danebenschießen. Der Lauf schwankte gewaltig.

»So hört doch, der Major ist geflüchtet«, versuchte Elisabeth ihn zu beschwichtigen. Wenn die Kugel den Lauf verließ, könnte sie jeden treffen, zudem bestand die Möglichkeit, dass die Soldaten im Innenhof gewarnt wurden. Nein, das durfte nicht passieren. Fest blickte Elisabeth in die hellen Augen des

Mannes. So viel Hass und Bitterkeit hatte sie selten gesehen.

Ein schauderhaftes Lächeln zog sich über das Gesicht Bayers. Eine beinahe wahnsinnige Maske, als würde der Teufel aus ihm sprechen. »Ihr werdet mir meine Laufbahn nicht kaputt machen. Soll von Rosen doch fliehen, was meinst du, wer als Nächstes in der Rangfolge steht und von Eberstein befördert wird? Dies ist *die* Möglichkeit, dass ein schwächlicher, geprügelter Junge aus Hessen an die Spitze der Armee kommt.« Sein Grinsen wurde breiter. »Leb wohl, Hure.«

Gerade als er den Abzug betätigen wollte, warf sich Ratte mit voller Wucht gegen den Lauf. Ein Schuss löste sich, das entzündete Schwarzpulver lag schwer in der Luft. Elisabeth stürzte sich auf Bayer. Er lag am Boden, die Muskete einige Fuß neben ihm. Er wollte sich aufrichten, doch sie trat ihm mit voller Wucht gegen die Stirn. Einmal, zweimal – sie geriet in Rage. All die Wut, welche sich in den letzten Wochen in ihr aufgestaut hatte, all die Ungerechtigkeit, die ihr widerfahren war, und die Schuld, die schwer auf ihren Schultern lastete, brachen durch. Es dauerte lange, bis sie von ihm abließ. Bayer lag in einer Lache aus seinem eigenen Blut. Die rote Flüssigkeit verteilte sich über den Holzboden, hatte bald Elisabeths Schuhe erreicht. Durch ein Husten wurde sie ins Hier und Jetzt katapultiert. Ratte lag wenige Zoll von der Blutlache entfernt. Sein Blick ging an die Decke, die Augen wirkten leer, kraftlos. Obwohl Jakob noch Bela im Arm trug, kniete er sich herab.

»Mach mir keinen Scheiß, Gustav«, mahnte Jakob. »Du kannst jetzt nicht schlapp machen.«

Elisabeth kniete sich nieder. Kraftlos deutete Ratte Jakob an, sich zu ihm hinunterzulehnen. Mit kalkweißem Gesicht ging Jakob mit seinem Ohr ganz nah an Rattes Lippen. Auch Elisabeth lauschte der dünnen Stimme.

»Du lässt dich von jedem reinlegen. Das ist 'ne Schulterverletzung …« Seine Stimme wurde augenblicklich fester, er lachte schwach auf. Einige Schrecksekunden blickte Jakob seinen Freund voller Unverständnis an, dann zogen sich seine Mundwinkel nach oben. Elisabeth konnte sehen, dass Rattes Schmerzen schlimmer waren, als er zugeben mochte. Trotzdem schaffte er es, aufzustehen, wankte jedoch bedrohlich. Aus irgendeinem Grund hatte sie das Gefühl, dass dieser zähe Bursche auch diese Schlacht überleben würde.

»Kannst du gehen?«, fragte sie und stützte ihn.

Er nickte schwach.

»Gut. Jakob, bring Bela und Gustav zur Abtei. Die Schwestern sollen sich um ihre Wunden kümmern.«

Der Hüne drückte Bela behutsam an sich. »Du wirst ihnen nicht nachjagen, Elisabeth.«

Sie funkelten einander an.

»Dies ist nicht die Zeit für Dispute. Erst werde ich

den Frauen ein Zeichen geben, dann werde ich von Rosen finden und ihn töten.«

»Du kannst nicht …«

»Geh!«, befahl sie. Ihre Stimme ließ keinen Widerspruch zu. Schwer atmend half sie den dreien die Treppe herunter und aus dem Fenster. Ohne eine Sekunde zu verlieren, preschte sie wieder die Stufen hoch. Vorsichtig ging sie auf den Balkon.

Das Fest war immer noch im Gange. Einen Steinwurf abseits trieben mehrere Frauen mit Soldaten Unzucht, ein paar rekelten sich auf den Tischen und ließen die Männer Bier von ihren Busen lecken. Kein Wunder, dass die Soldaten von dem Schuss nichts mitbekommen hatten, so wie sie von den Frauen beschäftigt wurden. Oder es war ihnen schlichtweg egal gewesen.

Elisabeth lehnte sich übermütig über die Balustrade und rief lallend: »Lasst einen für mich übrig. Hier oben gibt es nichts mehr zu tun!«

Die Frauen verstanden sofort. Sie würden die letzten Männer noch bedienen, versprechen, dass sie morgen wiederkämen, und würden hoffentlich unversehrt den Rückweg ins Kloster antreten. Uta und Pauline nickten ihr kurz zu, dann drehte Elisabeth sich um, hetzte ins Erdgeschoss und kletterte aus dem Fenster. Ihr Kopf pochte gewaltig, die Welt um sie herum drehte sich, und trotzdem wollte sie nichts anderes, als ihren Geliebten finden.

Drei Pferde waren im Stall angebunden. In diesem Moment verfluchte sie, dass ihre Reitkünste sich in Grenzen hielten. Sie brauchte einige Minuten, um eines der Tiere zu satteln. Das alles dauerte zu lange, viel zu lange.

Maximilian brauchte jede Hilfe, die er kriegen konnte. Der Major war ein alter Haudegen, mit allen Wassern gewaschen. Außerdem hatte er Bela geschändet, Mutter Rosi und Hauptmann Falkensted getötet. Auch für die Verschleppung der Huren war er verantwortlich. Ihre Finger ballten sich zu Fäusten. Es gab genügend Gründe, warum dieses Monster durch ihre Hand sterben sollte. Sie nahm allen Mut zusammen, schwang sich auf den Rücken des von ihr gesattelten Rappen und stieß dem Tier mehrmals ihre Fersen in die Flanken. Der Mond beschien die Felder des Niederrheins, es war mitten in der Nacht. In wenigen Stunden würde die Armee eintreffen. Ihr lief die Zeit davon und mit jeder Sekunde, die sie sich dem Tageslicht näherten, wurden ihre Chancen kleiner. Elisabeth presste sich ganz nah an den Hals des Tieres, während sie im Galopp über die Wiesen schoss.

Kapitel 19

- Die versunkene Kapelle -

Von Weitem erkannte Maximilian das Pferd des Majors. Es graste genügsam am Wegesrand und winkelte dabei ein Bein an. Anscheinend hatte von Rosen das arme Tier zu stark gefordert, weshalb er den restlichen Weg zu Fuß zurücklegen musste. Vor Maximilian bauten sich die Süchtelner Höhen auf, eine Kette aus Erhebungen und Tälern, für die die Ortsansässigen sogar eigene Namen hatten. Die Wipfel der Tannen sahen aus wie spitze Pfeiler, die in den Nachthimmel stachen. Einen Moment erinnerte er sich an das Gespräch mit dem Vikar zurück. Die versunkene Kapelle mit ihrem unversiegbaren Weiher musste nicht weit von hier entfernt sein. Der Boden war abschüssig. Es gab keine Zweifel – er befand sich an der Grenze des Johannistals. Maximilian stoppte, stieg vom Pferd ab und band die Zügel locker an einen tiefhängenden Ast. Er atmete tief durch, als er in das Dickicht trat. Wie ein weißer Schleier hing der Nebel zwischen den Bäumen und die Schwaden nahmen ihm die Sicht. Hinter diesen Wäldern lag Süchteln. In der Stadt waren weitere Teile der Hessischen Armee untergebracht. Sollte der Major es bis in die Stadt schaffen, war Maximilian verloren.

Heute war Johannisnacht. Angeblich sollte es in diesen Wäldern spuken. Früher waren die Gläubigen an diesen Ort gekommen, um Gottes Beistand zu erflehen, meist in höchster Not. Gottes Beistand könnte er gut gebrauchen. Maximilian lauschte und schritt weiter hinab in das finstere Tal. Kein Mucks war in dieser gespenstischen Kulisse auszumachen. Gar nichts. Kein Vogelschlag, kein Geräusch von Ästen, die der Wind bewegte. Als würde der Wald jeden Ton verschlucken.

Langsam setzte er einen Fuß vor den anderen. Es war unmöglich zu wissen, in welche Richtung der Major gegangen war. Maximilians Puls schlug ihm bis zum Hals, das Blut rauschte in seinen Adern und er umfasste den Säbel fester. Ab und zu brach das Mondlicht durch die dicht beisammen stehenden Bäume. Noch einmal hielt er inne und lauschte in die Stille der Nacht hinein.

War da ein Geräusch?

Sofort ging er in die Knie und starrte mit geöffneten Augen in die Richtung, in der er den Ursprung vermutete. Erst war das Geräusch weit entfernt gewesen, doch es schien sich zu nähern. Maximilian schloss die Augen. Tatsächlich. Irgendwo, einen Steinwurf entfernt, miaute eine Katze. War sie vom Major aufgeschreckt worden? Gestört bei ihrer Mäusejagd? Er musste weiter. Äste knackten unter seinem Gewicht. Er ging immer tiefer in das Dickicht, welches jeden Schimmer des Lichtes verschlang. Plötzlich kam eine Brise auf. War es eben noch totenstill gewesen, hauchte nun der Wind über seine Haut und ließ einen Schauer über seinen Rücken wandern. Schwingende Äste, rauschende Blätter. Der ganze Wald bewegte sich mit einem Mal. Über ihm musste ein Gewitter aufziehen. Er blickte nach oben, konnte jedoch nichts erkennen.

Maximilian fuhr herum. Da war es wieder … dieses Geräusch. Diesmal beschleunigte er seinen Schritt. Der Boden unter ihm wurde weicher, gab schmatzende Geräusche von sich. Anscheinend waren die Sümpfe nicht mehr weit entfernt. Etliche Fuß vor ihm suchte sich eine Gestalt in gebückter Haltung ihren Weg zwischen den riesigen Stämmen hindurch. Sie kam in seine Richtung. Maximilian versteckte sich hinter einem Baumstamm und wartete ab. Den Säbel umfasste er mit beiden Händen. Er musste von Rosen niederstrecken. Eine andere Möglichkeit gab es nicht.

Die Angst nahm von seinem Körper Besitz, schnürte seine Kehle zu, und auf einmal fiel ihm das Atmen in dieser bedrückenden, feuchten Umgebung schwer. In seinem Kopf begann es zu hämmern. Die Klänge wurden vom Wind herangetragen, als wollten sie auf schauderhafte Weise die Sage der versunkenen Kapelle unterstreichen. Er hörte die schnelle Atmung der Gestalt, sie war nur noch wenige Fuß entfernt, würde bald den Baumstamm passieren. Maximilian nahm allen Mut zusammen, als er hervorsprang und die Gestalt zu Boden drückte.

Ein heller Schrei hallte im Wald wider.

»Elisabeth«, flüsterte Maximilian und nahm sofort die Schneide von ihrer Kehle.

Sie atmete so schnell, dass er das Gefühl hatte, sie würde bald ohnmächtig werden. »Ich wollte dir helfen«, sagte sie gepresst und befühlte dabei sein Gesicht. »Nachdem ich die Pferde gesehen habe, bin ich den Geräuschen gefolgt.«

Maximilian half ihr auf. »Was für Geräusche?«

Sie zögerte einen Moment, versuchte in die Richtung zu blicken, wo sie die Klänge ausgemacht hatte. »Ich dachte, ich hätte Glockenschläge gehört. Aber mein Verstand muss mir einen Streich gespielt haben. Hier ist alles …«

»Ja, dieser Ort ist unheilvoll.« Kalter Schweiß stand auf Maximilians Stirn, als er plötzlich von Rosen diese Worte brüllen hörte. Im nächsten Moment löste sich ein donnernder Schuss. Eine Kugel schlug in den Baum neben ihnen ein, kleine Splitter bohrten sich in Maximilians Wange.

Geistesgegenwärtig warf er sich schützend über Elisabeth. »Du hättest niemals herkommen sollen.«

Sie drückte ihn zur Seite. »Das ist jetzt gleichgültig.«

Maximilian versuchte auszumachen, von wo der Schuss gekommen war. Doch von Rosen war in der Dunkelheit verschwunden. Selbst ein geübter Schütze brauchte einige Zeit, um eine Muskete nachzuladen. Und er war sich nicht sicher, ob der Major überhaupt noch Munition und Schwarzpulver bei sich trug.

»Bleib hier und duck dich!« Er wollte nicht abwarten, bis von Rosen die Muskete womöglich nachgeladen hätte, und rannte in die Richtung, wo er ihn vermutete. Das Pochen in seinem Kopf wurde stärker, fast übermächtig. Jeder Schritt in die von Nebelschwaden durchzogene Dunkelheit kostete ihn Überwindung. Er trat nun immer öfter in kleine Pfützen, der Boden gab tiefer nach, sodass er mehr Kraft aufwenden musste, um die Beine zu heben. Er war mitten in den Sümpfen im Johannistal.

Der Mondschein brach durch die Baumkronen und auch der Nebel ließ jetzt nach. Maximilian schärfte seinen Blick, suchte die Umgebung ab. Plötzlich entdeckte er etwas, eine Silhouette, die sich schnell durch das Unterholz bewegte. Maximilian schoss auf den Schatten zu und holte aus. Doch von Rosen ging seinerseits zum Angriff über. Mit seinem gesamten Gewicht stemmte er sich gegen Maximilian, sodass sie beide in einen Weiher fielen. Das Wasser durchnässte auf der Stelle seine Kleidung, der Griff des Säbels rutschte ihm aus der Hand. Doch es war nicht nur Wasser, in dem sie gelandet waren. Wie ein weiches

Federkissen gab der Schlamm nach. Major von Rosen war einige Fuß entfernt, hatte keine Probleme, wieder an das Ufer zu gelangen. Hier standen keine Bäume. Von Rosens nasser Umhang hing schwer herab und ließ seinen Schatten im Mondlicht noch bedrohlicher wirken. Maximilian nahm die Umrisse einer Klinge wahr.

»Kein schöner Ort zum Sterben«, grollte der Major mit tiefer Stimme.

Blitzschnell schoss der Offizier auf ihn zu und holte aus. Nur mit Mühe konnte Maximilian weiter ins Moor hechten und dem Hieb ausweichen. Sofort gab der Boden unter seinen Füßen nach und er sank tiefer in den Weiher ein. Überall waren Schlamm und Dreck, während er mit den Armen ruderte und versuchte, seinen Säbel zu erreichen. Innerhalb kürzester Zeit war er bereits bis zum Bauch eingesunken.

»Ich habe mich die ganze Zeit gefragt, warum du das tust«, sagte von Rosen und suchte sich festeren Boden. Während Maximilian immer noch versuchte, den Sümpfen zu entkommen, ergriff der Major die Muskete und lud sie in aller Ruhe nach. »Ich meine, du kennst sie erst seit ein paar Tagen, warum dieser Eifer?«

»Ihr irrt, wir kennen uns länger.« Während er diese Worte sprach, griff er nach seinem Dolch und schleuderte ihn in Richtung des Offiziers. Als hätte er ihn kommen sehen, lehnte dieser sich fast desinteressiert zur Seite und konnte dem Wurfgeschoss ohne Probleme ausweichen.

»Ah, eine alte Liebschaft also«, sagte er im Plauderton.

Endlich fühlte Maximilian etwas Hartes zwischen all dem Matsch. Fest umfasste er den Griff des Säbels.

»Sie trägt mein Kind«, zischte er und trat wie von Sinnen in den nachgebenden Schlamm des Weihers.

Einen Moment hielt der Major inne, drückte mit dem Ladestock die Kugel in den Lauf. »Meinen Glückwunsch.«

Maximilian sammelte all seine Kräfte. Wild versuchte er, dem Sumpf zu entkommen, wühlte im Schlamm, doch er sank immer tiefer in den stinkenden Brei. Seinen Säbel hatte er erhoben, werfen konnte er die Waffe nicht mehr, der Schlamm hatte sich bis zu seiner Brust vorgearbeitet.

Wenige Sekunden später stoppten seine Bewegungen. Es war vergebens. Von Rosen nahm eine Ledertasche aus der Weste, füllte das Schwarzpulver auf die Pfanne und setzte die Muskete an.

»Aber eins sei dir gewiss. Deine Witwe wird diesen Bastard nicht mehr austragen können. Sie ist als Nächstes dran …«

Maximilian schloss die Augen. Es war vorbei. Bald würde er seinen Bruder sehen, er würde ihn um Entschuldigung bitten können und alles Schlimme auf dieser Welt wäre vergessen. Und somit auch das

Schöne. Er blickte dem Mann direkt in die Augen. Doch seine Gedanken waren bei ihr.

Ein kurzes Fauchen lenkte den Major ab. Wieder war da diese Katze. Für wenige Sekunden bedachte der Mann das Tier mit einem Blick. Dieser kurze Moment der Unachtsamkeit reichte aus, dass Elisabeth sich mit voller Wucht auf den Mann werfen konnte. Er taumelte, verlor das Gleichgewicht und stolperte in den Weiher. Ein dunkler Schrei ertönte. Sofort versuchte der Major, sich herauszukämpfen, doch nach wenigen Herzschlägen waren auch seine Beine tief im Moor versunken. Er schrie, donnerte die Arme in den Schlamm, trat mit den Beinen wie wild gegen den sumpfigen Boden.

»Du … du Hure!«, brüllte er aus Leibeskräften.

Maximilian blickte zu Elisabeth. Schnell suchte sie sich einen Ast, an dem er sich festhalten konnte. Mit großer Mühe zog sie ihn schließlich aus dem Sumpf. Schwer atmend lag er auf dem Boden, über und über mit feuchtem Dreck beschmutzt, und hielt ihre Hand.

»Ich sagte, dass du dort bleiben solltest.«

Ohne eine Antwort zu geben, küsste sie seine Lippen.

»Wie geht es dir?«, wollte Maximilian wissen und legte seine Hand auf ihren Bauch.

»Besser«, flüsterte sie und sah ihm tief in die Augen. »Maximilian, danke, dass du das alles für mich getan hast.«

Er strich ihr eine Strähne aus dem Gesicht. »Ich habe es für uns getan.«

»Das ist ja allerliebst!«, schrie von Rosen.

Sofort schossen ihre Blicke herum. Er war mittlerweile bis zum Bauch eingesunken, hatte es aber gerade noch geschafft, neues Schwarzpulver auf die Pfanne zu legen. Sie blickten in den Lauf der Muskete, nur wenige Armlängen von ihnen entfernt. Mit aller Kraft hob der Major seinen Arm, um den Winkel der Waffe zu ändern. Er zielte genau auf Elisabeths Bauch. »So nehme ich doch noch zwei Leben mit mir«, wisperte von Rosen und drückte ab.

Bevor der Schuss fiel, handelte Maximilian. Er warf sich vor Elisabeth und spürte im nächsten Moment einen stechenden Schmerz in seinem Bauch. Der Wald war bereits dunkel, doch nun verlor er sich vollends in der Finsternis.

Seine Finger begannen zu zittern, das Atmen fiel ihm schwer. Alles war kalt. Es schien, als würde ihn eine unsichtbare Hand in die Tiefe ziehen. Unbarmherzig legte sie sich um seine Brust und drückte immer weiter zu. Nur die Wärme von Elisabeths Händen spendete ihm Trost. Er sah im Mondschimmer, dass sich ihre Lippen bewegten, konnte die Worte aber nicht verstehen. Egal, was sie sagte, solange sie bei ihm blieb, war es gleichgültig. Schon spürte er, wie die Kraft seinen Körper verließ. Noch eine Sache war auf dieser

Erde zu erledigen. Ein letzter Gruß, eine kurze Verabschiedung …

Seine vom Dreck braun gemalte Hand legte sich bebend auf den Bauch Elisabeths. Nicht die Hessen, nicht Vikar Weisen, nicht mal von Rosen konnten ihn töten. Er würde weiterleben. In diesem Kind, das in ihrem Bauch heranwuchs. Zu gern hätte er dem Kind versprochen, dass er immer für es da sein würde, dass er es beschützen würde, egal, welche Feinde sich ihm in den Weg stellten. Doch über seine Lippen drangen keine Worte. Mehr und mehr ergriff die Dunkelheit erneut von ihm Besitz. Auf seinen Lidern schienen Tonnen zu lasten, als er in die Augen Elisabeths blickte. Ein letztes Mal strich sie über seine Wangen, dann spürte Maximilian, wie seine Hand von ihrem Bauch herunterglitt, ehe er sich in Dunkelheit verlor.

Kapitel 20

- Eine neue Hoffnung -

Ich spüre, wie Tränen meine Wangen herunterlaufen, während ich mit dir hier stehe und den Blick auf das Vergangene senke. Die Schritte weg von diesem schrecklichen, unheiligen Ort fallen leicht, als könnte ich immer schneller laufen und der Boden würde sich unter meinen Füßen verlieren. Ich bin unendlich froh, weg von diesem Weiher zu gehen, und doch hält mich etwas dort. Ich erkenne die Frau, welche mein Kind trägt, ihre blonden Locken leuchten beinahe in der Finsternis. Sie umarmt meinen Körper, küsst meine Wangen und hält mich fest im Arm. So viel Schmerz, so viel Leid und Unaussprechliches mussten wir ertragen. Der ganze Hass unserer Feinde ist dort unten geblieben. Die Flüche und Schreie, mit denen sie uns verbannen wollten, sind verstummt. Und die nicht enden wollende Qual scheint vergessen. Dann blicke ich zu dir. Du bist ganz ruhig, ein mildes Lächeln umspielt deine Lippen, während du näher an mich herantrittst. Wie ich es erhofft hatte, hältst du deine Geliebte im Arm. Du siehst glücklich aus, mein Bruder.

Eine unendliche Last fällt von meinen Schultern, als ich dich um Verzeihung bitte. Du lächelst, als gäbe es keinen Grund, sich zu entschuldigen. Du legst mir eine Hand auf die Schulter, eine lange Umarmung folgt. Du sagst, es spiele keine Rolle, deine Zeit sei gekommen gewesen und du seist glücklich. All die Wunden, die sie dir zugefügt haben, seien bedeutungslos an dem Ort, wo du die Unendlichkeit mit ihr verbringen kannst. Allmählich scheine ich meinen Körper nicht mehr zu spüren. Du bemerkst meine Unsicherheit. Jetzt schaust auch du nach unten und flüsterst mir zu, dass ich nicht loslassen solle. Deine Geliebte tritt an mich heran. Sie schenkt mir eine lange Umarmung und ihre schwarzen Haare legen sich wie ein wärmender Umhang über meine Haut. Sie flüstert mir zu, dass ich gut auf ihre Schwester aufpassen solle, dass es nicht ihre Schuld gewesen sei und sie ihr verzeihe. Ich solle mich um sie und die Zwillinge kümmern. Ich sage ihr unter Tränen, dass ich nicht verstehe. Sie gibt mir einen Kuss auf die Wange und flüstert, dass dazu noch viel Zeit bliebe. Dann dreht sie sich zu dir.

War vor wenigen Sekunden noch alles klar und deutlich, scheinen die Umrisse des Weihers langsam zu verschwinden und sich hinter einem hellen Schleier zu verstecken.

Noch einmal kommst du auf mich zu und drückst mich fest an dich. Du sagst, dass ich noch nicht an diesen Ort gehöre, dass du immer in meinem Herzen bleiben würdest und mich immer begleitest, genau, wie deine Geliebte ihre Schwester begleiten würde. Noch ein Mal lächelst du mich an.

Die ersten Sonnenstrahlen des Tages blendeten ihn. Mit einem lauten Stöhnen fuhr Maximilian sich über das Gesicht und spürte ein nasses Tuch, mit dem über seine Stirn getupft wurde.

»Dem Allmächtigen sei Dank.«

Maximilian hörte die Worte wie durch eine dumpfe Wand, als wäre er noch nicht ganz an diesem Ort. Er erkannte die Stimme. Langsam öffnete er die verklebten Augen.

»Schwester Agathe«, stöhnte er leise.

»Äbtissin Agathe, wenn ich bitten darf.«

Er blickte in das strenge Gesicht der Frau.

Erst langsam formten sich ihre dünnen Lippen zu einem Lächeln. »Schön, dass du wieder bei uns bist.«

Maximilian versuchte, sich aufzurichten. Jeder Muskel seines Körpers schmerzte, seine Augen brannten, als hätte er sie ewig nicht benutzt. Doch er war am Leben. Er lag in seinem Bett in der Abtei. »Wie lange habe ich geschlafen?«

»Das kann man kaum Schlaf nennen. Einen langen Fiebertraum wohl eher. Fast zehn Tage sind vergangen, seit dich deine Freunde aus den Sümpfen Süchtelns holten.«

Vorsichtig setzte er seine Lippen an den Krug Wasser, den die Äbtissin ihm reichte.

»Wie geht es …?«

»Elisabeth geht es gut. Sie wachte Tag und Nacht an deinem Bett. Ich habe sie schlafen geschickt, schwangere Frauen sollten Ruhe haben.«

Auch wenn der Schmerz seine Sinne betäubte, löste die Nachricht ein Hochgefühl in ihm aus.

»Von deiner Wunde am Hinterkopf wird nur eine Narbe zurückbleiben, aber deine Bauchverletzung hat dem Arzt lange Zeit Sorgen gemacht.« Sie stellte den Krug zur Seite. »Trotzdem scheinst du das Gröbste überwunden zu haben. Die Kugel ist entfernt.«

Erst langsam begann sein Verstand zu arbeiten. »Das Kloster ist sicher?«

Kurz blickte die Nonne zum Fenster hinaus, strich sich über das Skapulier. »Es scheint so. Anscheinend wollte Eberstein nicht riskieren, die Wut der Bevölkerung auf sich zu ziehen, indem er das Kloster plündert und die Frauen tötet. Ich habe Gerüchte über euren Tod in Umlauf gebracht, die Huren sind weitergezogen. Für Eberstein gibt es keinen Grund mehr, euch zu jagen. Innerhalb dieser Mauern sind wir hoffentlich sicher.«

Erleichtert atmete Maximilian auf. Bevor er eine weitere Frage stellen konnte, wurde die Tür einen Spalt breit geöffnet.

»Ich habe Stimmen … Maximilian!«

Ungeachtet seiner Wunde fiel ihm Elisabeth um den Hals und rannte dabei fast die Äbtissin um. »Du hast lange geschlafen, ich hatte die Hoffnung schon fast aufgegeben.«

Sie schenkte ihm einen langen Kuss, bis Agathe sich räusperte. »Nun, es gibt viel zu tun. Ich lasse euch beide einen Moment allein.« Im Türrahmen drehte sie sich noch einmal um. »Bedenkt, dass dies ein Gotteshaus ist«, drohte sie mit einem Lächeln.

»Was ist passiert?«, wollte Maximilian wissen.

»Ich habe versucht, dich alleine aus dem Wald zu tragen. Irgendwann kamen Jakob, Uta und Pauline, und sie halfen mir, dich ins Kloster zu bringen.«

Er schüttelte ungläubig den Kopf. »Wie haben sie uns gefunden?«

»Sie haben die Pferde gesehen.« Plötzlich stockte ihre Stimme und sie brauchte einen Augenblick, bis die Worte ihre Lippen verließen. »Sie sagten, dass sie ein Fauchen gehört haben und diesem gefolgt sind.«

Maximilian starrte an die Decke, hielt Elisabeths Hand, als hätte er Angst, seine Geliebte zu verlieren. »Und die Frauen?«

Endlich erhellte sich Elisabeth Miene.

»Uta und Pauline führen den Hurentross nun an. Sie sind in einer angrenzenden Ortschaft, bei einem alten Freier von Mutter Rosi. Gustav hat sich schnell erholt. Auch Bela geht es gut.« Sie lächelte flüchtig. »Sie hat fast die gesamte Zeit hier mit Jakob verbracht.«

Jetzt musste Maximilian lächeln. »Dieser glückliche Bastard«, scherzte er.

»In den letzten Tagen sind Jakob und Gustav nach Kempen aufgebrochen«, fuhr Elisabeth fort. »Es sieht nicht gut aus für die Bewohner. Die Hessen haben die Stadt im Würgegriff und deine beiden Freunde kämpfen einen – wie haben sie es ausgedrückt? – Kampf um die Freiheit.«

Sofort musste er an seine Familie denken. Wie es ihr wohl ergangen war?

»Ich hatte solche Angst«, flüsterte Elisabeth mit zitternder Stimme und umarmte ihn erneut. »Du hast so viel wirres Zeug geredet in den letzten Tagen.«

Maximilian nickte stumm, legte seine Hand auf ihren Bauch.

Elisabeth bemerkte seine Unsicherheit und streichelte seine Finger. »Dem Kind geht es gut, glaub mir. Ich spüre es.«

»Kinder …«, flüsterte er gedankenverloren, den Blick nicht von ihrem Bauch nehmend. »Es werden Zwillinge.«

Elisabeth zog die Nase hoch, strich über seine Stirn. »Du bist noch schwach, das Fieber scheint sich noch nicht ganz gelegt zu haben.«

»Ich habe mit ihnen gesprochen, Elisabeth. Sie waren da. Ich konnte ihn endlich um Verzeihung bitten.«

Elisabeth schüttelte den Kopf und lächelte milde. »Maximilian, es waren nur Träume, du hast …«

»Nein«, unterbrach er sie leise. Seine Stimme war nicht mehr als ein Flüstern. »Ich habe sie gesehen, und sie sind glücklich. Deine Schwester verzeiht dir, genau wie mein Bruder mir vergibt.«

Eine Träne lief über ihre Wange. Maximilian zog Elisabeth an sich heran und legte seine Lippen auf die ihrigen. »Ich soll auf dich aufpassen und das werde ich, glaub mir.«

Etliche Minuten schwiegen die beiden.

»Was sollen wir tun?«, fragte Elisabeth mit dünner Stimme.

»Wir kehren zurück nach Kempen und helfen bei der Befreiung der Stadt. Dort gehören wir hin, das ist unser Weg.«

Elisabeth blickte ihm tief in die Augen. »Mit dir würde ich jeden Weg gehen.«

E n d e

Sebastian Thiel
Wunderwaffe
978-3-8392-1251-6

»Ein Kriminalroman aus den dunklen Kriegsjahren im nationalsozialistischen Deutschland.««

Frühjahr 1944. Erik Stuckmann, als Chemiker bei der IG Farben beschäftigt, wird tot aufgefunden. Er soll sich unter Medikamenteneinfluss das Leben genommen haben. Sein bester Freund Nikolas Brandenburg glaubt nicht an einen Selbstmord und nimmt die Ermittlungen auf. Die Spur führt ihn nicht nur zur französischen Widerstandsbewegung, sondern auch in die höchsten Kreise der IG Farben. Nur langsam sammelt er Indizien und deckt dabei Unglaubliches auf …

GMEINER

Wir machen's spannend

Oliver Becker
Die Entscheidung der Krähentochter
978-3-8392-1355-1

»Der Schwarzwald zwischen Kriegsfurcht und Friedenshoffnung und eine geheimnisvolle Macht, die im Hintergrund unsichtbare Fäden spinnt.«

Der Schwarzwald während des Dreißigjährigen Krieges. In Teichdorf sorgt ein rätselhafter Fremder für Unruhe. Bernina, die »Krähentochter«, gewährt ihm dennoch Unterschlupf. Am nächsten Tag ist er verschwunden – und mit ihm die wertvolle Familienchronik.

Bernina reist zu den Freiburger Markttagen und plötzlich ist der Diebstahl ihr kleinstes Problem: Eine große Armee zieht ihren tödlichen Ring um Freiburg. Schon bald ertönt Kanonendonner – die Schlacht steht unmittelbar bevor und Bernina sitzt in der Falle …

GMEINER

Wir machen's spannend